VOUS NE DEVINEREZ JAMAIS !

DU MÊME AUTEUR
AUX ÉDITIONS DE L'ARCHIPEL

Puis-je vous dire un secret ?, 1999.
Vous promettez de ne rien dire ?, 2000.

MARY JANE CLARK

VOUS NE DEVINEREZ JAMAIS !

traduit de l'américain
par Emmanuel Dazin

l'Archipel

Ce livre a été publié sous le titre
Let Me Whisper in Your Ear
par St. Martin's Press, New York, 2000.

Si vous désirez recevoir notre catalogue et être tenu au courant de nos publications, envoyez vos nom et adresse, en citant ce livre, aux Éditions de l'Archipel,
34, rue des Bourdonnais, 75001 Paris.
Et, pour le Canada,
à Édipresse Inc., 945, avenue Beaumont,
Montréal, Québec, H3N 1W3.

ISBN 2-84187-323-4

A mes parents,

Doris Boland Behrends,
qui m'a encouragée à réaliser mon rêve
de travailler dans le journalisme,

et Fred « Fed » Behrends
qui, je l'espère, m'a transmis
quelques-uns de ses gènes de détective.

Merci de m'avoir emmenée à Palisades Park.

Prologue

« A Palisades Park,
on s'amuse toute la journée
et jusqu'à la nuit tombée. »

Les deux garçons se glissèrent à l'intérieur par la brèche dans la clôture. Bien d'autres avant eux avaient utilisé ce passage. Sûrs que leurs parents ne les savaient pas ici, ils éprouvèrent un frisson de plaisir coupable.

S'introduire dans le parc d'attractions, à douze ans, de nuit. « Super ! » Ils l'avaient assez souvent fait pendant la journée, aux heures d'ouverture. Juste derrière le stand des spectacles gratuits, il y avait ce trou dans la palissade entourant le parc. Bien des gosses des environs connaissaient l'ouverture et s'y faufilaient pour ne pas payer le droit d'entrée. La plupart ne savaient pas que le propriétaire du parc l'avait découverte, mais que les vigiles avaient l'ordre de fermer les yeux : le brave homme voulait qu'aucun enfant ne soit privé de Palisades Park. Après tout, une fois à l'intérieur, les jeunes resquilleurs devaient dépenser leur argent comme tout le monde.

Se faufiler dans le parc durant la journée était une chose. S'y glisser de nuit, lorsqu'il se trouvait fermé, c'était une tout autre affaire. Mais, en ce début septembre, la rentrée approchait. Le parc allait être condamné pour la morte saison. Ils ne pouvaient attendre plus longtemps. S'ils voulaient obtenir d'Emmett la récompense promise, ils devaient y aller ce soir.

A la faible clarté de la lune, les enfants, impatients de recevoir leur dû, parcoururent d'un pas pressé l'allée centrale. Ils passèrent entre les stands aux volets baissés et les roulottes des vendeurs de sandwichs. Ils ne s'attardèrent pas devant la baraque du loto où, quelques heures plus tôt, les femmes en robe d'été et les hommes en bras de chemise et pantalon de toile poussaient des jetons de plastique rouge sur les tapis de jeu.

Enfin, il fut devant eux. L'ancêtre de toutes les attractions du parc : le Cyclone. La haute silhouette des plus grandes, des plus rapides, des plus terrifiantes montagnes russes jamais construites se découpa dans la lugubre pénombre. Elle leur promettait la récompense de toutes les courses qu'ils avaient effectuées pour Emmett durant l'été.

Le bout incandescent d'une cigarette luisait dans l'obscurité, signe qu'il les attendait. En approchant, ils virent qu'Emmett n'était pas seul ; la brunette bien balancée au short de jean qui traînait avec lui depuis le début de la saison le collait encore, ce soir.

— Alors, les mômes, on est prêts ?

Ils échangèrent un regard, puis acquiescèrent avec appréhension. Ce qui leur avait paru une formidable idée quelques heures plus tôt prenait un aspect nouveau. Leur excitation se mêlait maintenant de crainte. Quel effet cela ferait-il de monter dans le Cyclone, de nuit, tout seuls ? Seraient-ils capables d'aller au bout du défi qu'ils s'étaient lancé ?

Ni l'un ni l'autre ne voulant être le premier à jouer les poules mouillées, ils grimpèrent donc dans le train des montagnes russes, prenant place à l'avant, côte à côte sur les sièges de bois. Leurs mains agrippèrent fermement la barre de métal devant eux. Leur cœur se mit à cogner dans leur poitrine, au moment où le convoi quitta péniblement son quai de départ. Ils étaient tirés par une chaîne dont l'étrange cliquètement, dans la nuit, les fit frissonner.

Avec une lenteur insupportable, ils entamèrent la montée, s'élevant bien au-dessus de Palisades Park. Quand le train eut rampé jusqu'au sommet, les lumières de New York s'étalèrent à leurs pieds.

Ce qui se passa exactement ensuite mit des décennies à être révélé. Mais, quand son parcours prit fin, la voiture ne transportait plus qu'un seul enfant.

Première partie

LES VACANCES

1

Mardi 21 décembre

— Tu me fais penser à la mort.

Laura Walsh, les bras chargés d'une pile de cassettes vidéo, se retourna vers son patron et lui décocha un large sourire.

— Merci, Mike. C'est vraiment très touchant de ta part.

Cette fois encore, elle avait fait ce qu'il convenait. Parfois, elle se sentait gênée d'en tirer tant de satisfaction. Satisfaction professionnelle. Bien préparée, elle avait rempli son office.

La mort d'un être humain. En général, un triste événement, entraînant des répercussions dramatiques sur ceux qu'elle laissait derrière. Pour Laura Walsh, la mort représentait une course de vitesse, du moins dans certaines circonstances.

Aujourd'hui, c'était le tour d'une vieille star de cinéma, dont on savait depuis longtemps que la santé déclinait. Laura avait réagi au quart de tour. Dans les minutes qui suivirent l'annonce de la nouvelle par l'agent de l'actrice, des millions de téléspectateurs découvrirent sur KEY News une vidéo de deux minutes résumant la carrière de cette légende du grand écran.

Ils auraient pu, en y songeant, s'étonner que les journalistes de télévision aient réalisé et diffusé ce sujet avec une telle promptitude. Il fallait sans doute pas mal de recherches, avant de choisir ce qu'il convenait de garder ou de supprimer pour réduire une vie au format « deux minutes ». Difficile de se passer d'un script. N'était-il pas compliqué, aussi, de récupérer ces images d'archives ? Enfin, comment parvenaient-ils à faire tout cela en un instant ?

En réalité, ils ne procédaient pas de cette façon. Laura Walsh avait écrit et monté la nécrologie de l'actrice plusieurs mois avant sa mort.

« Macabre », « terrifiant », « écœurant », « morbide » étaient les qualificatifs que Laura récoltait le plus souvent lorsqu'elle expliquait de quoi elle vivait. Néanmoins, elle aimait son job. Quand elle travaillait sur l'un de ses projets – sur sa prochaine « victime », comme disait Mike Schultz –, elle n'avait pas l'impression d'être l'Ange de la Mort, surnom dont l'affublaient ses collègues. Elle se sentait investie d'une responsabilité. Elle voulait rendre justice au personnage, sachant que les images qu'elle choisissait seraient un jour diffusées sur tous les écrans américains, voire dans le monde entier en fonction des multiples accords de KEY News avec d'autres télés.

Chaque nécrologie résumait la vie et la carrière d'une personnalité. Une mini-biographie, en somme. Certains, à KEY News, jugeaient ce travail plutôt idiot. Pas Laura. Pour elle, réaliser ces sujets était un honneur.

En outre, elle se savait relativement jeune pour une fonction impliquant de telles responsabilités. A vingt-huit ans, elle n'était sortie de l'université que depuis six ans. Juste avant d'obtenir son diplôme, elle avait saisi l'occasion d'un stage pour intégrer la rédaction de « Plein Cadre », le très réputé magazine d'information de KEY News, en tant qu'obscure assistante. Décidément chanceuse, elle avait été remarquée par Gwyneth Gilpatric, la journaliste vedette, personnalité impressionnante et souvent caustique. Gwyneth l'avait prise sous son aile.

« Ne te laisse pas effrayer par ces cinglés » avait-elle conseillé, rassurante. « La plupart sont des gens formidables. Simplement, leurs problèmes d'ego et la pression du direct les rendent fous. Ils crient, ils hurlent, ils te traitent comme si tu n'existais pas ; mais rends-toi compte que c'est parce qu'ils s'investissent énormément dans ce qu'ils font. Ils sont terrifiés à l'idée de manquer le bouclage ou de faire une bourde à l'antenne. Quand des millions de téléspectateurs te regardent, tu n'as pas le droit à l'erreur. »

Cet été-là, chaque fois que l'un des producteurs ou des rédacteurs de l'émission s'était permis de faire accourir Laura d'un simple claquement de doigts, elle s'était efforcée de se souvenir de l'avertissement de Gwyneth : ils étaient dévorés par l'inquiétude de perdre leur job. Joel Malcolm, le producteur exécutif de « Plein Cadre », avait fait savoir sans ambiguïté qu'il visait pour son émission la première place, occupée jusqu'à présent par le « 60 Minutes » de CBS News. Celui ou celle qui ne ferait pas tout pour atteindre cet objectif n'avait pas sa place dans le *staff* de « Plein Cadre ».

L'atmosphère était restée la même tandis que Laura, embauchée par la chaîne après son diplôme, passait d'un petit boulot mal payé à celui de secrétaire de la rédaction, puis bientôt d'assistante de l'unité de programmes, d'adjointe de production et, enfin, de productrice associée, ce qu'elle était aujourd'hui. Les têtes continuaient à tomber, à KEY News, chaque fois que la plus petite erreur se trouvait commise. Il n'y avait pas de deuxième chance. Seuls les meilleurs subsistaient.

Jusqu'ici, Laura s'était montrée exemplaire. Une fille en or. Ses supérieurs lui avaient confié de plus en plus de responsabilités, surpris de découvrir chez quelqu'un de si jeune un jugement aussi sûr associé à un tel savoir-faire. Ils ne devinaient pas, en revanche, que la jeune femme arrivait souvent le matin l'estomac noué, angoissée à l'idée de ce que la journée pourrait lui apporter. Ni qu'elle se réveillait parfois en pleine nuit et ne parvenait plus à fermer l'œil jusqu'à l'aube, tant la crainte d'une erreur la hantait. Ne soupçonnant rien de ses préoccupations, on se contentait de se féliciter des résultats.

Sans se demander comment Laura s'y prenait pour fournir une bande prête à diffuser, même quand la mort de la célébrité n'était pas spécialement attendue.

2

— Gwyneth, ça va faire un sujet fantastique ! « Mort au parc d'attractions ».

Enthousiasmé, Joel marchait de long en large dans son bureau spacieux.

— C'est ta petite Laura Walsh qui nous a sorti cette idée. Tu te rappelles, elle cherche à intégrer l'équipe de production des programmes.

— Non, je n'étais pas au courant, corrigea Gwyneth d'une voix glaciale.

Joel poursuivit son raisonnement.

— Si on ne le fait pas maintenant, il sera trop tard. On n'aura plus personne à interviewer, les gens qui ont vécu l'affaire seront tous morts.

Il alluma une cigarette, malgré l'interdiction de fumer dans les locaux de KEY News.

Gwyneth Gilpatric, vêtue d'un blazer de cachemire jaune pâle choisi pour accentuer encore le bleu de son regard tranchant, se tenait assise sur le sofa. Elle affichait une expression dure, fermée. A travers la baie vitrée, elle fixait au loin les falaises du New Jersey, surmontées d'un manteau de neige, de l'autre côté de l'Hudson.

— Il ne subsiste plus rien de Palisades Park, Joel, soupira-t-elle, levant la main pour toucher son cou en un geste plein d'élégance, l'air absent. Tout a été rasé pour construire un complexe immobilier, tu ne te souviens pas ?

Peu affecté par la froideur de la journaliste vedette, Joel persévéra.

— OK, mais on a ce stock formidable de bobines d'actualités. On peut présenter le parc, ses attractions, le Palais du Rire, le Tunnel de l'Amour, les antiques montagnes russes en bois. Avec ça, on a largement de quoi cadrer la disparition du gosse, présentée comme « l'histoire de cette mort qui a mis trente ans à faire surface ».

Gwyneth préleva délicatement sur sa veste un cheveu d'un blond cendré artificiel, laissant Joel continuer son boniment.

— A l'époque, on s'offrait des sensations fortes à peu de frais, marmonna-t-il. Bon sang, quand j'étais gosse, mes parents m'emmenaient chaque été à Palisades Park. Toute l'année, j'attendais ce moment.

— Tu t'encanaillais ? ironisa-t-elle.

Joel vivait depuis l'enfance sur la très prestigieuse Cinquième Avenue. Gwyneth savait que son vaste duplex, hérité de ses parents, avait été dernièrement évalué à douze millions de dollars.

— Tu ne vas pas me dire pas que tu n'y as jamais mis les pieds, Gwyneth. Toi qui as grandi tout à côté, dans l'une des belles demeures de Fort Lee ! C'est vrai, tu n'y es jamais allée ?

— Bien sûr que si, Joel, souffla-t-elle, exaspérée.

— N'était-ce pas un endroit de rêve ?

— Ce n'était pas trop mal.

Elle ne lui faisait aucun cadeau.

— Très bien. Moque-toi si tu veux. Mais c'est la vérité : moi, j'aimais ce vieux parc. J'adorais monter sur le Cyclone. J'étais heureux d'être le seul à ne pas me sentir malade dans le Grand 8. Je me souviens, dans la Galerie des Horreurs, je restais bouche bée devant le veau à deux têtes et la vache à six pattes.

— Tu n'as pas beaucoup changé.

L'espace d'une seconde, Joel parut vexé. Puis il haussa les épaules.

— J'étais déjà un fou de spectacle. Il n'y a rien que je préfère à un bon show. Je t'assure qu'on en tient un formidable pour « Plein Cadre ». Il pourrait être bouclé pour le *book* de février.

Le *book* de chacun des quatre trimestres de référence constituait la bible des annonceurs publicitaires. Les taux d'audience, déterminant le tarif qu'ils seraient prêts à payer pour le trimestre, y figuraient pour chaque émission. A cette fin avaient lieu en février, mai, juillet et novembre des « vagues de sondage ». Les chaînes de télé mettaient alors sur le tapis ce qu'elles considéraient comme leurs programmes phares du trimestre.

— Hmmm, il n'y a rien que tu préfères à un bon show, répéta-t-elle.

Avec l'intention de le distraire, elle décroisa les jambes et s'appuya un peu plus contre les moelleux coussins de cuir crème.

Les yeux brillants, Joel écrasa son mégot. Il traversa le bureau et vint s'asseoir sur le canapé, tout contre elle.

— Nous prendrons une décision au début de la nouvelle année. Qu'en penses-tu, ma belle ? susurra-t-il, déposant un baiser dans son cou.

« Nous ne ferons rien de tel, se dit Gwyneth. Tu te trompes. La décision est déjà prise. Simplement, tu ne le sais pas encore. »

3

La main de Felipe Cruz tremblait lorsqu'il replaça le combiné blanc du téléphone sur son support mural. Son regard vide erra sur les motifs du papier peint, une succession de tomates et de carottes. Ils l'avaient choisi pour égayer les murs de leur vieille cuisine.

Comment l'annoncer à Marta ?

Les résultats des tests venaient d'arriver. Le test d'ADN – une technique dont Felipe avait entendu parler pour la première fois au moment du procès de O. J. Simpson – résolvait, au moins en partie, l'atroce incertitude qui empoisonnait leur existence depuis trente ans. Trois décennies de désespoir, passées à se tourmenter, à s'interroger sans fin. La moitié d'une vie coupée en deux. Il y avait l'« avant » et l'« après », depuis la disparition de leur Tommy.

Le test d'ADN s'appuyait sur des échantillons provenant d'ossements découverts par des ouvriers du bâtiment début décembre, alors qu'ils creusaient les fondations d'une énième résidence de standing destinée à dominer la première zone immobilière de Palisades. La police de Cliffside Park avait appelé les Cruz dès que les premières constatations eurent montré qu'il s'agissait des restes d'un adolescent. Depuis qu'ils s'étaient rendus au laboratoire, deux semaines plus tôt, pour subir eux aussi un prélèvement génétique à fins de comparaison, Felipe et Marta ne fermaient plus l'œil de la nuit.

Maintenant, ils savaient. Trente années de chagrin, trente années dans l'expectative durant lesquelles ils s'étaient malgré tout accrochés à un impossible espoir, pour finir par apprendre la vérité. D'après l'ADN, qui identifiait avec certitude tout être humain selon sa carte génétique, il ne faisait aucun doute que ces restes étaient ceux de Tommy.

« Pardon, ô mon Dieu, mais c'est un soulagement. »

Ce Noël, ils ne se demanderaient plus si leur Tommy vivait encore quelque part. Les années avaient passé, rythmées par le retour de l'anniversaire de Tommy. La première année sans lui avait été la plus dure. Ensuite, ils avaient vu survenir son quatorzième anniversaire, son quinzième, jusqu'au quarante-deuxième. Ils avaient survécu, ne sachant trop comment, priant pour que leur fils réapparaisse un beau jour. Souvent, Felipe avait serré dans ses bras une Marta en sanglots. Souvent, ils avaient échafaudé ensemble des hypothèses sur ce qui avait bien pu arriver à leur enfant. Et puis, peu à peu, ils avaient cessé d'en formuler. Pas de vive voix, en tout cas. Ils n'avaient plus la force d'en parler ; cela les aurait tués.

Leurs souffrances étaient si vives que, plusieurs fois, ils avaient songé à se donner la mort. Ils l'auraient fait s'ils n'avaient pas été croyants. Catholiques pratiquants, ils se sentaient le devoir de continuer à vivre, quelle que soit leur douleur, sans se dérober à la volonté de Dieu.

La gorge de Felipe se noua. « Comment Dieu a-t-il pu permettre cela ? »

Marta rentrerait bientôt du marché. Il fit les cent pas dans la cuisine, préparant ses mots. Tout à coup, il se dit que, au moment même où elle le verrait, elle lirait sur son visage. Il n'aurait pas à lui expliquer. Elle comprendrait immédiatement que leur fils était bien mort, et que ces restes qui pourrissaient depuis trente ans à moins de deux kilomètres de chez eux étaient les siens.

Cependant, Felipe devait trouver la manière de lui glisser ce que l'examen médico-légal faisait ressortir. Tous les os étaient fracturés, et la police conservait peu d'espoir de retrouver la trace du propriétaire de la croix de marcassite fixée à une chaîne d'argent trouvée parmi les ossements de leur fils.

4

Mercredi 22 décembre

Décembre, ce mois gris et froid, apportait toujours la redoutable litanie du bilan annuel.

Trois jours avant Noël, assise à son bureau devant un listing d'ordinateur, un marqueur jaune à la main, Laura relevait les noms de tous ceux dont le décès avait été annoncé dans le carnet du *New York Times* depuis le début de l'année. La pile de feuillets atteignait l'épaisseur de *Autant en emporte le vent.*

« L'an prochain j'arrête, se promit-elle. D'accord, comme la plupart des gens, moi aussi j'ai une liste de Noël à rédiger. Sauf qu'il n'y figure que des morts. »

Elle écarta sa frange de cheveux blonds, passa machinalement le pouce sur la fine cicatrice au-dessus de son sourcil et laissa échapper un soupir. C'était la dernière chose dont elle avait envie de s'occuper en ce moment. Non parce qu'il s'agissait d'une tâche sinistre. A vrai dire, elle trouvait cela plutôt intéressant. Bien qu'elle ait suivi assidûment l'actualité pendant l'année, il restait toujours quelques noms de disparus qu'elle avait manqués ou oubliés, surtout ceux de gens n'ayant pas fait l'objet d'une nécrologie à l'antenne le jour de leur mort, mais assez connus toutefois pour qu'un résumé de leur carrière figure dans la presse nationale.

Ce travail ne l'ennuyait pas, non. Mais le *timing*, lui, la gênait. Il y avait tant à faire, à cette époque de l'année. Les gens que l'on devait voir, la course aux cadeaux, les paquets. C'était déjà assez stressant ! Alors, s'il fallait en prime établir le top 50 des macchabées...

Bon sang, tu deviens cynique, se reprocha-t-elle. Concentre-toi, il faut soigner ce travail. Toutes les stations locales en contrat avec KEY News vont le reprendre.

On diffusait le bilan des disparus de l'année le soir du réveillon. Ces deux minutes trente faisaient se succéder, sur un fond sonore approprié, les visages de tous ceux qui reposaient désormais en paix. Cette année, le choix de Laura s'était porté sur un des « tubes » d'un chanteur décédé quelques mois auparavant.

La projection se passerait bien, elle en était sûre. C'était toujours le cas. Elle avait déjà réalisé plusieurs de ces rétrospectives. Quand ils défilaient sur le réseau, ses collègues de la salle de rédaction les suivaient avec fascination. Ils formaient un public difficile, la plupart se gardant du moindre compliment. Néanmoins, même les plus blasés pouvaient ressentir une certaine émotion devant cette combinaison d'images et de sons à la mémoire de tous ceux qui, après avoir marqué leur époque, venaient de passer dans l'autre monde.

Une fois achevé son montage, Laura éprouvait en général une forme de satisfaction. Elle se sentait soulagée d'avoir tenu une nouvelle fois les délais et de pouvoir enfin accorder un petit peu d'attention à sa vie privée – du moins, ce qui en restait.

Productrice associée affectée au service des Informations de KEY News, Laura n'était pas supposée avoir de vie privée. En acceptant le poste, elle savait qu'elle devait être constamment disponible. Ses week-ends et ses vacances pouvaient prendre fin à tout moment si un événement majeur survenait. En cas d'alerte, son fidèle *biper* se mettait à sonner. Elle était alors censée joindre KEY News toutes affaires cessantes et, la plupart du temps, devait regagner les studios. En une année aux Informations, elle avait dû laisser en plan des dizaines de dîners et renoncer à bon nombre de ses jours de congé.

Quand il arrivait à Laura de se lamenter parce qu'elle ne bénéficiait pas d'un emploi du temps normal, vivant sous la menace permanente d'une catastrophe naturelle ou d'un crime inattendu, elle se répétait qu'il existait d'autres professions dans le même cas : la police, les pompiers, les médecins en milieu hospitalier devaient être en mesure d'assurer leur service 24 heures sur 24, 365 jours par an.

A bien y réfléchir, KEY News ressemblait beaucoup à un hôpital. « A la une ce soir », le grand journal, et les magazines tels que « Plein Cadre » nécessitaient une préparation infernale et des heures de travail. Tout à fait comme une opération chirurgicale. Le service des Informations équivalait plutôt aux Urgences hospitalières. Les correspondants, producteurs et rédacteurs assignés aux informations devaient se débrouiller avec les nouvelles qui leur tombaient du ciel, sans le moindre recul. Comme à l'hôpital, chaque seconde comptait ; ici, pour être les premiers à diffuser l'info et battre les concurrents.

Laura était à ce point plongée dans sa liste de défunts qu'elle sursauta lorsqu'elle sentit une main se poser sur son épaule.

— Alors, Laura, ça roule ? s'enquit Mike Schultz en se penchant au-dessus du bureau.

— Ça va, répondit-elle, remettant le capuchon de son marqueur. J'ai sélectionné la liste des plus importantes personnalités disparues. Croisons les doigts : il faut espérer qu'aucune autre ne mourra d'ici au 31 décembre.

— Tu peux parier que quelqu'un d'important va encore nous claquer dans les doigts avant la fin de l'année.

Laura approuva de la tête. Son patron voyait sans doute juste.

5

Mike Schultz héla un taxi et dit au chauffeur de le conduire à la gare de Penn. Il n'avait pas spécialement hâte de rentrer dans sa banlieue, mais il savourait la perspective du double Johnnie Walker Black Label qu'il se servirait à la maison.

Mike était du genre armoire à glace. Son mètre quatre-vingt-dix supportait sans problème les vingt kilos de trop accumulés depuis qu'il avait arrêté le football américain, après l'université. Il calculait que cela ne représentait qu'un kilo par année, ce qui le rassurait.

Son médecin n'était pas du même avis.

— Tu risques une attaque cardiaque. Arrête d'avaler ces cochonneries ! Fais un peu d'exercice. Laisse tomber la cigarette. Et surtout, ne te stresse pas trop pour ton fichu travail, bon dieu !

— OK, Doc.

« Facile à dire », rectifiait Mike en son for intérieur.

Il essayait. Vraiment. Au lieu de s'empiffrer d'un *bagel* au fromage frais ou à la confiture qu'il achetait au *delicatessen* face à la gare, Mike se forçait à avaler un morceau chez lui, dans la banlieue résidentielle de Park Ridge, New Jersey. Avant de foncer vers le train pour Manhattan, il se préparait une simple banane coupée en rondelles arrosée de lait écrémé, avec une tranche de pain de son aux raisins secs. A midi, il avait pris l'habitude de choisir une salade à la cafétéria, délaissant son habituel cheeseburger-oignons-frites.

Quand il le pouvait, il sortait du bureau pendant la journée, juste pour marcher une vingtaine de minutes.

Toutefois, à la maison, c'était plus difficile. Après une dure journée aux Informations, il mourait d'envie de se verser un scotch ou deux, voire trois. Il se doutait bien qu'il ne valait rien pour sa santé d'être toujours sous pression. En tant que directeur du service, il devait s'assurer que tout événement puisse être traité sans délai par la chaîne. Quelle que soit l'heure, dans les meilleures conditions et, si possible, avant les autres télés. Les correspondants de la chaîne, ses équipes de producteurs et de rédacteurs le secondaient dans la bataille de l'information. Néanmoins, si quelque chose se passait mal, erreur humaine ou problème technique, cela lui retombait dessus.

Il avait envie de tout plaquer. Ce truc était en train de le tuer.

Au départ, il s'était senti soulagé de pouvoir bosser à nouveau dans son domaine. Il était déterminé à bien faire ce job, s'appliquant à montrer aux types de la direction générale qu'il avait l'étoffe d'un leader, qu'il était capable d'animer l'une des équipes de KEY News. N'avait-il pas toujours été leur bon petit soldat ? N'avait-il pas toujours fait ce que la chaîne exigeait de lui ?

Lors du scandale Gwyneth Gilpatric, il avait bien fallu que quelqu'un porte le chapeau. Il se revit en frissonnant convoqué dans le bureau de la présidente. Yelena Gregory lui avait expliqué que, pour le bien de la chaîne, il devait couvrir la réputation de sa journaliste vedette.

Il avait dû faire une croix sur « Plein Cadre », deuxième magazine d'infos pour le taux d'audience. Il avait dû abandonner la voix royale du journalisme télé et s'était retrouvé du jour au lendemain *persona non grata* dans le business. Plus aucune chaîne ne voulut entendre parler de lui. Et il était resté un an sans travail. Sans travail, mais avec une femme et trois gosses à charge, plus un crédit pour un logement à rembourser.

Ils avaient survécu, se raccrochant à ses vacations d'enseignante de Nancy, à son nouveau job d'employé de nuit dans un magasin de vins et spiritueux, et en ponctionnant l'épargne constituée pour payer les études des enfants. Après plusieurs mois de cette ineptie, il avait appelé Yelena Gregory et l'avait menacée de révéler ce qui s'était réellement passé lorsqu'il travaillait à « Plein Cadre » avec Gwyneth Gilpatric.

Yelena s'était subitement montrée rassurante. Elle lui avait affirmé que, bien entendu, ils souhaitaient qu'il réintègre la chaîne, connaissant sa valeur professionnelle. Ils avaient simplement voulu attendre que toutes ces histoires s'apaisent.

Mais les semaines avaient passé et leur compte en banque continuait à s'épuiser. Mike perdit peu à peu confiance. Certes, il pouvait encore porter l'affaire sur la place publique. Toutefois il ne se sentait pas la force d'attaquer KEY News en justice. Et puis, il tenait à retravailler un jour à la télé.

Juste au moment où, écœuré, il s'était résolu à appeler le responsable de la page Médias du *New York Times* pour tout balancer, Yelena Gregory lui avait passé un coup de fil. Ils lui proposaient de reprendre le poste de responsable des Informations, bien moins prestigieux que celui qu'il occupait auparavant à « Plein Cadre ». Un travail qui promettait d'être pénible et fastidieux.

Mike leur avait été si reconnaissant de lui permettre de revenir parmi eux qu'il avait presque oublié que KEY News l'avait possédé. KEY News et Gwyneth Gilpatric.

6

« Mademoiselle Laura Walsh est là » annonça dans le combiné de l'interphone le concierge en livrée grise.

Laura attendait à la réception, dans le hall bien chauffé de l'imposant immeuble d'avant-guerre, heureuse d'avoir quitté le froid glacial qui était tombé sur Central Park West.

— Vous pouvez monter, mademoiselle Walsh.

Le vieil ascenseur aux boiseries d'acajou s'éleva doucement dans les étages. Laura vit défiler les plaques de cuivre brillant frappées du numéro de chaque palier. Au dernier étage, la porte coulissa sans bruit et la jeune femme s'avança dans le vestibule dallé de marbre des appartements de Gwyneth Gilpatric. Un imposant sapin aux branches couvertes de décorations clinquantes occupait l'espace. La jeune femme détailla l'arbre de Noël, sans y trouver ce qu'elle cherchait.

— Laura, ma chérie ! s'exclama Gwyneth en lui tendant les bras. Je suis si contente que tu sois venue ! Je ne t'ai pas assez vue, ces temps derniers. Mais je me suis laissé dire que tu retravaillerais bientôt pour « Plein Cadre »

Gwyneth, qui portait un pantalon gris et une tunique brodée de perles de faux bronze, accueillit son invitée en l'étreignant avec chaleur.

— Entre, entre donc !

Elle la conduisit jusque dans l'immense living. La baie vitrée offrait une vue si spectaculaire sur Central Park, bordé au sud par les lumières de Manhattan, que Laura en eut le souffle coupé. Sur la table basse était posé un sablier, emblème de l'émission de Gwyneth. Celui-ci contenait du sable rose pâle. Il était flanqué d'une escouade d'Emmy Awards, les Oscars de la télévision américaine.

— Assieds-toi près du feu, Laura. Puis-je t'offrir un verre de merlot californien ? Je sais combien tu aimes ce vin.

Laura se sentit flattée une fois de plus que Gwyneth se souvienne de ces détails. Elle accepta et prit place dans l'interminable canapé blanc.

— Madame, intervint l'employée de maison, le Premier Ministre vous demande encore au téléphone.

— Je vous en prie, Delia, oubliez le « Madame ». Il me vieillit trop ! Ma chérie, excuse-moi, dit Gwyneth en se tournant à nouveau vers Laura. Avec cette interview à Londres le mois prochain, Tony et moi cherchons sans arrêt à nous joindre. J'en ai pour une minute.

Restée seule, Laura s'extasia sur le luxe qui l'environnait ; il lui donnait l'impression d'évoluer dans un rêve. Elle se demanda ce qu'on éprouvait à vivre dans pareil cadre.

Elle se pencha pour saisir le sablier et le retourna, provoquant le lent écoulement du sable rose dans la partie basse. Sous le socle, une petite plaque métallique, où Laura lut la dédicace gravée :

A GWYNETH.
AVEC TOI, CHAQUE INSTANT
RESSEMBLE AU *PRIME TIME*.
JOEL

Joel Malcolm, le producteur exécutif de « Plein Cadre », était lui aussi une star, presque autant que Gwyneth. Il était l'homme qui avait lancé ce magazine maintes fois récompensé, que Gwyneth Gilpatric avait porté au firmament télévisuel.

Laura se souvint de l'attitude de son patron lors de son stage d'études à KEY News. Il s'était montré rude et méprisant, jusqu'à ce qu'il apprenne que Gwyneth en avait fait sa protégée. Il avait alors changé du tout au tout, passant subitement de l'indifférence à la sympathie. A la fin du stage, il avait commandé du champagne et des gâteaux pour le pot de départ.

« Laura, avait-il déclaré en levant sa coupe de Piper Heidsieck, a su se montrer un précieux renfort au sein de notre équipe. Elle va nous manquer. Cependant – il s'était tourné, le sourire aux lèvres, vers le coin de la pièce où se tenait Gwyneth –, quelque chose me dit que nous allons la revoir bientôt à KEY News. Pour notre plus grand profit. »

Elle se rappela s'être sentie terriblement embarrassée. Elle avait bien vu quelle jalousie ce favoritisme peu discret avait suscitée dans le staff. Elle fut presque soulagée d'avoir fini son stage et de retourner en fac. Cependant, un an plus tard, alors qu'elle allait bientôt avoir son diplôme en poche, Laura fut sûre de vouloir travailler pour un journal télévisé. Qu'aurait-elle pu trouver de mieux que KEY News ?

Attirée par le scintillement féerique qui nimbait les sombres gratte-ciel de Manhattan, Laura se leva du canapé et sortit sur la terrasse. L'air froid et vif de la nuit la happa aussitôt. Elle croisa les bras et s'approcha du grand télescope amateur planté près du parapet. Scrutant au loin à travers la lentille, elle régla le télescope sur les jardins en terrasse du Metropolitan Museum, de l'autre côté du parc.

Gwyneth s'arrêta sur le seuil du living-room et contempla la silhouette de Laura à travers la vitre. Une magnifique jeune femme. Ses cheveux blonds et lisses cascadaient sur ses épaules. Elle avait des yeux bleus très vifs, des traits fins, une bouche bien dessinée. Elle souriait facilement, révélant une éclatante denture.

« Elle pourrait passer à l'antenne, si elle le souhaitait. Peut-être devrais-je l'encourager à tenter sa chance. »

Ou peut-être pas. Passer à l'antenne n'était sans doute pas ce qu'il y avait de mieux. Gwyneth pouvait l'attester. C'était drôle : à une époque, elle avait absolument voulu apparaître à l'écran. Mais elle avait dû marcher sur la tête de pas mal de gens pour parvenir à ses fins.

« Bah, tu adores ce métier, avoue-le. D'où pourrais-tu tirer tant de satisfactions, sans compter l'adoration du public ? Et l'argent. Partie de zéro, tu es aujourd'hui propriétaire d'un appartement à Central Park, d'une villa donnant sur la plage tout au bout de Long Island et d'un confortable pied-à-terre à Londres, en plein Kensington. »

Elle se sentait encore assez jeune pour en profiter, à quarante-sept ans. Quarante-sept ans *seulement*. Quelques années plus tôt, cela aurait paru beaucoup ; aujourd'hui, non. Elle se situait au top, professionnellement. Rien d'autre ne lui importait, de toute façon. C'était du moins ce qu'elle se répétait chaque matin devant la glace en scrutant les plis de son cou.

Elle n'avait pas eu de famille pour l'accompagner durant toutes ces années. Pas mal d'aventures, des relations durables, mais aucun homme qu'elle eût voulu épouser. Les choses se trouvaient très bien comme cela. Cette solution lui avait permis de concentrer toute son énergie sur sa carrière, sa vraie passion.

Gwyneth se connaissait bien. Elle avait conscience de n'être pas faite pour le mariage, un contrat fondé sur l'échange, les concessions mutuelles, la patience. Elle ne regrettait pas d'être restée célibataire. Elle regrettait simplement de ne pas avoir eu d'enfant.

« Tu aurais pu, pourtant. Grâce à l'un de tes amants. Ou en adoptant, voire en recourant au don de sperme. Admets-le : tu n'as pas voulu faire d'effort, y consacrer du temps. Tu ne voulais pas être distraite de ton travail. Sois réaliste : tu n'aurais pas été une bonne mère. »

Elle contempla les formes élancées de sa jeune visiteuse. Celle-ci se détourna du télescope et, voyant qu'elle l'observait, lui sourit puis revint à l'intérieur.

Qu'avait donc la jeune femme qui fasse tant vibrer en elle une corde sensible ? se demanda Gwyneth en prenant place dans le somptueux canapé. D'ordinaire si terre à terre, si dure, si calculatrice, elle couvait Laura avec une attention extrême.

Gwyneth connaissait la réponse à sa propre interrogation. Elle n'avait pas envie d'y penser pour le moment. Elle leva la main pour se masser la nuque.

Delia réapparut devant elle.

— Oui ? Qu'y a-t-il, maintenant ?

Gwyneth était visiblement agacée.

— Le docteur Costello vous demande au téléphone.

Nouvelle interruption. Elle eut une grimace affligée. Elle ne voulait pas parler à son chirurgien esthétique. Pour annuler un peu plus tôt son rendez-vous avec le plasticien, elle avait préféré joindre son assistante, Camille Bruno. Il était plus simple de passer par elle pour éviter d'avoir Leonard en personne au bout du fil, et de devoir se justifier.

Il était l'un des meilleurs spécialistes à New York. Elle le voyait depuis longtemps et, au fil des années, une amitié était née. Au fur et à mesure, Gwyneth avait dû faire appel à des procédés de plus en plus sophistiqués pour effacer les dommages du temps. Quand le rouge à lèvres souligna trop son vieillissement, Leonard avait eu recours à des micro-injections de collagène. L'année suivante, il lui avait conseillé une blépharoplastie pour résorber les petites poches de graisse sous ses paupières. Ensuite, Gwyneth s'était fait faire un lifting du cou, afin de garder à son profil son élégance et sa jeunesse.

Elle avait retardé le plus possible l'inévitable lifting du visage. Mais les traitements palliatifs ne suffisaient plus. Or, l'apparence de Gwyneth était prépondérante dans sa vie. On admettait qu'un homme mûr apparaisse à l'antenne. Une femme entre deux âges, non. Malgré le discours politiquement correct mis en avant par les télés rien ne changeait, au fond. Combien de femmes âgées voit-on réellement à la télévision ?

Gwyneth avait soulevé la question de ce lifting prévu pour janvier devant Joel. Sa réponse, sans vraiment la surprendre, l'avait blessée. Il trouvait l'idée bonne parce qu'il ne voyait qu'une chose : elle devait être parfaite pour passer à l'antenne en février, au moment des vagues de sondage. Quand elle lui avait assuré qu'avec une maquilleuse, cela irait très bien, il avait jugé qu'il serait plus sûr de recourir à la chirurgie esthétique. Il avait même eu le culot de lui proposer que l'on filme l'opération et ses suites. Une idée que Gwyneth avait immédiatement repoussée.

Elle avait donc pris date pour un lifting du visage au laser, la première semaine de janvier, se consolant à l'idée d'être entre de bonnes mains avec Leonard Costello.

Ce sentiment s'était mué en terreur lorsqu'elle avait découvert que le chirurgien était atteint de la maladie de Parkinson.

Elle remercia le Ciel de s'être liée d'amitié avec l'infirmière du médecin, Camille Bruno, qu'elle croisait chaque trimestre, au moment de ses injections de collagène autour des lèvres. Gwyneth avait fini par lui rendre à l'occasion de petits services, lui procurant par exemple des places pour assister à telle ou telle émission avec ses filles, ou leur faisant visiter les locaux de la chaîne.

Lorsque Gwyneth l'avait jointe, en décembre, pour confirmer le rendez-vous de janvier, Camille avait paru gênée. Elle avait proposé à Gwyneth de la rappeler chez elle le soir même. Faisant promettre de garder le secret, elle lui avait alors avoué, à regrets, que son patron manifestait les premiers symptômes de la terrible maladie.

A ce stade, encore peu avancé, il suffisait au Docteur Costello de prendre un cachet avant chaque opération pour conserver la maîtrise de ses gestes, avait expliqué Camille Bruno.

Il ne la lui avait pas révélé lui-même. L'infirmière avait d'abord remarqué à plusieurs reprises qu'il tremblait légèrement, sans jamais toutefois voir ses mains le trahir lors d'interventions chirurgicales. Puis, un jour, elle l'avait aperçu avalant une pilule. Il avait attendu trois quarts d'heure dans son bureau avant de commencer à opérer. Cela ne lui ressemblait pas.

Prise de soupçons, malgré sa honte de recourir à un tel procédé, elle n'avait pas résisté au besoin de se rendre compte en allant fouiller dans les tiroirs du chirurgien. Et elle avait découvert la boîte de Sinemet, avait lu l'indication sur la notice pharmaceutique.

Leonard attendait Gwyneth au bout du fil. Il voulait sans doute savoir pourquoi elle s'était décommandée. En tant qu'amie, elle lui devait une explication. Elle comprit qu'il valait mieux prendre l'appel, pour régler la question.

— Excuse-moi encore, ma chérie, pria Gwyneth en dévisageant son invitée, tentant de se rendre compte si Laura avait reconnu le nom du célèbre praticien – elle ne tenait pas à ce que la jeune femme ou qui que ce soit d'autre sache qu'elle avait recours à la chirurgie esthétique. Il faut absolument que je prenne cet appel. Même si je n'en ai aucune envie. Je reviens dans une seconde. Je te le promets, c'est la dernière fois que l'on nous dérange.

Gwyneth disparut aussitôt dans le vestibule, ouvrit la porte de son bureau, la referma derrière elle.

Elle prit une profonde inspiration en se saisissant du combiné.

— Leonard ! Comment vas-tu ? J'ai hâte de vous voir, Anne et toi, pour cette soirée du réveillon ! dit-elle avec une gaieté forcée.

— Je vais bien, Gwyneth. Je suis juste un peu surpris. J'ai appris par Camille que tu avais annulé ton rendez-vous.

— C'est exact.

— Mais pour quelle raison, peux-tu me le dire ?

— Par lâcheté, mentit Gwyneth. J'ai la frousse, Leonard. J'ai peur d'aller plus avant. Je crains de ne pas me reconnaître.

— Enfin, tu as déjà vécu ce genre d'hésitations ! De nombreuses fois, même. Et nous les avons surmontées ensemble.

— Je sais, Leonard. Je suis désolée, mais je ne me sens vraiment pas prête.

— Dans ce cas, repoussons la date de quelques mois. Il suffit de fixer un nouveau rendez-vous.

Elle l'entendit feuilleter les pages de son agenda.

— Non, Leonard, coupa-t-elle d'un ton ferme. Je ne crois pas que ce soit la bonne solution. Quand je serai prête, je t'en avertirai.

7

De l'autre côté de Central Park, Kitzi Malcolm s'habillait pour son quatrième dîner en ville depuis le début de la semaine. Elle attendait son mari, qui devait bientôt rentrer de KEY News. Elle s'échinait sur le fermoir du somptueux collier de perles que Joel lui avait offert pour l'un de ses anniversaires, sans pouvoir l'attacher.

Lasse de sa résistance, elle roula rageusement le collier en boule et le jeta sur la table basse. Ensuite, elle tenta d'atteindre dans son dos la fermeture Éclair de sa robe de cachemire beige. Sans succès.

« Va au diable, Joel ! »

Tant pis s'il ne rentrait pas à temps. Son cardigan bordé de renard argenté cacherait la béance de la robe dans son dos. Kitzi se ferait aider sur place, aux toilettes, pour la refermer complètement.

Elle en avait assez d'être Mme Joel Malcolm. Mais c'était sa faute. Elle l'avait voulu.

Elle aurait divorcé depuis longtemps s'il ne subsistait un petit problème : elle aimait toujours son mari.

Joel avait beaucoup d'allure. Il était passionné et drôle. Il pouvait se montrer charmant, aimant, sensible. Et il commettait infidélités sur infidélités.

« Rien de tout cela n'a eu d'importance pour lui », songea Kitzi en soulignant au crayon ses paupières. Non, ce n'était que des passades.

Sauf une.

Kitzi s'était assurée qu'il ne puisse s'en rendre compte. Mais elle avait pu observer tant de fois son manège sur leur terrasse au-dessus de la Cinquième Avenue. Il scrutait, grâce à son télescope amateur pointé vers l'ouest, l'appartement de Gwyneth.

8

Au même moment, une Gwyneth Gilpatric très sophistiquée déchirait avec une excitation enfantine son paquet-cadeau. Il venait de chez Saks, la grande boutique de la Cinquième Avenue. Elle poussa un petit cri perçant.

— Oh, Laura, c'est délicieux !

— Tu ne l'as pas déjà, au moins ?

— Non, ma chérie. Pas celui-ci. Il est adorable !

Gwyneth brandit une sorte de santon de verre de dix centimètres de haut, représentant un blondinet qui, d'une main, jouait de la trompette et, de l'autre, tenait un réveil marquant minuit moins cinq. L'œuvre avait été peinte à la main.

— Celui-ci s'intitule « Le carillon du nouvel an ». Je sais combien tu apprécies les personnages signés Christopher Radko. Mais j'avais peur que tu ne l'aies déjà.

Gwyneth alla embrasser Laura.

— Tu as vu juste, j'adore Radko, depuis que j'ai découvert ses décorations de Noël lors d'une soirée à la Maison Blanche, il y a deux ou trois ans. Sais-tu de quelle manière Radko a débuté ses créations ?

Laura secoua la tête.

— C'est une curieuse histoire. Radko travaillait à la Poste, où il s'ennuyait ferme. Un jour, chez lui, peu avant Noël, il renverse accidentellement l'arbre et brise toutes les décorations peintes à la main que sa famille collectionnait depuis des générations. Mortifié par les reproches de sa grand-mère, il est retourné lors des vacances de Pâques dans sa Pologne natale, pour mettre la main sur un fabricant de santons à l'ancienne. Il a pu en rapporter quelques douzaines aux États-Unis. Par la suite, il les montra à ses collègues et eut aussitôt des acheteurs. Depuis, Radko a monté petit à petit cette grosse affaire de décorations de Noël artisanales. Il possède plusieurs usines en Europe de l'Est et fait travailler des centaines de personnes rien qu'à New York. Il a créé des lignes de personnages et de décorations pour Noël, Pâques, Hanoukka, la fête de l'Indépendance le 4 juillet, Halloween...

— Impressionnant ! dit Laura, avec l'air d'approuver. J'admirais depuis longtemps les créations de Radko dans la vitrine de chez Saks, mais je ne savais rien de son histoire. Grâce à lui, j'ai trouvé un cadeau parfait pour mon père : un superbe modèle réduit de montagnes russes, décoré de peinture argentée.

Le sourire de Gwyneth s'effaça tout à coup.

— L'aventure de Radko m'inspire quelque chose que j'ai pu vérifier au cours de ma vie, reprit-elle en tendant à Laura un paquet . Une tragédie conduit parfois à un événement merveilleux, bien au-delà de tout ce que l'on imagine.

9

Nancy Schultz jeta avec précipitation les macaronis dans l'eau bouillante. Pendant qu'ils cuisaient, elle étala trois sets sur la table de la cuisine, y posa à toute vitesse assiettes, couverts et serviettes en papier. Elle versa ensuite trois grands verres de lait.

Elle détestait nourrir les enfants de cette façon, se dit-elle en égouttant les pâtes, qu'elle parsema de fromage râpé en sachet. Sur le côté de la boîte de macaronis, elle lut les informations nutritionnelles : fort taux de lipides, beaucoup de sodium, grosse ration de calories. Magnifique.

« Qu'est-ce que je suis en train de faire ? », se demanda Nancy en déposant dans chaque assiette un petit tas de pâtes au fromage. « Probablement la même chose que des millions de mères de famille américaines. » Des mères de famille éreintées d'avoir travaillé toute la journée pour un salaire minable, au bureau, au restaurant, à l'hôpital ou au supermarché. Des mères de famille qui s'étaient jetées dans le trafic et avaient affronté la foule pour faire les courses de

Noël, et n'avaient plus, à la fin de leur journée, le courage de préparer de vrais repas. Elles en avaient déjà cuisiné un minimum de trois cent cinquante dans l'année, ce qui paraissait suffisant. Trop, c'est trop.

— Aaron, Brian, Lauren, le dîner est prêt !

Les enfants quittèrent la salle de jeux, déboulant dans les escaliers. Nancy s'apprêtait à encaisser leur déception devant le « dîner ».

— Super, des pâtes au fromage ! se réjouit Aaron, neuf ans.

Son frère Brian, six ans, attaqua sa ration sans attendre. La petite Lauren, quatre ans, suivit leur exemple.

Soulagée, Nancy leur annonça qu'elle montait en vitesse prendre sa douche.

— Tu ne manges pas avec nous ? demandèrent-ils en chœur.

— Non, vous ne vous rappelez pas ? Je travaille, ce soir. Julie D'Amico vient s'occuper de vous jusqu'au retour de papa.

— Tant mieux, commenta Aaron avant de replonger dans son assiette. Elle nous apporte toujours des bonbons.

Nancy soupira, renonçant, faute d'énergie, à leur expliquer une fois de plus que les sucreries étaient mauvaises pour les dents.

Dans la douche, Nancy songea qu'elle resterait bien indéfiniment sous le jet d'eau chaude. Elle évita de penser aux quatre heures qu'elle allait passer debout au rayon lingerie de chez Macy's, à tenir la caisse et à surveiller l'assortiment. Ce supplément de revenus leur était indispensable, pas seulement pour les fêtes. Ils avaient désespérément besoin de se désendetter, de reconstituer l'épargne pour les études des gosses.

Elle avait constaté avec étonnement à quel point une période de chômage pouvait déstabiliser les finances d'une famille. Parfois, elle se demandait s'ils retrouveraient un jour leur aisance.

Enfin, en rentrant, elle annoncerait à Mike qu'ils avaient reçu une invitation pour la fameuse soirée du Nouvel An chez Gwyneth Gilpatric.

10

Jeudi 23 décembre

Laura accrocha son lourd manteau de laine dans l'entrée et se faufila au milieu de la grande pièce bondée, jusqu'au box qui lui servait de poste de travail. Elle alluma aussitôt son ordinateur pour consulter son courrier électronique.

Elle trouva trois nouveaux messages, identifiés par leur objet : la liste des sujets d'actualité que KEY News devait couvrir aujourd'hui, le récapitulatif de ce qui était passé à l'antenne la veille sur les chaînes concurrentes ABC, CBS et NBC, et enfin une communication d'offres d'emploi en interne.

Le dernier message était celui qui l'intéressait le plus. Elle avait envie de quitter les Informations et savait où elle voulait aller. Elle cliqua donc sur la troisième ligne, pour ouvrir le message.

Il proposait un poste de producteur détaché à Londres. Assez tentant. Toutefois, elle ne voulait pas quitter New York. Une seconde offre, à Washington, ne l'attirait pas davantage.

Ces deux jobs auraient pourtant constitué pour elle une promotion. Ils permettaient de travailler sur le terrain, hors des studios, de faire de l'investigation. Cependant, Laura restait très attachée à « Plein Cadre », même s'il n'y avait pas d'opportunité immédiate d'emploi au magazine. Elle savait en outre que ces offres d'emploi étaient souvent là pour la forme, les responsables ayant déjà choisi celui ou celle qu'ils allaient recruter.

En essayant d'accrocher Joel grâce à ce sujet sur Palisades Park, elle avait voulu attirer son attention, pour le prochain recrutement d'un producteur à « Plein Cadre ».

L'appui de Gwyneth serait utile ; néanmoins, en y repensant, Laura songea que Gwyneth n'avait pas insisté sur ce chapitre la veille, lors de leur échange de cadeaux.

11

Après une nuit d'un sommeil réparateur, Gwyneth Gilpatric repensa à la visite de Laura. Dans la pièce de son appartement qui lui servait de bureau, elle approcha une chaise de l'ordinateur, le mit en marche pour consulter sa boîte aux lettres électronique. Elle préférait, dans la mesure du possible, ne pas se rendre à KEY News, aujourd'hui. Il ne restait plus que deux jours avant Noël, et elle avait encore tant à faire.

Le message de Laura lui fit monter le sang au visage.

POUR : diffusiongenerale@key.com
DE : laurawalsh@key.com
OBJET : recherche d'informations
Je travaille sur un sujet relatif à l'ancien parc d'attractions de Palisades Park. Ouvert pendant soixante-quinze ans, ce parc fut le reflet de notre culture populaire nationale et de ses mutations.
Si vous avez des histoires intéressantes à propos de Palisades Park, merci de me contacter.

Comment Joel avait-il osé donner le feu vert à Laura, alors qu'il avait promis de ne prendre la décision qu'en janvier ?

Gwyneth se déconnecta, puis elle alla se verser une deuxième tasse de thé vert, utilisant la théière d'argent déposée par Delia sur une desserte dans la bibliothèque. Elle but sans hâte, cherchant à canaliser ses pensées. Mais sa rage ne fit que croître à mesure qu'elle méditait sur la trahison de Joel.

Il nierait probablement avoir manqué de parole. Il se justifierait en soutenant que ce qui était bon pour KEY News était bon pour elle, Gwyneth Gilpatric. Ce genre d'arguments lui laissait toujours le champ libre.

« C'est la dernière fois », songea-t-elle tout à coup. Un sourire triomphal se dessina sur ses lèvres, tandis qu'elle contemplait Central Park couvert de neige.

« C'est la dernière fois que tu m'écartes de cette façon, Joel. »

Aussi longtemps qu'elle attendrait avant de lui faire cette annonce, elle serait dévorée d'impatience. Elle éprouverait même une sorte de honte à ne pas lui avouer tout de suite. Néanmoins, après ce nouvel affront, elle n'allait pas se priver de jubiler, le moment venu, lorsqu'elle lui révélerait qu'elle partait.

Elle allait abandonner « Plein Cadre ». Laisser tomber KEY News. Et le quitter, lui, Joel.

Cette perspective l'emplit un instant de satisfaction. Joel l'avait blessée ; bientôt, elle lui rendrait coup pour coup. Son angoisse reprit vite le dessus lorsqu'elle songea que KEY News s'apprêtait à concentrer sa puissance d'investigation sur les derniers jours de Palisades Park. Elle en eut une sueur froide, sous le fourreau de soie bleu ciel de sa robe.

D'un geste décidé, elle se saisit du combiné du téléphone et composa le numéro direct de Joel.

— Voilà le cadeau que tu me fais juste avant les fêtes, espèce de salaud !

L'entendant siffler sa haine sans préambule, Joel fit la grimace. Il éloigna le récepteur de son oreille.

— Gwyneth chérie, laisse-moi t'expliquer

— Ne m'appelle pas chérie ! Tu n'es qu'un pitoyable menteur. Tu avais promis que nous déciderions *ensemble* à propos de Palisades Park, et ce, *après* les fêtes. Mais rien ne doit ralentir le grand chef, pas vrai ?

— C'est le système qui veut ça, ma chérie.

— Eh bien, j'en ai assez ! Tu dois veiller à respecter ceux qui comptent, Joel. Je vais te rappeler un concept que tu as trop négligé, ces temps derniers.

Il marqua une pause, hésitant sur la tactique à adopter : devait-il lui montrer qu'il était le patron ou jouer l'apaisement ?

— Allons, Gwyneth ! Qu'y a-t-il de si terrible ? répondit-il, choisissant la seconde solution. J'ai simplement autorisé Laura à poursuivre ses premières recherches.

— Tu t'es tellement monté la tête sur Palisades Park que cela revient à lui donner un feu vert définitif, répliqua-t-elle avec colère. Nous le savons très bien, l'un comme l'autre.

— Dois-je comprendre que Kitzi et moi ne sommes plus les bienvenus à ta soirée du Nouvel An ?

— Fais ce que tu veux, ça m'est désormais parfaitement égal ! répondit sèchement Gwyneth.

Elle raccrocha avec violence. Joel ne manquerait pas de venir, elle le savait très bien. Il lui offrirait sans doute de faire la paix. Il aurait la certitude d'arranger les choses.

Elle ne marcherait pas, cette fois-ci. A son tour, elle aurait une petite surprise pour lui, qu'elle se ferait un plaisir de lui annoncer. « Plein Cadre », sa chère émission, l'œuvre de sa vie, allait bientôt perdre sa star.

12

Maxine Kanowski-Bronner attendait avec impatience la visite que Laura Walsh, son ancienne élève, devait lui rendre le soir de Noël comme chaque année depuis vingt ans. L'ex-institutrice, désormais à la retraite, se souvint de la toute première fois que Laura était entrée dans leur maison de Lafayette Avenue. Laura n'avait que huit ans ; sa mère était morte depuis un mois seulement.

Le père de Laura ne s'en remettait pas. Il buvait, avait cessé de se rendre à son travail et pleurait sans cesse. Maxine l'avait appris grâce à la petite fille. L'enfant ne lui avait pas dit de vive voix, mais l'institutrice le savait grâce au cahier de bord qu'elle faisait tenir à chacun de ses élèves, à l'école catholique de l'Épiphanie.

Quand ceux-ci entraient en classe, la première chose qu'ils devaient faire était d'écrire dans leur cahier, à propos d'un sujet nouveau que leur suggérait la maîtresse, du type : « Qu'est-ce que vous ferez quand vous serez grand ? » ; « Racontez vos vacances » ; « Faites le portrait votre famille ». Mais les enfants pouvaient aussi choisir d'écrire librement sur ce qu'ils avaient en tête.

Cette année-là, en septembre, Laura raconta dans son journal que sa maman avait été malade tout l'été et s'était rendue de nombreuses fois chez le docteur. En octobre, elle écrivit que sa maman allait souvent à l'hôpital ; les traitements lui faisaient perdre ses beaux cheveux blonds. Sa maman lui avait assuré que les médicaments la remettraient bientôt sur pied. En novembre, Laura s'était entendu dire qu'en fin de compte, le traitement ne marchait pas.

Les autres enfants savaient eux aussi ce qui se passait. Des extraits des cahiers étaient lus en classe. Nul n'était obligé de lire mais, quand l'institutrice demandait : « Qui veut faire partager ce qu'il a écrit ? », Laura levait toujours le doigt.

Ses camarades tentaient de la consoler.

« Ta mère ira bientôt mieux. »

« Ne t'en fais pas, Laura. »

« Mon oncle a été malade, lui aussi. Il s'est rétabli. »

A l'approche de la fête de Thanksgiving, alors que l'on étudiait en classe l'épisode traditionnel du *Mayflower* et des premiers colons américains, Laura écrivit qu'elle allait chaque soir dans le lit de sa maman pour dormir près d'elle. Dès que son père s'était endormi, Laura se glissait sous les couvertures et se blottissait contre le corps amaigri de sa maman, écoutant battre son cœur.

Sa mère ne dormait en fait pas très bien ; cependant, jamais elle ne reprocha à Laura de ne pas se comporter comme une grande fille. Au contraire, elle lui ouvrait les bras, caressait ses cheveux, lui murmurait que tout irait bien. Dans la tiédeur du lit, confiante et rassurée, Laura la croyait.

Néanmoins, la dernière nuit, avait un jour écrit Laura, maman ne s'éveilla pas lorsqu'elle vint se serrer contre elle. Sa respiration produisait un son bizarre ; sa poitrine se soulevait à intervalles rapprochés. Laura tenta de secouer papa, qui ne bougea pas d'un pouce. Il avait bu bières sur bières après dîner. Dans ces cas-là, il n'y avait aucune chance de le réveiller.

Laura était simplement restée étendue près de maman, l'entourant de ses petits bras, priant Dieu pour conserver la personne à qui elle tenait le plus au monde. Celle auprès de qui elle se sentait en sécurité.

Ne trouvant pas le sommeil, elle resta dans le noir, les yeux grands ouverts. Elle écouta longtemps le tic-tac de la pendule de l'entrée. Et puis la poitrine de sa maman se souleva pour la dernière fois.

Le cœur serré, Maxine avait écouté Laura leur lire son récit. Elle ne savait que faire pour aider la petite fille. De son bras, elle lui avait entouré les épaules, en murmurant « Nous sommes toujours là, nous restons auprès de toi ». Serrée contre sa maîtresse, l'enfant avait éclaté en pleurs.

Dans les semaines qui suivirent, à l'approche de Noël, Maxine avait eu besoin de tout son courage pour retenir ses larmes devant la petite Laura. L'école avait donné son concert de Noël, les enfants avaient entonné les chants traditionnels, le Père Noël était venu dans la classe distribuer des sucres d'orge. Chaque fois, Laura avait participé, du mieux qu'elle avait pu. Elle faisait front, comme un brave petit soldat.

Souvent, en fin de journée, après la sonnerie, Laura s'attardait dans la classe. Elle repoussait le moment de rentrer dans sa maison de Grant Avenue, d'où sa maman était absente. Son père l'y attendait, mais elle était inquiète, ne sachant jamais dans quel état elle allait le retrouver.

L'institutrice occupait alors son élève à de menues tâches, lui faisait effacer le tableau noir ou fixer les dessins au mur. Quelques jours avant les vacances, Maxine rassembla son courage et demanda à la petite fille ce que son père et elle faisaient pour Noël.

— Papa dit que nous ne fêterons pas Noël cette année, répondit Laura en baissant les yeux.

— A cause de ta maman ?

Laura fit oui de la tête.

— Écoute-moi, Laura, commença Maxine après une courte pause, je sais que c'est très difficile pour ton père. Je peux comprendre qu'il n'ait pas envie de fêter Noël. Néanmoins, que dirais-tu si je vous proposais de venir ensemble à la maison le soir du 24 décembre ? Nous célébrons toujours le réveillon en famille, selon nos traditions. Tu découvriras une nouvelle façon de fêter Noël.

Les yeux de l'enfant avaient brillé.

Le soir même, Maxine appela Emmett Walsh. Au ton pâteux de sa voix, elle devina qu'il avait bu. Cependant, d'une certaine façon, il lui fit une réponse encourageante :

— Je sais que Laura a droit à un Noël, mais je n'aurais pas la force de l'organiser pour elle. Je ne mérite pas de fêter Noël. Elle, si.

— Monsieur Walsh, vous le méritez, vous aussi. Vous ne pouvez vous tenir responsable de la mort de votre femme.

— Ma femme n'est pas morte en paix. C'est de ma faute.

Au téléphone, Maxine l'entendit boire une nouvelle gorgée d'alcool. Elle n'avait pas bien saisi ce qu'il voulait dire. Toutefois, ce n'était pas à elle de lui demander des précisions.

— Peut-être devriez-vous parler au père Ryan. Il pourrait vous aider à accepter ce qui s'est passé.

— Je n'ai plus rien à faire de la religion aujourd'hui, madame Bronner. Si vous voulez savoir, Dieu, j'en ai plutôt ras le bol.

— Monsieur Walsh, je sais que vous souhaitez le meilleur pour votre innocente petite fille. Acceptez donc de vous joindre à nous pour Noël. Je vous en prie.

Cela avait commencé de cette façon. Les premières fois, Emmett Walsh accompagnait sa fille chez les Bronner le soir de Noël. Puis seule Laura continua à venir.

Enfant unique, Laura appréciait la grande réunion de famille. Alan Bronner se montrait chaleureux et aimant envers sa femme et ses deux enfants, Danielle et Justin. Tantes, oncles et cousins emplissaient la petite maison, rassemblés pour célébrer la Wigilia, le grand Noël des immigrés polonais.

A la tombée de la nuit, Maxine Bronner plaçait une chandelle sur le rebord de l'une des fenêtres de façade. Elle avait expliqué à Laura que l'on croyait autrefois aider ainsi les esprits des ancêtres à retrouver leur foyer pour la Wigilia.

— Pensez-vous que maman me retrouvera ici ? avait demandé Laura d'une voix douce, la première année.

Maxine avait attiré l'enfant à elle.

— Laura, je suis sûre que l'âme de ta maman est ici même à cet instant, et qu'elle te regarde avec beaucoup d'amour. Elle a fait tout ce qu'elle pouvait pour rester auprès de toi car elle ne voulait pas t'abandonner. Mais elle devait partir, le moment était venu pour elle de monter vers Dieu, au Paradis. Je suis certaine qu'elle souhaite que tu sois gaie, que tu profites de la vie et de toutes les merveilleuses choses qui t'attendent.

— Comme ce soir ?

« La pauvre enfant demande la permission de s'amuser », avait songé Maxine.

— Oui. Tout spécialement ce soir.

Maxine avait pris Laura par la main et l'avait entraînée dans la salle à manger. Repoussant un coin de la nappe de lin empesée, elle lui avait montré les quelques fétus qu'elle cachait, répandus sur la table.

— Le foin et la paille symbolisent la naissance de l'Enfant Jésus dans une étable. Quand les premières étoiles apparaîtront dans le ciel, nous pourrons commencer à célébrer Noël.

— Et s'il n'y a pas d'étoiles ? Si les nuages les cachent ?

Maxine avait ri.

— Alors nous commencerons à six heures du matin !

Mais ce soir-là, une étoile s'était montrée. Les convives s'étaient rassemblés debout, autour de la table couverte de la lourde nappe, pour partager l'*optalek*, le pain rituel qui, avait expliqué Maxine Kanowski-Bronner, équivalait à l'hostie consacrée lors de la sainte messe. Au lieu d'en avoir la forme arrondie, l'*optalek* était rectangle et estampée sur une face d'un motif de Noël. Pour les Polonais, elle symbolisait le renforcement des liens entre les gens.

Laura avait solennellement avalé le pain rituel et était allée s'asseoir aux côtés de son père. Elle s'était sentie soulagée qu'il n'ait pas bu de la journée. De fait, quand on lui avait demandé ce qu'il voulait boire, il avait réclamé une eau gazeuse.

Les choses allaient peut-être s'arranger un peu.

13

Tandis que sa mère vivait ses dernières nuits, la petite Laura ne pouvait trouver le sommeil. Sa chambre familière au papier peint multicolore, avec son lit-bateau – un « lit de princesse », disait sa mère –, n'était plus le lieu confortable et rassurant où on lui lisait un conte avant qu'elle s'endorme. C'était devenu une pièce sombre, effrayante.

Pendant la journée, l'école et les jeux, la présence de Mme Bronner la distrayaient. La nuit, allongée dans son lit, guettée par l'angoisse, Laura tournait et retournait ses pensées.

Elle se doutait que quelque chose n'allait pas même si, en sa présence, chacun se comportait comme s'il n'y avait rien d'anormal.

Son père ne savait pas qu'elle l'avait aperçu sanglotant dans le grand fauteuil, tard le soir, alors qu'il la croyait au lit. Elle se relevait et surveillait sans bruit ce qui se passait dans la maison. C'était ainsi qu'elle avait tout compris.

Laura jouait elle aussi un rôle, celui du bon petit soldat. Pendant le dîner, elle ne manquait pas de babiller, racontait à Emmett ce qu'elle avait fait à l'école. Elle s'efforçait de ne jamais regarder la place vide de l'autre côté de la table. Elle buvait bien son lait, mangeait bien ses petits pois, avec le secret espoir que si elle se comportait comme une bonne petite fille, rien de grave ne pourrait arriver.

Elle avait décidé d'ignorer le fait que son père buvait de plus en plus.

D'aussi loin qu'elle se souvienne, elle avait toujours vu son père consommer une grande quantité de boîtes de bière rouge et blanc. Sa mère ne lui reprochait pas, mais elle surveillait l'accumulation des boîtes vides. « Emmett, ça suffit, maintenant », disait-elle simplement lorsqu'il le fallait. En général, son père cessait aussitôt de boire.

Privé de la surveillance de sa femme, Emmett ne savait plus s'arrêter. Il buvait de plus en plus. Son élocution devenait laborieuse. Il sentait la bière. Parfois, lorsqu'il se levait de son fauteuil, il titubait et s'étalait au sol.

Un soir, Laura lui souffla : « Papa, ça suffit, maintenant ». Son père la frappa. Dès lors, chaque fois qu'il décapsulait l'une de ses boîtes rouge et blanc, elle faisait comme si elle n'avait rien entendu.

Son esprit d'enfant comprenait de manière confuse qu'il n'avait pas voulu lui faire mal. Il l'aimait, elle en était sûre. Elle l'excusait : il était si inquiet au sujet de maman.

Laura avait surpris les paroles de ses parents. Un soir, elle s'était postée dans le couloir pour écouter à la porte le son étouffé de leurs voix :

— Sarah, qu'est-ce que je vais devenir, sans toi ? sanglotait Emmett.

— Tais-toi, mon chéri. Je suis tellement désolée. Il faut que tu te montres fort. Tu dois continuer. Tu dois le faire pour ta fille, pour Laura.

— J'en suis incapable.

— Si, tu peux. Il le faut. Emmett, promets-moi d'arrêter de boire. Tu dois te faire aider.

Laura entendit son père pousser des gémissements plaintifs. Elle eut peur. Si sa mère la quittait, il ne lui resterait plus que son père. Il était en train de s'effondrer, lui que Laura avait toujours cru si grand, si fort.

— Promets-moi, Emmett. Il faut que tu en parles à quelqu'un. Soulage-toi. Tu ne guériras que si tu te débarrasses de ce poids sur ta conscience. Il faut que tu cesses de te sentir coupable. Admets-le : c'était un accident. Va voir la police. Confesse-toi.

La petite fille n'ignorait pas le sens de ce verbe. Elle venait de faire sa première communion ; à cette occasion, elle avait appris à se confesser. Il lui avait été assez difficile de faire la démarche, d'avouer au prêtre ce que l'on doit considérer comme des péchés.

Elle resta immobile, pieds nus, en pyjama. « Qu'a donc fait papa qui inquiète autant maman ? »

Vingt ans plus tard, Laura avait su se détacher de son enfance et de son adolescence, assombries par le secret et les mauvais traitements.

Elle ignorait encore tout de ce à quoi sa mère avait fait allusion. La petite cicatrice sur son front était cependant là pour lui rappeler le mal qui avait rongé son père, incapable de se contrôler.

14

Le cœur lourd, Leonard Costello acheva sa tournée des chambres au Mount Olympia Hospital. Le dernier patient fut une adolescente qui avait eu le visage tailladé par un déséquilibré, dans Central Park. Quand il en aurait fini avec elle, après de multiples opérations – pour plusieurs milliers de dollars –, elle aurait peut-être même meilleure apparence qu'avant l'agression.

Il marcha lentement vers la sortie. Dans le couloir chargé d'odeurs d'antiseptique, les infirmières circulaient d'un pas pressé, leurs semelles de crêpe crissant sur le linoléum. Grésillant dans les haut-parleurs, une voix énonçait le nom de certains médecins. Mais Costello n'avait que faiblement conscience de l'activité. Il réfléchissait à sa conversation avec Gwyneth Gilpatric. Elle l'avait plongé dans un profond trouble.

« Sait-elle ? A-t-elle pu apprendre ma maladie ? » Il n'en avait pourtant parlé à personne, ni à Francesca, ni même à son épouse.

Il avait pris tant de précautions. Quand il avait soupçonné un problème, il avait évité de consulter au Mount Olympia, ni dans aucun autre hôpital de New York. Il avait appelé son meilleur ami du temps de la fac de médecine, devenu neurobiologiste en Floride. Il s'était rendu là-bas en avion pour se faire examiner.

Rapidement, en testant sur lui le Sinemet, son ancien camarade d'études lui avait appris qu'il était à coup sûr atteint de la maladie de Parkinson. Comme l'acteur Michael J. Fox, le procureur général Janet Reno ou le grand boxeur Mohammed Ali.

Son ami lui avait juré de ne pas dévoiler son diagnostic. Costello était assuré de sa discrétion. Après tout, il possédait lui-même quelques informations gênantes à son propos. Ils devaient se ménager l'un l'autre.

La moindre trace de suspicion pouvait s'enfler jusqu'à devenir mortelle. Car la réputation du docteur Costello était la garantie de son activité professionnelle.

Il lui avait fallu tellement travailler pour réaliser ses rêves. Il se sentait un véritable artiste du bistouri. On le lui répétait si souvent. Son compte en banque le prouvait. Son standing le reflétait.

La Jaguar, la Range Rover, le bateau mouillé dans les eaux de l'Hudson, la grande demeure à Scarsdale, la villa au bord de la falaise, à Saint-Martin. Pour les enfants, les plus grandes écoles privées. Et une maîtresse, Francesca, installée en ville, dans un appartement de l'Upper East Side.

Il n'était pas prêt à abandonner tout cela.

Si Gwyneth savait, elle ne pourrait le garder longtemps pour elle. Le bruit se répandrait comme une traînée de poudre. Leonard Costello, le chirurgien esthétique si renommé, avait la tremblote. Effrayées, ses riches patientes l'abandonneraient. Cette pensée le fit frissonner.

Sans aucun doute, il allait devoir arrêter, au bout du compte. Mais pas tout de suite. Il pourrait attendre de ne plus pouvoir se contrôler, même sous médicament. Avec un peu de chance, il lui restait encore un capital de plusieurs années. De quoi accumuler de nouvelles provisions d'argent, s'occuper de son épargne. Bref, se constituer un joli matelas pour amortir le choc.

Il devait déterminer si Gwyneth était au courant. Si elle l'était, il pourrait peut-être la convaincre qu'il n'avait jamais eu l'intention de l'opérer pendant l'une de ses crises. Il ferait appel à sa sympathie, lui expliquerait quels étaient ses plans. Elle comprendrait qu'il ait besoin de quelques années avant de se retirer.

Il résolut de chercher à la mettre de son côté. Il irait à sa soirée du Nouvel An. S'il pouvait lui parler face à face, il devinerait tout de suite si elle était ou non au courant.

— Leo !

Interrompant sa réflexion, Greg Koïzim, l'un de ses collègues en chirurgie esthétique, très réputé lui aussi mais plus jeune de dix ans, s'approcha et vint marcher à ses côtés.

— Hello, Greg. Comment ça va ? s'enquit Costello d'une voix lasse.

— Devine qui j'ai reçu en consultation il y a quelques jours ?

— Je donne ma langue au chat.

— Gwyneth Gilpatric. Elle n'est pas l'une de tes patientes, pourtant ?

« Tu le sais foutrement bien, petit bâtard ! » Costello se blâma de la manie qu'il avait eue pendant des années de révéler les noms de ses clientes célèbres, pour faire impression. Tant pis s'il en perdait une. L'essentiel était maintenant de garder les autres.

— Ah oui ? De quoi avait-elle besoin ? interrogea-t-il, évitant d'adopter un ton intrigué.

— D'un lifting facial complet. J'ai réussi à la caser dans mon planning pour la première semaine de janvier.

Le docteur Costello sentit ses joues s'enflammer. Toutes ces salades à propos de sa prétendue « peur de n'être pas prête ». Mensonges !

Elle savait. Sans le moindre doute, elle savait.

15

Laura continua de travailler sur son bilan annuel des disparus pendant toute la matinée et une partie de l'après-midi. Elle dut passer au crible trois cartons de vidéocassettes pour retrouver les deux petites secondes d'images précisément nécessaires pour tel et tel personnage de sa galerie de disparus. A seize heures, elle eut hâte de descendre au studio de « A la une ce soir », où une session d'enregistrement était prévue avec Eliza Blake, la présentatrice de l'émission.

Ceux des membres du personnel qui le pouvaient avaient pris leur semaine. Laura, qui finissait son bilan annuel, travaillait tous les jours, sauf le jour de Noël. Eliza Blake avait droit quant à elle à quelques jours de congé. Mais avant son départ, KEY News souhaitait parer à toute éventualité.

Quand Laura pénétra dans le studio, Eliza avait déjà pris place. Depuis son *desk* de présentatrice, elle parcourait une copie de la bande vidéo dont elle devait lire le commentaire. Elle adressa un sourire à sa jeune collègue.

— Faire ce genre de chose une veille de Noël me glace les sangs, commenta-t-elle.

Laura opina.

— Moi aussi. Tu sais comment ça marche : si nous sommes prêts, il ne mourra pas. Dans le cas contraire, tu peux être sûre qu'il va passer de vie à trépas.

Eliza soupira, fronçant les sourcils.

— Je suppose qu'il faut voir les choses de cette façon. Crois-tu qu'en général ils se doutent de ce que nous leur préparons ?

— Lui, d'après ce que je sais, il n'a plus conscience de grand-chose, répondit Laura.

— Bon, OK. Je suis prête. C'est quand tu veux.

Laura se dirigea vers la cabine vitrée du réalisateur, tandis qu'Eliza procédait à l'essai de son.

— Test micro, un-deux, un-deux !

— Parfait, jugea J. P. Crawford depuis la cabine, alors que Laura prenait un siège derrière lui.

Crawford commença le décompte :

— Eliza Blake, émission spéciale sur Kevin Kane, trois deux un, A toi, Eliza.

Laura suivit sur le moniteur l'image d'Eliza Blake qui regardait la caméra en lisant les mots défilant sur le prompteur.

« Nous interrompons nos programmes pour une édition spéciale. Kevin Robert Kane, l'ancien président, est décédé aujourd'hui dans son ranch près de Tucson, Arizona, à l'âge de soixante-dix-sept ans. Depuis plusieurs années, il luttait contre une grave maladie.

« La dépouille mortelle sera exposée au Capitole avant l'inhumation dans le caveau de l'institution qui porte son nom, la Bibliothèque Kevin Kane de Tucson.

« Nous vous communiquerons de plus amples détails sur cette disparition un peu plus tard, au cours de l'édition de “A la une ce soir”. »

— Arrêtons-nous là pour l'instant, dit Crawford. On va voir ce que cela donne.

La bande repassa sur la demi-douzaine d'écrans de contrôle, sous les yeux du *staff* de la régie.

— Ça te convient ? demanda Crawford à Laura Walsh.

— Très bien, assura Laura.

Maintenant, si l'ex-président décédait dans les dix prochains jours, le sujet serait annoncé sur KEY News par la présentatrice de « A la une ce soir » comme on s'y attendait. Quand bien même Eliza Blake se trouverait à des centaines de kilomètres des studios, en vacances sur Rhode Island avec ses enfants.

Quelques minutes plus tard, Eliza détacha de son chemisier le clip du micro.

— Ces nécrologies ne te fatiguent pas, à la longue ? demanda-t-elle.

Laura haussa les épaules.

— Pas vraiment, non. En réalité, j'y prends même un certain plaisir. Elles sont l'occasion d'évoquer un destin exceptionnel. Et les recherches se révèlent souvent passionnantes. J'apprends toujours quelque chose.

La présentatrice hocha la tête.

— Y a-t-il certains traits qui reviennent ?

— Oui, répondit Laura après quelques secondes de réflexion. Chacun de ces destins semble marqué par une période difficile, une traversée du désert. Toutes ces personnalités, à force de persévérance, finissent par la surmonter.

Un franc sourire se peignit sur le visage d'Eliza.

— Je trouve cela bien. Et puisque nous terminons sur une note un peu plus gaie, j'en profite pour te souhaiter de joyeuses fêtes. Je vais avec Janie chez mes parents. Et toi, que comptes-tu faire ? Tu ne travailles pas le 25, j'espère !

— Non, heureusement. Cette année, j'ai quartier libre. Je vais dans le New Jersey, passer la journée en compagnie de mon père.

16

Vendredi 24 décembre, veille de Noël

En ce jour particulier, une atmosphère de fête régnait dans les locaux de KEY News. On avait suspendu au plafond du service des Informations des guirlandes lumineuses. La grande table de travail, au milieu de la pièce, avait été débarrassée pour qu'on y dispose gâteaux et cookies, avec le baklava, une pâtisserie orientale sucrée préparée par la femme de Mike Schultz. L'ambiance de travail était détendue. Laura et ses collègues, très décontractés, échangeaient des plaisanteries, discutant de ce qu'ils devaient faire pendant leur congé ou s'apitoyant sur le sort des malchanceux qui restaient au boulot.

Laura travailla un peu à sa rétrospective. Elle estimait être capable de la terminer dans les temps. Elle décida de partir assez tôt. En réalité, elle avait hâte de se rendre chez les Bronner.

Afin d'éviter la contrainte des horaires de bus, elle avait fait une petite folie, louant une voiture pour ces deux jours. Les présents qu'elle offrirait aux Bronner se trouvaient déjà dans le coffre. En quittant les bureaux, elle emprunta donc directement le Lincoln Tunnel pour se diriger vers l'État du New Jersey.

Quand elle sortit du tunnel, le ciel commençait à s'assombrir. Elle appuya sur l'accélérateur. Elle voulait être chez eux avant que la première étoile ne s'allume au firmament.

C'était un moment qu'elle chérissait, celui auquel elle songeait avec le plus d'impatience. Un instant, elle se sentit coupable : elle aurait sans doute dû préférer passer davantage de temps en compagnie de son père. Tant pis.

Sa relation avec Emmett Walsh était complexe. Elle l'aimait, sans aucun doute. Cependant, toutes ces années passées à se demander quels nouveaux problèmes il allait poser lui avaient beaucoup coûté. Elle ne lui rendait jamais visite sans une pointe d'angoisse. Serait-il sobre, cette fois-ci ? mécontent ? déprimé ?

Les Bronner, eux, l'accueillaient comme l'une des leurs. Elle avait le privilège de partager cette soirée avec eux pour célébrer Noël dans la tradition, en toute quiétude.

Laura dénicha une place de stationnement au croisement de Lafayette et de Palisades Avenue. Alors qu'elle sortait les paquets du coffre, elle se rendit compte qu'elle était à deux pas de l'emplacement de l'ancien parc d'attractions, de l'autre côté de la chaussée. On avait découvert les restes de Tommy Cruz un peu plus loin. Remontant la rue vers la maison des Bronner, le visage fouetté par un vent glacial, Laura songea qu'elle ne devait pas oublier de demander à Maxine et Alan s'ils se souvenaient de l'époque où le petit Cruz avait disparu.

Elle s'engagea sur le perron et, en haut des marches, leva les yeux au ciel ; elle y vit une unique étoile.

— Bravo ! tu arrives juste à temps !

Maxine, les bras grands ouverts, invita la jeune femme à entrer.

Laura reconnut l'odeur familière des plats que l'on servait chez les Bronner à Noël. Le dîner ne comportait pas de viande : on allait déguster des harengs marinés, puis des truites cuites à l'étouffée, agrémentées de champignons, d'oignons et de céleri, et accompagnées de pommes chaudes. La choucroute sans viande au chou et aux pois mitonnait longtemps sur le feu, avant d'être servie parsemée de graines de pavot. Et il y aurait, bien entendu, ces *pierogi* qu'aimait tant Laura, des boulettes de pâte farcies à la pomme de terre et au fromage.

Tout en recevant les souhaits de bienvenue des Bronner, Laura déposa ses présents au pied du sapin abondamment décoré. Elle ôta son manteau, découvrant la robe rouge moulante qu'elle venait de s'offrir pour les fêtes.

— Tu es magnifique ! s'exclama Maxine.

— Et vous, madame Bronner... Les années n'ont pas prise sur vous.

— Laura, répondit Maxine en riant, combien de fois t'ai-je dit de m'appeler Maxine ! Quant au temps qui passe... Comme je voudrais que tu aies raison !

— Vous me paraissez la même que le jour où je suis entrée pour la première fois dans votre classe. C'est sans doute pour cela que je n'arrive pas à vous appeler Maxine. Mais j'essaierai encore !

Maxine sourit avec un léger haussement d'épaules. Alan l'entoura de son bras.

— Max est aussi belle que lors de notre rencontre. Ce fut le jour le plus chanceux de ma vie.

Max et Alan Bronner s'étaient connus bien des années auparavant. Alan travaillait alors dans une petite société d'informatique, qui depuis s'était développée ; trente-cinq personnes étaient aujourd'hui à l'œuvre dans ses bureaux de Mahwah. Les Bronner n'avaient pas quitté Cliffside Park. Ils préféraient rester au contact de la communauté polonaise plutôt que de s'éloigner vers une banlieue résidentielle du New Jersey.

Maxine donna bientôt le signal de la Wigilia. On rompit l'*optalek* avant de savourer le délicieux dîner, entrecoupé de discussions et de rires.

Quand Maxine apporta les desserts – un gâteau au miel en forme de cœur servi tiède, un autre aux grains de café et de pavot, une compote de fruits secs et du pudding aux noix –, Laura ne put retenir un gémissement.

— Je ne peux plus rien avaler !

Malgré cela, elle remplit son assiette.

Après le repas, Maxine se mit au piano, dans le living. Ayant appris dès l'âge de cinq ans, elle jouait à merveille. Laura joignit sa voix à celles des autres convives pour une série de chants de Noël pleins d'enthousiasme. Ensuite, ce fut le moment d'ouvrir les cadeaux.

Laura s'assit aux côtés de Maxine sur une causeuse, dans l'angle de la pièce, tandis que l'on défaisait les paquets sur fond de « oooh ! » et de « aaah ! » admiratifs.

— Comment vont les choses à KEY News ? commença Maxine à brûle-pourpoint.

— Plutôt bien, à vrai dire.

— T'occupes-tu toujours des nécrologies ?

— Oui. Cependant j'essaie d'obtenir un nouveau poste, à « Plein Cadre ».

— Ce serait formidable, Laura ! commenta Maxine en ouvrant de grands yeux. Nous regardons cette émission chaque semaine. Elle est sensationnelle.

Laura hocha la tête.

— Je suis allée proposer une idée de sujet au producteur exécutif, qui paraît très intéressé.

Maxine tendit l'oreille.

— Palisades Park et la mort de Tommy Cruz.

Le visage de l'ex-institutrice se rembrunit.

— Qu'y a-t-il ? demanda Laura.

— Ce furent de terribles moments, dit Maxine Bronner en secouant la tête. Je me souviens des recherches pour retrouver le petit garçon, qui n'en finissaient plus. Les jours, les semaines passaient, et l'on n'avançait pas d'un pouce. Le meilleur ami de Tommy, Ricky Potenza, tomba dans une sorte de dépression nerveuse, le pauvre gosse ! Après cela, il ne fut plus tout à fait le même. Sa famille déménagea, en fin de compte ; je reçois encore une carte tous les ans à Noël.

Maxine détourna un instant le regard, comme pour rassembler ses souvenirs.

— Le bruit autour de cette affaire s'est peu à peu dissipé. Quant aux Cruz, ils ont poursuivi leur chemin de croix. Encore aujourd'hui, lorsque je tombe sur Felipe à l'église ou sur Marta au supermarché, je ne sais que leur dire. Ils vont peut-être pouvoir en finir avec tout cela, maintenant.

— Oui et non, répondit Laura. La police vient de relancer l'enquête.

— Après tant d'années ? Je pensais que toute trace aurait disparu.

17

Samedi 25 décembre, jour de Noël

En fin de soirée, Laura quitta les Bronner. Ne voulant pas passer la nuit chez son père, elle regagna son appartement de Manhattan.

Le matin du jour de Noël, elle rangeait les cadeaux pour son père dans un grand sac rouge de chez Bloomingdale lorsqu'elle fut interrompue par la sonnerie du téléphone.

— Joyeux Noël... murmura la voix au bout du fil.

— Francesca, c'est toi ?

— Hmm hmm.

— Pourquoi parles-tu si bas ?

— Je ne suis pas seule.

— Oh ! tu es avec Leo ?

— Il est couché à côté de moi. Il dort à poings fermés.

— Leo est dans ton lit, le jour de Noël ? Alors que sa femme et ses enfants l'attendent chez lui Quelle ordure, ce type ! Quand vas-tu enfin te débarrasser de lui ?

— Allons, Laura, sois gentille... Épargne-moi tes reproches. C'est Noël.

Laura soupira, résignée pour l'instant à accepter la situation de son ancienne colocataire.

— OK. Dis-moi seulement une seule chose. Comment fait-il ? Je veux dire, quelle excuse a-t-il bien pu donner à sa femme pour ne pas être à Scarsdale quand les enfants ouvriront leurs cadeaux ?

— Il est médecin, tu sais.

— C'est vrai, j'oubliais.

Laura eut un petit rire sarcastique.

— Sans doute une « urgence » hospitalière pour le Grand Maître de la chirurgie esthétique. C'est pitoyable ! Excuse-moi, Fran, mais sa femme doit tout de même suspecter quelque chose. Ou alors, elle est complètement aveugle !

— Tu vas voir Emmett ? s'enquit Francesca, changeant de sujet.

— Oui. Et j'aimerais bien que tu m'accompagnes. Emmett serait si content de te voir. Il t'adore. Tu aurais droit à ses affectueuses taquineries. Tu devrais venir, Francesca, vraiment. Je ne vais pas aimer te savoir toute seule en ville quand le Docteur Miracle sera reparti.

— Merci, ma chérie. L'idée de passer la journée dans le sous-sol de ton père à faire joujou avec son parc me tente énormément. Si je change d'avis, je saurai où te trouver ! Oh ! conclut Francesca avec précipitation, je te laisse : il est en train de se réveiller.

L'entendant reposer le combiné, Laura regretta de ne pas avoir eu le temps de lui apprendre que son déloyal amant avait appelé Gwyneth Gilpatric, le soir où elle se trouvait chez la présentatrice.

18

En entrant dans le pavillon double de Grant Avenue dont son père occupait l'une des moitiés, Laura fut accueillie par le fumet du rosbif mijotant sur le feu. Il n'y avait personne dans le living, ni dans la petite cuisine. Non sans peine, elle y transporta l'énorme paquet et le sac rempli de cadeaux qu'elle avait extirpés du coffre de la voiture. Elle posa tout par terre.

— Papa, appela-t-elle. Je suis rentrée !

— Descends, ma chérie !

« Évidemment, il est à la cave. » Elle aurait dû se douter qu'il l'attendrait en bas : le sous-sol était l'endroit qu'il préférait.

Elle ôta ses gants, les fourra dans une poche de son manteau, le suspendit au portemanteau de l'entrée, puis alla placer le grand sac Bloomingdale's non loin du mini-sapin en plastique qui ornait le poste de télévision. Son père avait ceint l'arbre artificiel d'une petite guirlande lumineuse. Il avait accroché aux branches les décorations qu'il chérissait, celles qu'avait confectionnées Laura lorsqu'elle était enfant : un papillon dont le corps était formé d'une épingle à nourrice et les ailes découpées dans du papier de soie, une chenille en carton avec deux cure-pipes verts pour les antennes, plus un collier de macaronis dorés.

La sentimentalité d'Emmett fit sourire Laura. Au cours des ans, il avait plusieurs fois échoué en tant que père. Cependant, à sa façon, il s'était efforcé de jouer son rôle, de remplacer cette mère qu'elle n'avait plus.

Elle disposa un à un les paquets-cadeaux au pied de la télévision, en se félicitant de ne pas avoir ménagé sa bourse. On en comptait une demi-douzaine, enveloppés de papier vert et rouge, attachés par un bolduc argentée. Ils contenaient des objets qu'Emmett ne se serait jamais achetés lui-même. L'un des présents tenait dans une petite boîte. Laura l'emporta avec elle au sous-sol.

— Papa ?

En descendant l'escalier de bois, elle entendit une musique qu'elle connaissait depuis son enfance. L'air de Palisades Park tintait au sous-sol.

Certains hommes d'âge mûr possèdent des trains électriques. D'autres manipulent des bataillons de soldats de plomb. Le père de Laura, lui, avait réalisé au prix d'un long labeur la maquette de Palisades Park, le parc d'attractions où il avait travaillé plusieurs étés – les plus mémorables de sa vie, disait-il.

Tout était reconstruit à petite échelle, avec une ingéniosité stupéfiante. Il y avait là le manège et ses chevaux de bois lilliputiens, sculptés à la main ; la piscine d'eau salée, remplie au compte-gouttes ; les autotamponneuses Sky Ride, reliées chacune à son fil électrique vertical ; la figurine du gorille grimaçant qui gardait le Train de la Jungle ; un golf miniature, aussi, qui portait bien son nom. Chacune des attractions du mythique parc se trouvait représentée dans le monde souterrain d'Emmett Walsh.

Après la mort de sa mère, Laura avait passé des heures à travailler sur la maquette avec son père. La petite fille aimait entendre les histoires que lui contait Emmett.

Pour toutes sortes d'occasions, concerts, rencontres sportives ou simples promenades, des milliers de gens d'horizons divers avaient un jour franchi les portes de Palisades Park.

Son père avait ainsi vu Jackie Kennedy et ses enfants, Caroline et John-John, manger une glace entre deux tours de manège. Debbie Reynolds, à l'époque une étoile du cinéma, avait annoncé à Palisades Park ses fiançailles avec le chanteur Eddie Fisher – mais leur mariage n'avait pas marché, faisait remarquer Emmett en hochant la tête. Liz Taylor s'était enfuie avec le mari. Triste affaire !

Un prince d'Arabie saoudite s'était rendu lui aussi dans le parc du quartier de Cliffside, avec toute sa cour ; il venait voir la vache à deux têtes exhibée dans la Galerie des Horreurs.

Le père de Laura avait vu les plus grands, Tonny Bennett, Diana Ross, Frankie Avalon ou les Jackson Five, donner des concerts en plein air à Palisades Park.

Pour l'enfant, qui avait grandi sans connaître le parc, détruit pour faire place à la spéculation immobilière, ces histoires paraissaient magiques.

— Laura, mon ange ! Je suis si content de te retrouver. Joyeux Noël, gamine ! Tu m'amènes Francesca ?

Le père et la fille s'embrassèrent. Instinctivement, Laura huma son col. Elle fut soulagée de constater qu'Emmett sentait l'eau de Cologne et non la bière Budweiser, responsable de tant d'accès de violence.

Elle cligna des yeux au souvenir des gifles cuisantes qu'il lui avait distribuées durant des années. Il ne voulait pas cela, au fond de lui-même. L'alcool, la frustration, les circonstances le poussaient. Laura le comprenait mieux, aujourd'hui. Mais elle gardait en elle de profondes blessures affectives.

— Joyeux Noël, papa ! Non, Francesca n'a pas pu venir. Tiens, dit-elle en lui tendant le petit paquet, ouvre-le donc tout de suite !

Emmett hésita.

— Attends ! Mes cadeaux sont en haut. Laisse-moi aller les chercher.

Avant qu'il ne monte les escaliers, Laura le retint.

— On peut attendre. Je voulais juste te donner celui-ci tout de suite.

— OK, gamine. Comme ça te chante !

Emmett reprit sa place habituelle dans le fauteuil, près de la maquette. Il commença à retirer avec soin le ruban.

— Déchire le papier ! pressa Laura.

Si son père avait appris combien elle avait payé cette petite montagne russe de verre filé, il se serait étranglé.

Le visage fendu d'un large sourire, Emmett éleva le précieux objet au-dessus de ses yeux.

— Magnifique, ma belle. Merci ! Je vais l'accrocher tout de suite au sapin.

Laura suivit son père dans les escaliers.

— Au fait, gamine, l'entendit-elle lui dire par-dessus son épaule, est-ce que je t'ai raconté qu'on m'a demandé de prêter ma maquette pour cette soirée de gala au profit d'un futur musée de Palisades Park ?

Il lui avait déjà répété une demi-douzaine de fois.

— Oui, tu me l'as signalé. C'est fantastique.

Dans le salon, ils ouvrirent les cadeaux un à un. Emmett sembla beaucoup plus excité par son nouveau magnétoscope que par la figurine de verre signée Christopher Radko.

— Ma chérie, tu n'aurais pas dû autant dépenser.

Laura sourit de contentement.

— Ton vieux magnétoscope ne cessait de tomber en panne, quand il ne dévorait pas les bandes, papa, rétorqua-t-elle. Je tenais à ce que tu en aies un neuf.

— C'est tout de même trop de frais, insista Emmett.

Malgré ses dénégations, elle vit bien quel plaisir ce nouveau lecteur lui procurait. Il adorait enregistrer des émissions et se les repasser.

— Le dîner est presque prêt, non ? demanda-t-elle. Quelle odeur alléchante !

Elle se leva du vieux sofa et se dirigea vers la cuisine, Emmett sur ses talons. Ils mirent ensemble une touche finale à la préparation de leur festin de Noël.

Quelques minutes plus tard, ils furent à table. Tout en découpant la viande, Emmett lança :

— Tu travailles toujours sur ces histoires funéraires, alors ?

Elle acquiesça en attaquant la purée.

— Oui. On les appelle des nécrologies, papa.

— Ça me fout les chocottes. A vrai dire, faire l'histoire des gens avant même qu'ils soient morts, je trouve ça effarant.

— Alors, papa, tu vas être content d'apprendre que j'essaie de bifurquer. J'ai proposé un sujet pour « Plein Cadre » et le producteur exécutif paraît intéressé. En faisant du bon travail là-dessus, j'espère rejoindre leur équipe.

— Ce serait bien. Je suis fier de toi, ma chérie. Qui aurait cru que ma fille à moi deviendrait une grande productrice de télé !

— Hou-là, attend une minute ! coupa Laura, amusée. Je n'ai pas encore décroché ce job.

— Mais tu vas l'avoir, gamine, tu vas l'avoir ! Tu as toujours eu ce à quoi tu pensais très fort. Et c'est quoi, ce sujet ?

Connaissant sa passion, Laura brûlait de le lui révéler.

— Palisades Park et la disparition de Tommy Cruz.

La joie d'Emmett se dissipa aussitôt.

— Qu'y a-t-il, papa ?

— Pourquoi tiens-tu à remuer tout ça ? Pense à ce que les pauvres Cruz ressentiront si ça passe à la télé.

— Il me semble qu'ils seraient contents que la disparition de leur fils suscite enfin l'attention. Nous allons peut-être pouvoir nous rendre compte de ce qui s'est vraiment passé. Je suis sûre que les Cruz souhaiteraient le savoir.

— J'en doute, ma chérie. Sincèrement, j'en doute. Laissons-le plutôt reposer en paix.

Emmett se redressa pour aller pêcher une boîte de bière dans le réfrigérateur.

En elle-même, Laura poussa un soupir. Afin de ne pas affliger Emmett, surtout en ce jour de Noël, elle choisit de détourner la conversation.

— Au fait, papa, devine chez qui je suis invitée pour la soirée du Nouvel An.

19

Jouer à Casper au Pays des Fantômes, la nuit de Noël, c'était sans doute cinglé. Comme toute obsession.

La lueur de l'ordinateur diffusait dans la pièce sombre. Sur le fond blanc de l'écran se détachaient en lettres capitales les noms des représentants de l'élite des médias.

Les rédacteurs et éditeurs de *Time*, *Newsweek*, du *New York Times* ou du *Wall Street Journal,* les présidents des chaînes de télévision, les producteurs exécutifs des grands fournisseurs de programmes et les noms de ceux qui présentaient les plus célèbres émissions composaient la longue énumération, totalisant cent numéros.

Heureusement, John Kennedy Jr., même en tant que directeur du magazine *George*, n'avait jamais fait partie de la liste. La cagnotte grandissait donc depuis longtemps. Personne ne s'était attendu à la mort de quelqu'un d'aussi jeune. Nul reporter ne s'y était préparé.

Casper et ses Fantômes constituaient un club secret, avec anonymat garanti. Pour mille dollars par mois, les flambeurs pouvaient placer un pari. Un pari sur le prochain mort parmi eux.

Le système fonctionnait comme une loterie. Chaque mise se voyait attribuer l'un des cent noms. Personne ne choisissait sur qui il pariait. Excepté, bien sûr, le maître du jeu.

Un nom par personne – notez bien que ce n'est valable que pour trente jours. Vous payez les mille balles, on vous donne votre nom, vous attendez.

Si le mois se terminait sans gagnant, chacun recevait un nouveau nom. Seul Casper, bien entendu, gardait toujours le même : le truc était là.

La somme totale en jeu n'avait cessé de grandir, à raison de cent mille dollars de plus chaque mois. Deux millions de dollars dormaient maintenant sur le compte.

Dur d'attendre depuis vingt mois. Enfin, l'heure de la récompense approchait.

Plus qu'une semaine.

Casper se fendit d'une petite prière, au nom de sa Mutuelle des Fantômes.

« Mon Dieu, je Vous en prie, n'appelez surtout pas au Ciel l'un des autres noms. »

20

Dimanche 26 décembre

Le centre d'entraide sociale d'East Harlem était logé dans un vieux bâtiment de pierre de quatre étages recouvert d'une couche de peinture bleu criard, dans un affreux pâté de maisons de la Seconde Avenue, entre les 105e et 106e rues.

Bien qu'aucune réunion ne soit prévue durant la semaine de Noël, Laura se dépêchait de rejoindre le centre, au son des sonos portables et des sirènes de police, qui hurlaient en permanence dans les environs.

East Harlem abritait le quartier portoricain de New York. Traditionnellement colonisée par les immigrants, cette zone avait connu des vagues d'Allemands, d'Irlandais et d'Italiens jusqu'aux années cinquante, quand les Portoricains affluèrent de leur île ensoleillée, décidant d'y établir leur nouveau foyer.

East Harlem, Spanish Harlem, El Barrio, tous ces noms désignaient l'aire comprise entre la Cinquième Avenue et l'East River, délimitée au sud par la 96e rue et au nord par la 140e rue, et qui formait le berceau de la salsa. On s'affairait sans cesse dans ces artères animées d'une pulsation rythmée.

Le quartier était pauvre. Des magasins miteux bordaient le trottoir jonché d'ordures. Boîtes de boisson vides, bouteilles brisées, préservatifs et seringues usagés parsemaient le terrain vague jouxtant le centre social. Pas vraiment un cadre idéal pour les écoliers.

Le programme de tutorat mis en place par le centre social n'offrait pas de cours de rattrapage ; les gamins inscrits étaient déjà suffisamment éveillés. Simplement, il leur permettait d'entrer en contact avec d'autres types d'existences que celles des habitants du quartier. Laura s'était engagée à venir ici chaque semaine pendant deux heures pour aider à l'épanouissement d'un enfant.

Son « élève », Jade Figueroa, avait dix ans. Une frange de cheveux noirs cachait le front de la petite fille, qui portait une natte. Laura la voyait tous les samedis matin depuis la rentrée scolaire de septembre.

La jeune femme se réjouissait de la bonne relation nouée entre elles. L'enfant vivait avec sa mère et sa grand-mère dans un petit appartement près du centre social. Quant au père, il avait disparu de la circulation. Elle n'en parlait jamais.

En approchant du bâtiment du centre, Laura aperçut Jade qui l'attendait devant l'entrée en compagnie de sa mère, Myra. Elles s'étaient donné rendez-vous là pour gagner du temps. Lorsqu'un jour Laura avait raccompagné Jade à l'appartement de sa mère, il leur avait fallu patienter près d'une demi-heure avant d'attraper l'un des deux ascenseurs, en piteux état, qui desservait plusieurs centaines de locataires.

Apparemment très excitée, l'enfant se tenait sur le trottoir. Jade avait de brillants yeux noirs. Une denture incomplète, d'une blancheur éclatante, barrait sa bouille ronde. Myra avait soigneusement peigné la chevelure de jais de sa fille ; elle y avait fixé deux ou trois petits clips en plastique figurant des papillons.

Tenant fermement la main de sa mère, Jade trépignait. Pour la première fois, elle allait descendre dans Manhattan jusque Schwartz, le grand magasin de jouets, qui n'était pourtant qu'à quarante blocs de son quartier. Un autre monde, pour elle.

Laura avait appris à la petite fille muette d'étonnement que les enfants y avaient le droit d'essayer tous les jouets. Après avoir demandé son accord à Myra, elle avait proposé à Jade de l'y emmener une fois au moment de Noël et de lui offrir le cadeau qu'elle voudrait. Le jour de cette grande excursion était arrivé, au lendemain du 25.

En confiant sa fille à Laura, Myra laissa voir un peu de circonspection.

— Jade attend ce moment depuis des semaines. La nuit dernière, elle n'a pas pu fermer l'œil tellement elle était excitée que Noël se prolonge aujourd'hui.

Myra avait un accent espagnol qui la rendait parfois difficile à comprendre.

— Eh bien ! je suis moi aussi enchantée à cette idée ! répondit Laura avec un sourire. Merci de me laisser l'emmener.

— A quelle heure comptez-vous rentrer ?

— Seize heures, cela irait-il ?

Myra acquiesça.

— Je vous attendrai.

Jade se détacha de la main de sa mère. Myra remonta la fermeture de son anorak et ajusta l'écharpe rouge autour de son cou.

— Sois bien sage, Jade.

— Oui, maman. Je te promets.

Le trajet en métro passa très vite aux yeux de Laura, mais Jade eut le temps de demander une douzaine de fois si elles étaient bientôt arrivées.

La jeune femme nota l'expression émerveillée de l'enfant, à l'entrée du magasin, quand un grand soldat de plomb vivant leur souhaita la bienvenue. Jade resta hypnotisée par l'énorme horloge aux multiples cadrans, pourvue de grands yeux bleus et de grosses lèvres rouges, qui donnait l'heure en chantant. Aux côtés de Laura, elle contempla dix bonnes minutes les interminables rayonnages qui croulaient sous les modèles réduits de trains ou d'avions.

Elles admirèrent ensemble, à travers les allées, l'étalage merveilleux qu'offrait le plus grand magasin de jouets au monde. Des voitures télécommandées filaient à leurs pieds. Les poupées Barbie souriaient dans leur emballage couvert de paillettes, escortées de GI Joe articulés. Des personnages de *Star War* surgissaient, menaçants. On apercevait des piles de jeux de société, des dizaines d'écrans de consoles vidéo qui brillaient. Bordé par le coin des jeux d'expérience scientifiques et de bricolage électronique, le rayon des peluches regorgeait d'animaux de toute taille et de toute couleur, amoncelés du sol au plafond.

Laura entraîna la petite fille vers le stand Friandises, près de la Forêt des Sucettes, où un automate géant recouvert de chocolat leur dit bonjour. Jade regarda avec insistance l'interminable assortiment de M & M's.

— Tu en veux ?

L'enfant hésita.

— Ne t'inquiète pas, cela ne compte pas pour ton cadeau, assura la jeune femme.

Pendant que Jade avalait prudemment ses bonbons, son amie l'interrogea, lui demandant si elle avait fait son choix.

— J'ai vu un chien qui me plaît. Maman dit que nous ne pouvons pas en avoir un vrai dans l'appartement. Peut-être que je pourrais avoir ce chien-là ? avança Jade, incertaine de la réponse.

— OK, si c'est le chien que tu veux. On y va.

Parmi les douzaines de chiens en peluche beige alignés sur les étagères, tous marqués « Pat le P'tit Chien » – la mascotte du magasin –, Jade choisit celui dont les oreilles retombaient un peu.

— Il a l'air d'avoir besoin d'une maison. C'est lui que je veux.

Peu après elles marchaient côte à côte dans la rue, le long de Central Park South. Leurs visages réjouis étaient fouettés par le vent. Jade leva tout à coup les yeux vers son amie.

— Qu'est-ce que c'est, là ? demanda-t-elle, l'air soudain sérieux, désignant la cicatrice sous les cheveux ébouriffés de Laura.

Cueillie par surprise, celle-ci effleura la peau au-dessus de son sourcil.

— Oh, ça ? Une cicatrice que je me suis faite en me cognant à un coin de table, quand j'étais petite. J'avais un peu plus de ton âge le jour où ça m'est arrivé.

Jade hocha la tête. L'explication, qu'elle ne savait pas incomplète, parut la satisfaire.

Laura avait soigneusement évité de lui révéler que sous l'emprise de la colère et de l'ivresse, son père l'avait frappée, l'envoyant percuter avec violence le rebord de la table.

21

Mardi 28 décembre

Feuilletant *Le Grand Livre de la Cuisine et de l'Art de Vivre,* Francesca s'arrêta sur la recette de la goulash selon Ivana Trump. Elle avait déjà préparé ce plat. Leonard l'adorait.

Pour cuisiner sans être gênée, elle fit glisser de son index l'anneau d'émeraudes et ôta de son majeur la bague de diamants, deux généreux cadeaux de son amant.

D'une main experte, elle coupa le bœuf en morceaux qu'elle roula dans la farine et le paprika. Puis, elle les fit sauter dans du beurre additionné d'huile, ajoutant des oignons émincés et du persil. Elle incorpora l'eau et la marjolaine selon les indications de la recette, avant de glisser la préparation au four. Une bouteille de vin rouge débouchée attendait sur le plan de travail de la cuisine.

Francesca disposa avec soin deux couverts sur la nappe de lin crème, posant les assiettes Villeroy et Bosch et les verres à vin Christofle achetés chez Bloomingdale grâce à la carte American Express que lui avait fournie Leonard. Tout cela avait coûté très cher. Mais, au début de leur relation, il ne regardait pas à la dépense ; seul le bonheur de Francesca lui importait.

C'était avant qu'il se mette à la considérer comme faisant partie du décor.

Francesca aimait possédait de belles choses. La contemplation de son living-room la remplissait de satisfaction. Pour créer ce luxueux décor, elle s'était penchée sur les meilleurs magazines, *Architectural Digest* ou *Town and Country*, apprenant à choisir avec goût.

Sur ses instructions, on avait peint la pièce en jaune coquille d'œuf, avec une finition de laque. Elle avait commandé de riches tentures rose corail assorties au sofa recouvert de soie damassée. Les fauteuils flanquant la cheminée étaient tapissés d'un cachemire de Scalamandré, dont les teintes rappelaient celles du sofa et celles du tapis. Des gravures anglaises, encadrées avec élégance, ornaient les murs. La large glace chinoise de style Chippendale qui surmontait la cheminée renvoyait la lueur des chandeliers d'argent alignés sur le manteau.

Oui, elle avait su créer un endroit vraiment merveilleux pour leurs rendez-vous. Et pendant un temps, ce nid d'amour leur avait suffi.

Mais où tout ceci la conduisait-elle ? Malgré ses dénégations lorsqu'elle discutait avec Laura, Francesca n'était pas heureuse de n'être que l'« autre femme ». Elle n'avait pas été élevée pour connaître ce destin. Si ses parents avaient appris qu'elle était la maîtresse d'un homme marié, cela les aurait achevés, après tout ce qu'ils avaient traversé.

Elle aimait ses parents, leur existence digne et droite ; néanmoins, elle s'en était échappée, refusant une vie trop harassante, trop ingrate. Très tôt, elle s'était rendu compte que sa beauté lui offrait le ticket de sortie.

Depuis que ses parents avaient regagné Porto Rico, Francesca habitait chez sa tante et s'essayait sans beaucoup de réussite à la carrière de mannequin, lorsqu'elle avait rencontré Laura, au World Gym du Lincoln Center. En faisant connaissance lors de séances communes d'aérobic, elle avait appris que Laura venait d'emménager dans un petit appartement de Manhattan, bien situé, mais dont le loyer, ridiculement cher comme partout à New York, mettait en péril son budget. Entrevoyant une bonne occasion de quitter sa famille, Francesca lui avait demandé si partager son appartement l'intéressait.

Devenues colocataires, elles s'étaient très bien entendues et beaucoup amusées ensemble, bien que Francesca manquât souvent d'argent. Laura était parfois obligée de lui faire crédit du loyer. Quand Leonard Costello avait surgi dans sa vie, Francesca était mûre pour se laisser prendre en charge.

Jetant un regard à sa montre, elle s'aperçut que Leonard ne devait plus tarder. Elle se rendit à la salle de bains pour prendre une douche.

Elle quitta ses vêtements, ramena ses longs cheveux noirs sur sa tête et entra dans la cabine aux vitres dépolies, qui ne tarda à se couvrir de buée.

Tandis que le jet d'eau tiède caressait les lignes pures de son corps, elle songea qu'il lui fallait avoir une discussion avec Leonard. Tenait-il assez à elle pour quitter sa femme? Au fond d'elle-même, Francesca connaissait la réponse. Elle l'effrayait.

Elle se sentait cependant contrainte d'aller au bout des choses. Si elle n'avait pas d'avenir avec lui, aussi dur que ce soit, il fallait qu'elle s'en détache.

Elle y songeait encore lorsque la porte de la douche fut brusquement ouverte.

Leonard se tenait devant elle, nu.

Incapable de se contrôler, Francesca se sentit excitée.

Un peu plus tard, tout en séchant son corps ferme à l'aide d'une moelleuse serviette, elle lui annonça qu'elle avait préparé pour leur dîner un plat qu'il adorait.

Leonard parut embarrassé.

— Ne me dis pas que... commença Francesca en s'écartant.

— Je suis désolé, Francie, je ne peux pas rester. Anne a prévu quelque chose avec les enfants ce soir. Je pensais m'échapper, mais c'est impossible.

Se mordant la lèvre, Francesca ne lui opposa que son silence. Elle décrocha un peignoir, le revêtit et s'engouffra dans la chambre. Leonard la suivit en s'habillant à la hâte.

— Comprends-tu le mal que tu me fais, Leonard? explosa-t-elle. D'ailleurs, est-ce que tu t'en soucies?

Elle refusait de se répandre en pleurs. Pas maintenant. De toute façon, elle allait avoir la soirée entière pour pleurer toutes les larmes de son corps.

— Francesca, j'ai eu une dure journée. Je n'ai aucune envie d'entendre ces conneries maintenant ! répliqua-t-il en attachant sa Rolex.

— Parfait, c'est parfait, vraiment

La jeune femme quitta la chambre avec raideur, fermant étroitement son vêtement pour couvrir sa poitrine. Elle sortait la goulash du four quand Leonard, rhabillé, vint derrière elle et commença à lui embrasser la nuque.

— Je suis désolé, Francie. Je me ferais pardonner, je te le promets.

Elle murmura indistinctement, sans le gratifier d'un seul regard.

Il préféra changer de sujet.

— Au fait, tu ne devineras jamais qui se trouve en ce moment même au Mount Olympia, sous respiration artificielle.

22

— Prends un taxi, viens tout de suite, suggéra Laura à son amie éperdue. Viens dormir à l'appart, offre-toi un petit retour en arrière !

Elles étaient en ligne depuis près d'une heure, revenant sans cesse sur l'éternel problème. L'humiliation que venait de subir Francesca n'était que le dernier épisode d'une longue saga. Il fallait qu'elle se débarrasse de ce type. Elle en était consciente. Pourtant, elle ne s'en sentait pas la force.

Laura détestait cette alternance de gémissements et de colère angoissée. Bien qu'elle refusât de l'admettre, elle commençait même à perdre patience vis-à-vis de son amie. Laura avait beau l'encourager, l'assurant qu'elle serait mieux sans lui, Francesca restait passive. Alors que l'affront de ce soir aurait pu sceller la séparation du couple, Laura sentit que Francesca gardait espoir envers son amant. Grosse erreur.

Elle essaya de se mettre à la place de son amie. Comment ferait-elle, sans le soutien financier de Leonard ?

Francesca avait abandonné sa carrière de mannequin, étant depuis plusieurs années avec Leonard. En tout et pour tout, elle avait fait l'acquisition d'un ordinateur et étudié un petit peu la gestion à Fordham. Peut-être pourrait-elle s'y remettre, en suivant des cours du soir. Elle était suffisamment intelligente pour y parvenir.

Encore fallait-il qu'elle en ait la volonté. Il ne suffisait pas que Laura l'encourage.

A l'autre bout du fil, Francesca reniflait entre ses larmes.

— Merci, Laura. Je suis trop exténuée pour bouger. Je vais filer au lit directement.

— Tu es sûre ?

— Hmm hmm.

— Très bien. Alors, on se rappelle demain.

Laura était prête à raccrocher.

— Attends, juste une dernière chose, se souvint Francesca. Pour que la soirée ne soit pas totalement stérile. J'ai eu une info, par Leonard. Tu sais, ce joueur de tennis, celui qui vient de remporter l'US Open et Wimbledon ? Il est à Mount Olympia, sous respiration artificielle. Overdose. Ses parents arrivent par avion. Ils vont le débrancher dans la nuit.

23

Mercredi 29 décembre

En arrivant à son bureau, la première chose que fit Laura fut de se procurer la cassette du dernier US Open, grâce au service interne des archives vidéo. A deux jours de la diffusion de son bilan des disparus, elle savait qu'elle allait pouvoir y inclure les images du joueur.

Sûre de l'information transmise par Francesca, elle prit les devants, n'attendant pas que l'Associated Press transmette la dépêche de la mort du tennisman.

En sortant de la salle de montage, elle trouva Mike Schultz qui l'attendait.

— Laura, j'ai une nécro à te faire préparer.

— Tiens, les images sont prêtes !

Mike eut la surprise de découvrir plusieurs cassettes étiquetées au nom du joueur, que lui présentait Laura.

— Comment as-tu su ?

Stupéfait, il secoua la tête.

— J'ai mes sources, lâcha Laura avec un clin d'œil, en se dirigeant vers son bureau pour aller y rédiger le texte de la nécrologie.

24

Quand Gwyneth raccrocha après s'être entretenue avec son agent, elle avait le cœur battant. Elle se laissa aller avec contentement dans le fauteuil placé devant sa coiffeuse et eut un léger sourire pour son reflet dans le miroir.

C'était fait ! Elle avait mis les points sur les *i*. Le contrat était rédigé, de A à Z. CBS lui avait accordé tout ce qu'elle demandait, et même plus, pour qu'elle rejoigne leur équipe.

La meilleure partie de l'affaire se présentait : mettre Joel au courant.

Elle voulait le faire le plus vite possible, pour devancer la rumeur qui serait sans doute fulgurante, comme toujours dans ce milieu. Elle tenait à ce qu'il n'ait pas le temps de se préparer. Ce qui était plaisant, c'est qu'elle allait le cueillir complètement à froid.

Elle aurait aimé le lui révéler en face, pour voir la tête qu'il ferait. Toutefois, elle ne pouvait prendre le risque d'attendre un taxi pour les locaux de la chaîne. Quelqu'un de CBS pourrait appeler Joel dans l'intervalle et lui couper l'herbe sous le pied.

D'un coup d'œil à la pendule de cristal sur la table de chevet, elle sut qu'il était dix-huit heures. Il devait se trouver encore au bureau, dans l'attente de regarder l'édition de « A la une ce soir ».

Impatiente de l'entendre décrocher, Gwyneth pianota avec nervosité de ses doigts manucurés sur les accoudoirs de velours.

— Oui ?

La voix de Joel était sèche. Elle devina qu'il tirait sur une cigarette.

— C'est moi, Joel.

— Gwyneth chérie... souffla-t-il.

La reconnaissant, il adopta aussitôt un ton câlin.

— Comment vas-tu, ma belle ? Est-ce que ta réception est prête ?

— Bien sûr, Joel. Seulement, je ne suis pas certaine que tu voudras encore y venir, étant donné ce que j'ai à t'apprendre.

— Qu'y a-t-il ?

Il sembla tout à coup sur ses gardes.

— Je quitte « Plein Cadre ». J'abandonne KEY News pour CBS. Le contrat est bouclé, Joel.

Elle resta silencieuse, un petit sourire narquois aux lèvres, lorsqu'il se déchaîna, ainsi qu'elle l'avait prévu. Comme il était bon de le mettre en colère, de lui faire mal, de lui rendre la monnaie de sa pièce.

Un mariage avec lui se serait sans doute soldé par un désastre. Dès le départ, elle se l'était dit. Cependant, quoiqu'elle ait toujours été convaincue de n'être pas faite pour le mariage, Gwyneth s'était sentie profondément blessée qu'il n'ait jamais laissé supposer, tout au long de ces années, qu'il puisse quitter Kitzi pour faire d'elle sa compagne devant la loi. S'il l'avait fait, elle n'aurait peut-être pas accepté. N'empêche. Il aurait dû le lui demander. Cela lui était resté sur le cœur.

A cet instant, en l'entendant hurler au bout du fil, et alors qu'elle se représentait son visage écarlate, Gwyneth goûtait la joie suprême de rejeter Joel.

— Nom de Dieu, tu ne t'en tireras pas comme ça !

— Je ne te dois rien du tout, Joel. Au contraire. Tu m'es redevable. C'est *moi* qui ai fait le succès de « Plein Cadre ». Et donc le tien. Nous le savons parfaitement l'un comme l'autre.

— C'est faux ! Je t'ai fait star, tu l'oublies ! Si je n'avais pas été là, tu ne serais arrivée nulle part ! Mais, ne t'en fais pas, des filles comme toi, on en trouve à la pelle. Tu seras vite remplacée, Gwyneth ! Avantageusement. On va avoir la nouvelle version. Plus jeune. Plus jolie. Plus fraîche !

Gwyneth mordit à l'hameçon. Elle explosa à son tour au téléphone, baptisa Joel de tous les noms d'oiseaux qui lui passèrent par la tête.

— Va en enfer ! conclut-elle en raccrochant avec fracas.

— On s'y retrouvera, répondit le producteur. On s'y retrouvera.

25

Vendredi 31 décembre

Le matin de la Saint-Sylvestre, Laura fut impatiente de se rendre dans les locaux de la chaîne. Son travail était terminé. Elle allait goûter au plaisir de voir passer à l'antenne ce bilan de fin d'année qu'elle avait concocté.

Elle enfonça les pans de sa chemise blanche amidonnée dans son jean favori, passa un ample sweater vert sombre. Pas besoin d'être bien habillée, aujourd'hui. Il n'y aurait qu'un semblant d'équipe au travail. Tous les dirigeants ou presque se trouvaient en vacances, avec leur *biper* pour être joignables au cas où. Seules quelques ouvrières s'activeraient dans la ruche.

Elle souhaitait ne plus s'occuper du bilan des disparus, l'an prochain. Si tout se passait selon ses plans, elle serait productrice à « Plein Cadre ».

Regrettant pour la millième fois le manque de place, Laura releva son lit escamotable. Elle s'étonna d'avoir pu partager un si petit appartement avec Francesca.

Si elle décrochait ce nouveau job, la première chose qu'elle ferait serait de chercher un logement plus spacieux. Si possible, elle resterait dans son immeuble sur la 72e rue Ouest, le Cromwell, proche de Central Park et des locaux de la chaîne. Il y avait de nombreuses commodités, notamment le Lincoln Center et tout ce qu'il offrait en matière culturelle. Elle essayerait d'en profiter davantage.

Par la baie vitrée, elle avait vue sur l'appartement des Pilsner. Aucune activité n'y était visible. Laura eut un petit rire pour elle seule. En réalité, elle ne connaissait pas le nom de ses voisins. Simplement, de chez elle, elle les voyait parfois à table, et le père buvait toujours une bouteille de Pilsner...

Jusqu'ici, ils n'avaient pas paru remarquer qu'elle les observait. Au début, elle comptait le nombre de bières que le père ingurgitait. Il s'arrêtait en général à deux. Laura se sentait soulagée pour le petit garçon assis à table avec ses parents.

Allaient-ils lui manquer lorsqu'elle déménagerait ? Non. Elle aurait sans doute une vue plus intéressante, de sa nouvelle fenêtre. Peut-être les lumières de Manhattan, au sud, ou la large perspective sur la 72e rue, au nord.

Tandis que la bouilloire chauffait sur la vieille cuisinière de la kitchenette, Laura décrocha avec précaution la housse à vêtements suspendue à la porte de la salle de bains. Elle l'ouvrit et inspecta la robe de velours bleu nuit qu'elle allait revêtir pour la réception chez Gwyneth Gilpatric. Elle épousait à merveille ses formes sveltes, que Laura entretenait en pratiquant le jogging, même lorsqu'il faisait froid.

Elle lui avait coûté près d'une semaine de salaire. Cependant, cette robe les valait. Elle allait lui donner de l'assurance, ce soir, au milieu d'un parterre d'invités ne connaissant aucun souci d'argent.

Bien entendu, les chaussures devaient être à la hauteur de la robe. Elle avait donc dépensé presque autant pour une paire de Manolo Blahnik soie et crêpe de Chine, à hauts talons, qu'elle avait dénichées en compagnie de Francesca dans une boutique de Madison Avenue.

Le sifflet de la bouilloire retentit au moment où Laura sortait la robe de velours de la housse de plastique. Elle se rendit à la cuisine, versa l'eau brûlante sur son sachet de thé, tout en songeant aux perspectives de la soirée. Joel Malcolm serait présent. Elle pourrait lui parler. Bonne occasion de lui rappeler qu'elle souhaitait travailler pour lui.

Elle ne dirait pas explicitement qu'elle visait le poste. Inutile, il le savait très bien. Il verrait en tout cas que Gwyneth la considérait assez pour l'inviter.

Et puis, on ne savait jamais. Peut-être allait-elle rencontrer quelqu'un, ce soir. Francesca la taquinait souvent à propos de sa vie sentimentale ou, plutôt, de son absence de vie sentimentale. Les choses pouvaient bien changer d'un seul coup, n'est-ce pas ?

26

— « Un super travail » « Je ne savais même pas qu'elle était décédée » « Je pensais qu'il était mort depuis plus longtemps que ça ».

Après la diffusion du bilan des disparus, Laura reçut avec plaisir les compliments de tout le service des Informations. Si à KEY News, on était toujours prompt à vous signaler vos erreurs, les louanges étaient rares.

— Tu t'améliores chaque année, assura Mike Schultz. Un petit bijou, ce montage. Tu as magnifiquement réussi à caser tes cinquante personnes.

— Merci. Merci beaucoup. De ta part, Mike, je le prends comme un compliment !

— Au fait, passe donc me voir, dès que tu auras une minute.

— Entendu. Je vérifie juste que les droits à payer pour les musiques de la bande-son sont bien spécifiés dans le fichier à transmettre aux stations locales avec la cassette.

Dix minutes plus tard, Laura s'apprêtait à frapper à la porte du bureau de Mike Schultz. Celle-ci était légèrement entrouverte. Elle surprit la fin d'une conversation téléphonique.

— Écoute, chérie, je n'ai pas non plus envie d'y aller, mais on ne peut y échapper. Je te retrouve à vingt et une heures.

Mike reposa le combiné. Laura attendit quelques secondes et toqua contre la porte d'un doigt hésitant.

— Entre, Laura ! soupira-t-il. Viens t'asseoir, essaye de te faire une petite place. Et referme derrière toi.

Le bureau de Mike était encombré de papiers et de cassettes empilés. Laura débarrassa la chaise d'un amoncellement de magazines qu'elle posa par terre, et elle prit place.

— J'ai une envie mortelle de fumer. Ça ne te dérange pas ?

Il se mit à fouiller dans son désordre à la recherche de cigarettes.

— Pas du tout ! répondit-elle en riant. Mais le règlement, il ne te fait pas peur ?

— Qu'ils aillent se faire mettre

Il alluma une Marlboro Light. Laura était dans l'expectative.

— Joel m'appelé, hier.

— Et ?

— Il m'a posé tout un tas de questions sur toi, sur ce que tu faisais...

Mike tira une nouvelle bouffée.

— Je lui ai dit la vérité, bien sûr. Ton travail est irréprochable, ainsi que ton attitude. C'est rare, ici.

— Merci, Mike, j'apprécie.

Mal à l'aise, elle remua sur son siège.

— Je voulais te le dire… J'ai été très occupée, ce n'était pas le bon moment. Enfin, comme tu l'as sans doute compris, j'essaye de rentrer à « Plein Cadre ».

Il hocha la tête.

— Tout à fait logique. Une bonne évolution, pour ta carrière. Bon sang, tu vas me manquer !

— Ce n'est pas encore fait, Mike.

— Il me semble que la chose se présente plutôt bien. Malcolm m'a paru très emballé, surtout quand je lui ai confié que tu avais un don étrange pour deviner les prochaines nécros à réaliser. Il en fait grand cas.

Laura eut un sourire.

— Simple question de bon sens. Quelques recherches et une pointe de chance suffisent. Tu le sais, Mike.

— Quelques contacts bien placés ne font pas de mal non plus.

— Cela aussi, oui.

Il laissa tomber son mégot dans une boîte de Coca vide.

— Eh bien ! quand ça se confirmera, reparlons-en. J'ai moi-même travaillé pour « Plein Cadre », un temps. Je te mettrai au courant de leurs usages.

Dans sa dernière phrase, elle avait noté un soupçon d'amertume.

27

Pour figurer sur la liste des invités de Gwyneth Gilpatric, il fallait qu'elle vous trouve intéressant. L'argent et le pouvoir aidaient, bien sûr. Mais sans toutefois suffire. Vous deviez d'abord avoir quelque chose de remarquable, d'attirant. Dans ces conditions, l'appartement de Central Park West devenait parfois le théâtre de curieux mélanges.

Les extra en livrée se déplaçaient sans heurts dans le luxueux living, au milieu de l'affluence d'invités. Sur des plateaux d'argent étincelants, ils offraient des canapés au saumon fumé, au crabe ou au poulet, qu'on accompagnait de champagne. Il était servi à volonté dans la bibliothèque faisant office de bar, qui ne désemplissait pas.

Gwyneth, vêtue d'une robe de velours noir tombant jusqu'à ses pieds qui mettait en valeur le collier de rubis sur son décolleté, s'était postée à l'entrée pour souhaiter la bienvenue à chacun de ses invités. A ses côtés, Delia prenait les manteaux. Quand Laura arriva, Gwyneth la serra dans ses bras.

— Je suis si contente que tu aies pu venir, ma chérie ! Et tu me parais en bien belle compagnie.

Gwyneth tendit la main.

— Voici ma meilleure amie, Francesca Lamb.

— Enchantée, Francesca. En tant qu'amie de Laura, vous êtes la bienvenue chez moi ! Entrez donc, les filles, mêlez-vous à l'assistance ! Nous avons plein de gens très stimulants, ce soir.

Gwyneth jouait les gracieuses hôtesses, allant de l'un à l'autre pour faire les présentations. Elle souhaitait que ses invités nouent contact et se trouvent à l'aise ensemble. S'ils n'y arrivaient pas, ils ne devaient s'en prendre qu'à eux-mêmes. Elle remplissait son rôle en donnant une magnifique *party*. Aux invités ensuite d'y mettre de la bonne volonté, et ils passeraient un excellent moment.

Quand la plupart des hôtes furent arrivés, elle se glissa à travers le hall, puis le living, rejoignant le docteur Costello et son épouse, Anne.

— Leonard ! Quel plaisir de te voir ! Oh, Anne, quelle merveilleuse robe ! Tu es superbe.

Gwyneth leur fit la bise, effleurant à peine leurs joues.

— Gwyneth, tu es splendide, comme toujours, souffla le plasticien en la dévisageant.

Il chercha attentivement sur son visage la moindre imperfection du travail de chirurgie accompli par ses soins. S'il ne voulait pas y passer la soirée, il valait mieux qu'il évite de regarder chacun des invités sous cet angle : une bonne moitié de l'assistance avait défilé dans son cabinet.

Lorsque les Costello l'abandonnèrent pour aller admirer la vue sur Manhattan, Gwyneth put disposer de quelques instants pour jeter un coup d'œil général. Elle aperçut Laura et Francesca en conversation avec Mike Schultz et sa femme. Elle se souvint que lorsqu'elle avait proposé à Laura de venir accompagnée, elle s'attendait plutôt à ce que celle-ci arrive au bras d'un beau jeune homme. Enfin, au moins cette splendide brune rehaussait-elle encore l'éclat de sa soirée.

Elle se promit de déranger leur petit groupe ; Laura pourrait parler à Mike plus tard. Gwyneth voulait lui faire côtoyer d'autres personnes, ce soir.

Joel n'avait pas l'air trop heureux. Il avait du culot d'être venu, après leur cruel affrontement la veille.

Elle ne serait pas étonnée qu'il ait pu penser lui faire du charme afin qu'elle revienne sur sa décision et reste à « Plein Cadre » Elle aurait parié, aussi, qu'il avait eu l'une de ses légendaires disputes avec Kitzi avant de passer. Joel lui avait raconté un jour que chaque fois qu'ils devaient se montrer en couple en la présence de Gwyneth, Kitzi piquait une rage folle. Ce qui expliquait sans doute son absence, mieux que la prétendue « migraine » agitée par Joel.

Gwyneth eut en elle-même un léger gloussement.

28

Kitzi Malcolm fulminait. Quelle façon ridicule de passer le réveillon ! Seule, à feindre un mal de tête.

Elle se rappela le vieil adage : *Si on doit être malheureux, autant porter du vison.* Elle l'était, malheureuse.

Et trois visons, un manteau de castor, deux de martre se trouvaient suspendus dans son placard. Elle ne les portait presque jamais, d'ailleurs, car elle avait trop peur de se faire asperger de peinture par un militant de la WWF en pleine Cinquième Avenue. Quel intérêt de les posséder, alors ?

A quoi donc lui servait tout ce qui l'entourait ? Ces robes de haute couture, ces chaussures italiennes, ces montres Cartier et ces bijoux Harry Winston ? Au bout du compte, cela ne faisait pas la différence. Pas quand votre vie sentimentale se retrouvait en lambeaux.

Elle avait capitulé depuis longtemps, ayant accepté les offres de paix de Joel. Elle s'était laissé attendrir par ses coûteux présents, mais ils savaient l'un et l'autre qu'ils ne pouvaient combler le fossé affectif entre eux.

La situation semblait convenir à Joel. Il exhibait une femme-trophée, installée dans son duplex sur Central Park. Kitzi présidait à leur vie sociale, organisant les dîners, se consacrant à plusieurs œuvres de bienfaisance dont Joel faisait la promotion. Lui adorait compter dans le New York mondain, y être connu. Cela l'aidait en tant que producteur de « Plein Cadre », disait-il.

Ils étaient toujours en représentation. A travers leurs fréquentations, leurs vacances, leurs bonnes œuvres. Ils passaient très peu de temps à deux. Joel était trop occupé par son travail.

Anniversaire de naissance ou de mariage, problèmes de santé constituaient les très rares occasions qu'il avait de s'intéresser à sa femme, quand « Plein Cadre » ne le mobilisait pas entièrement. KEY News exigeait beaucoup de lui. Chaque semaine, il fallait qu'il produise une heure de *prime time*, assez intense pour maintenir l'émission au sommet de l'Audimat. En outre, la concurrence devenait de plus en plus rude.

Quand elle s'en plaignait, Joel se mettait en colère. Aurait-elle donc préféré mener une existence de ménagère anonyme dans un quartier miteux ? Il insistait sur le fait qu'elle avait signé le contrat de mariage avertie de ce qui l'attendait.

Cependant, elle ne se doutait pas d'avoir épousé un coureur de jupons. Pas à ce point, en tout cas. Elle n'était pas naïve. Elle savait que beaucoup d'hommes trompaient leur femme, surtout dans les cercles où évoluait Joel. Ses amies lui avaient dit que c'était leur instinct de conquête qui les poussait. Le pouvoir semblait très aphrodisiaque.

Beaucoup de belles jeunes femmes étaient attirées par son prestige et son autorité. Joel en avait conscience. Il en profitait. Elle l'avait constaté *de visu*. Lors des réceptions à KEY News, les femmes reporters ou les productrices candidates à un poste flirtaient avec lui sans aucune honte, exactement comme si Kitzi n'avait pas été là.

Joel avait fini par cesser de coucher à droite à gauche avec les filles du bureau. Une plainte pour harcèlement sexuel avait remédié au problème. Mais il restait encore un tas de jeunes femmes à l'extérieur, prêtes pour une aventure.

D'autre part, en toute chose, Joel n'hésitait pas à s'accorder une exception.

Gwyneth Gilpatric.

Elle l'obsédait, il ne parvenait pas à s'en défaire, et Kitzi avait plus d'une fois cru qu'il allait la laisser tomber pour la présentatrice. Il ne l'avait pas fait, jusqu'à aujourd'hui.

Kitzi l'avait souvent affronté sur ce sujet. Ce soir, ils s'étaient montrés particulièrement féroces sur la question.

— N'espère pas me voir passer le réveillon à te regarder tourner autour d'une autre femme !

— Mais Kitzi, avait-il répondu avec un semblant de sourire, je dois toujours faire en sorte que Gwyneth soit heureuse. C'est bon pour le show.

— Le show ! mes fesses ! Je vais te dire, Joel. J'en ai ras le bol. De ton show, de ta Gwyneth et de toi !

— Eh bien, ma chérie ! que vas-tu donc faire ?

Il avait adopté un ton sarcastique. Kitzi était coincée. Était-elle prête à divorcer ? Non, pas encore. Pas avant qu'elle ait mis ses affaires en ordre.

— Je n'irai pas à sa foutue soirée !

— Comme il te plaira.

Joel avait haussé les épaules. Il était calmement allé prendre une douche et s'habiller, la laissant pester.

Il était temps d'aller consulter un avocat.

Kitzi resserra la ceinture de sa robe de chambre de soie pêche, gagna le bar d'acajou et se versa un autre verre de vodka *on the rocks*. Bonne et heureuse année.

Elle détestait ce qu'elle s'apprêtait à faire. Elle traversa le somptueux living, foulant le tapis persan, passa entre les profonds fauteuils Régence sous le lustre en cristal de Baccarat, se dirigea vers la terrasse. Une bouffée de vent glacé fouetta ses jambes lorsqu'elle ouvrit la porte-fenêtre. Des plaques de vieille neige croûtée parsemaient le sol de terre battue. Elle avança, sans se soucier de ses mules de soie. Ses doigts manucurés agrippèrent le cylindre gelé du télescope.

Pas besoin de le régler. Elle savait l'objectif déjà pointé vers l'appartement de Gwyneth Gilpatric, de l'autre côté du parc.

29

— As-tu vu son air au moment où il t'a aperçue ? Tu connais l'expression « un visage décomposé » ? Je viens d'en a voir l'illustration exacte ! Il a pris une vilaine teinte cendrée.

Laura et Francesca s'étaient retirées à deux dans les toilettes pour dames. Elles ignoraient les petits coups polis frappés au-dehors par d'autres invitées. Francesca remit tranquillement du rouge sur ses lèvres pleines, tandis que Laura continuait avec animation.

— Tu savais qu'il serait présent, Fran, n'est-ce pas ? demanda-t-elle, s'adressant au reflet de son amie dans la glace.

Francesca acquiesça, sa longue crinière de jais chatoyant sous la lumière des spots. Elle portait une robe longue moulante sans bretelles, au corsage bordé de vison, qui soulignait ses formes. Une tenue choisie pour attirer l'attention.

— Leo m'a signalé qu'il viendrait. Tu sais comme il est. Il adore me jeter des noms connus, pour essayer de m'impressionner avec ses fréquentations ou ses sorties.

— Pourquoi ne me l'as-tu pas dit ?

— Si je l'avais fait, tu aurais flippé en redoutant une scène. Tu te serais sentie trop tendue pour me permettre de t'accompagner. J'ai hésité, quand tu me l'as proposé. Mais j'avais vraiment envie de venir.

— Oh, ne me refais plus jamais ça, OK ? Je déteste ce genre de surprise.

— Relax, Laura. Ça va être amusant.

Un nouveau coup frappé à la porte leur signala qu'il était temps de rejoindre les festivités. Laura rajusta une dernière fois la mince frange de cheveux qui lui tombait sur le front, s'assurant que la cicatrice disparaissait dessous.

— Que vas-tu faire, maintenant ? soupira Laura tandis qu'elles regagnaient le living.

Francesca pouffa.

— Engager la conversation avec les Costello, peut-être. Je n'ai jamais fait la connaissance de Madame, dont j'ai si souvent entendu parler !

Laura ne put s'empêcher de rire.

— A ta place, je n'oserais pas.

— Je vais voir.

— Si tu fais ça, je prends le docteur à part pour le remercier du tuyau qu'il m'a servi à son insu, au sujet de ce type qui allait mourir. Sans le savoir, il a encore une fois bien aidé ma carrière.

30

Tandis qu'il marchait de long en large sur le trottoir devant l'immeuble de Gwyneth Gilpatric, Ricky Potenza ne sentit pas la morsure du froid. Il n'était pas certain de pouvoir franchir l'obstacle du concierge, mais il avait son plan.

Il avait longtemps attendu cette nuit. Trente ans, oui. Toutefois, il n'y avait qu'un an qu'il préparait les détails. Depuis qu'en janvier, à l'hôpital, il avait lu quelque chose sur la soirée du Nouvel An chez la présentatrice. Il se souvenait parfaitement de cette découverte. Comme d'autres pensionnaires de l'hôpital psychiatrique, il restait assis à fumer cigarette sur cigarette en feuilletant le journal. Dans le magazine *People*, il y avait un article sur la réception huppée que venait d'offrir Gwyneth Gilpatric, comme chaque année lors du Nouvel An, aux riches et puissants de ce pays. Il fut hanté par l'image de la présentatrice qui lui souriait sur papier glacé. Gwyneth Gilpatric, la femme qui avait changé sa vie, pour toujours.

Bien entendu, cela faisait des années qu'il la regardait à la télévision. A l'hôpital psychiatrique, on avait beaucoup de temps à consacrer à la télévision. Et entre ses séjours en HP, à la maison, la télé constituait encore sa principale distraction. Il s'était fait une règle de visionner « Plein Cadre » chaque semaine.

Les délires de sa mère à propos de Gwyneth l'ulcéraient. Pour elle, cette « fille du New Jersey » était formidable. « Gwyneth a grandi à Fort Lee, tu sais », lui répétait-elle à longueur de temps. Si seulement elle savait.

Ricky écoutait sans rien dire sa mère exprimer une admiration enthousiaste. Il bouillait intérieurement. Ce n'était pas juste. Gwyneth, devenue une figure nationale, fêtée et récompensée, alors que le pauvre Tommy achevait de pourrir dans la boue.

Mais maintenant, ils avaient retrouvé Tommy. Il l'avait vu à la télé, avant que sa mère se dépêche d'éteindre. Elle refusait de tout revivre, avait-elle déclaré. Ne savait-elle pas que lui, il n'avait cessé de tout revivre, jour après jour, ces trente dernières années ? Tout revivre, sans jamais pouvoir s'exprimer.

Ils l'avaient incité à parler, les uns après les autres : ses parents, qui s'inquiétaient ; la police, toujours soupçonneuse ; les médecins s'occupant successivement de lui. Ils le croyaient traumatisé simplement à cause de la disparition de Tommy. S'ils avaient su qu'il avait pris part à la mort de son meilleur ami, ils ne l'auraient pas traité de cette façon.

Au moment où les Cruz s'étaient rendu compte de l'absence de leur fils, le matin après que Tommy fut tué à Palisades Park, Ricky se trouvait chez lui, en sécurité, dans son lit où il faisait semblant de dormir. Il feignit l'ignorance lorsque sa mère lui apprit que Tommy était introuvable, jura qu'il n'avait pas vu son copain depuis qu'ils s'étaient séparés, la veille au soir, à l'heure du dîner. Et comme ses parents et la police continuèrent les jours suivants à l'accabler de questions, il finit par se taire tout à fait. Le silence devint sa défense.

« Chacun de nous a son point de rupture » avait expliqué le docteur aux parents de Ricky. « Ricky a atteint ce point de rupture. Vous devez cesser de le bousculer. »

Ils avaient donc cessé de le bousculer. Ils avaient suivi les prescriptions du docteur, essayant avec douceur d'intéresser leur fils, qui ruminait de plus en plus et qui devenait plus introverti. Ils l'encouragèrent à sortir s'amuser, à jouer avec les autres gosses, à s'impliquer dans un club sportif ou à faire du théâtre à l'école. Rien n'avait fonctionné.

A l'adolescence, avec les transformations de la puberté, son état empira. Ricky devint irritable, violent. Un jour, après la classe, il monta sur le toit de leur maison de brique et balança le chat du haut des trois étages. Cette nuit-là, il porta à ses poignets la lame du rasoir de son père.

Alors commença une nouvelle existence, d'un institut psychiatrique à l'autre. Les Potenza placèrent leur fils dans un hôpital privé, croyant qu'il serait mieux traité. Ricky, bourré de sédatifs, sembla un moment aller mieux. Cependant, les médecins précisèrent qu'il ne pourrait guérir sans thérapie mentale. Le jeune homme refusa de s'ouvrir, de participer à des groupes thérapeutiques. Dans ces conditions, on n'attendit aucune amélioration.

Les années passèrent et les dettes contractées pour payer l'hôpital s'accumulèrent. Les Potenza vendirent leur maison de Cliffside Park, déménageant pour un petit pavillon du comté de Rockland, dans l'État de New York. Puis, M. Potenza décéda. Trois jours après les obsèques, Ricky fut ramassé par la police alors qu'il tentait de se jeter du haut d'un pont dans le lac Tappan.

Il fut conduit directement au centre psychiatrique du comté de Rockland, où il dut rester, sa mère n'ayant plus de quoi payer l'hôpital privé.

Le système se mit peu à peu en place. Ricky restait au centre pendant plusieurs mois jusqu'à ce qu'il paraisse aller mieux. Quand les docteurs estimaient pouvoir le renvoyer, il rentrait chez sa mère. Jusqu'à la prochaine crise, jusqu'au nouveau placement. Et ainsi de suite.

Il était actuellement dans l'une de ses « permissions » à la maison.

Sa mère tenait à ce qu'il conserve l'apparence d'une personne normale. Elle l'emmenait se faire couper les cheveux, effectuait avec lui de longues marches pour lui faire faire de l'exercice ou le conduisait chez le dentiste, par exemple. A Noël, elle économisait sur son modeste salaire de secrétaire afin de lui acheter un caban en poil de chameau. Elle veillait à ce que son fils ait l'air d'un bel homme de quarante-deux ans, correctement habillé.

Ce soir, sur Central Park West, personne ne regardait Ricky de travers. Il semblait faire partie du décor.

Ricky observa le petit groupe mixte qui approchait. Il pria pour qu'ils obliquent vers l'immeuble de Gwyneth. Au moment où ils y pénétrèrent, il se faufila avec discrétion parmi eux. L'un des hommes donna son nom au concierge en uniforme, précisant qu'ils se rendaient à la réception, et celui-ci hocha la tête.

— Montez directement, monsieur, je vous prie.

Ils prirent l'ascenseur tous ensemble.

« Gwyneth a grandi et elle a réussi dans la vie. C'est trop injuste. »

31

Au milieu du brouhaha général, Joel Malcolm expliquait le concept de Casper et ses Fantômes à l'un de ses producteurs à « Plein Cadre », Matthew Voigt.

— Cette mutuelle sur la mort, elle constitue une sorte de club secret, alors ? questionna Voigt, amusé.

Joel eut un sourire de défi.

— En effet. Tout est organisé anonymement, par Internet. Au début du mois, chacun reçoit dans sa boîte aux lettres électronique un bulletin qui lui indique sur quel nom du groupe est placée sa mise. Si personne ne meurt durant le mois, l'ensemble des mises va à la cagnotte. On procède à une nouvelle mise et l'on reçoit de Casper un autre nom. En deux ans, j'ai eu trois fois celui de Bryant Gumbel, de CBS. L'animal est toujours bien vivant !

— Et la mise va chercher dans les ?

— Mille balles. Mais songe à ce que tu empoches si tu gagnes ! Le pot grandit de plus en plus.

— Ça joue trop gros pour moi ! déclara Matthew en riant. D'autre part, on ne m'y admettrait probablement pas. Je ne suis pas placé assez haut sur l'échelle de la profession.

Joel haussa les épaules. Il fixa l'assistance, à laquelle Voigt tournait le dos.

— La voilà, c'est la blonde en robe bleu sombre, souffla-t-il à son interlocuteur en lui touchant le coude. C'est elle, Laura Walsh, la fille dont je t'ai parlé.

Matthew Voigt jeta un coup œil à Laura, qui se tenait debout au milieu du luxueux living.

— Oups ! Ça va être un vrai plaisir.

— Du calme, avertit Joel. C'est un travail, n'oublie pas.

— Qui a dit que travailler ne pouvait pas être amusant ? conclut Matthew avant de se diriger vers la jeune femme.

Comme elle se rendait au bar, il la suivit. Elle commanda un perroquet. Au moment où elle trempait les lèvres dans le cocktail vert pâle, il se présenta.

— Je suis Matthew Voigt. J'ai entendu dire que vous alliez nous rejoindre.

Laura posa un regard perplexe sur ce jeune homme brun. Elle se souvint de l'avoir croisé dans les locaux de la chaîne, et même remarqué à la cafétéria. Il était grand, mince et avait plutôt belle allure. Ses yeux noirs brillaient d'intelligence sous l'arc sombre de ses sourcils. En mesurant du regard son nez aquilin et ses pommettes saillantes, Laura se représenta fugitivement un oiseau de proie.

Intriguée, elle restait néanmoins sur ses gardes. Dans les mots qu'il venait de prononcer, elle avait noté « travailler avec *nous* ».

— Vous savez, renchérit-il. A « Plein Cadre ».

— Vous devez connaître quelque chose que j'ignore.

Elle avait prononcé ces mots avec un sourire. Il parut surpris.

— Oh ! je croyais que l'affaire était conclue.

— Pas à ma connaissance, en tout cas.

— Étrange ! Joel me parlait justement de vous à l'instant.

— Alors, je suis désavantagée, puisque je ne sais rien en ce qui vous concerne.

Laura porta de nouveau à ses lèvres le verre à cocktail.

Matthew Voigt prit un air désappointé.

— Moi qui croyais que ma réputation me précédait.

— Hélas !

Il rit à son tour et il secoua la tête.

— Cela vaut sans doute mieux. Au moins, on n'a pas pu vous dire de mal de moi. Je travaille à « Plein Cadre » depuis un petit nombre d'années. Joel m'a fait venir d'ABC. Je ne suis qu'un producteur parmi les autres, mais, comme les autres, j'aime me croire essentiel dans le succès de l'émission.

— Je suis certaine que vous l'êtes. Désolée de ne pas vous avoir reconnu.

— Aucune importance. Il faut croire que je ne suis une légende que pour moi seul...

Il se tourna vers le barman et commanda un Glenlivet, *on the rocks.*

Laura désirait en apprendre davantage.

— Me pardonneriez-vous si je vous demandais ce que Joel disait de moi ?

— Qu'est-ce que cela peut vous faire ?

Elle ignora la remarque et attendit.

— Très bien. Je vois que je ne gagnerais rien à me montrer désagréable.

« Dieu, quels yeux elle a ! » Ils étaient d'une renversante nuance de bleu, pratiquement la couleur du ciel d'été dans la Prairie. La couleur du ciel pur au-dessus du lac Michigan, ce ciel qu'il contemplait, adolescent, en rêvassant allongé sur la rive, quand il imaginait ce qu'allait être sa vie. Fils d'un électricien de Waukegan, Illinois, il souhaitait aller vivre à New York et y travailler pour une grande chaîne de télé. Ce rêve, en fin de compte, était devenu réalité. Néanmoins, sa situation n'était pas en tout point ce qu'il avait escompté. Elle lui suffisait même de moins en moins.

Les paroles de Laura le tirèrent de sa brève réflexion.

— Vous êtes quelqu'un d'intelligent, Matthew. De la part d'un producteur à « Plein Cadre », je m'y attendais. D'autant plus que j'espère rejoindre l'équipe !

Sensible à ces propos, il lui sourit largement, laissant voir ses dents éclatantes.

— Sérieusement, Joel m'a parlé de vous avec chaleur. Il a mentionné ce projet que vous nous avez apporté. L'histoire de Palisades Park. Elle lui semble contenir tous les ingrédients d'un bon sujet.

— Je le pense aussi. J'ai grandi à Cliffside Park, sur la commune où se trouvait ce vieux parc d'attractions. Mon père travaillait sur le Cyclone l'année où il a fermé.

— Et il subsiste une affaire de meurtre non résolue liée au parc, c'est cela ?

— Apparemment, oui. On vient de mettre à jour le corps d'un jeune garçon disparu depuis trente ans, à un jet de pierre du parc. Ils l'ont formellement identifié.

— Cool.

Laura songea tout à coup qu'ils étaient malades de s'enthousiasmer pour de si tristes événements, en s'excitant sur les détails de la mort d'un enfant. Cela faisait partie du jeu. Un cauchemar pouvait produire une admirable histoire à la télé.

— Quel est actuellement votre poste, à KEY News ? interrogea Matthew pour changer de sujet.

— Je travaille au service des Informations.

— Et qu'y faites-vous ?

— Je traite des sujets d'information brute. Plus précisément, on m'a fait une spécialité des nécros.

— Très amusant. Pas étonnant que vous vouliez partir.

— Ce n'est pas si terrible que cela, en réalité, protesta Laura. J'y ai même pris un certain plaisir.

Matthew considéra sa réponse et acquiesça.

— A y réfléchir, vous avez raison, Laura. Il me vient à l'esprit plusieurs personnes dont j'aimerais assez voir publier la nécrologie.

32

— Vous m'avez évitée toute la soirée, docteur.

Francesca se tenait derrière Leonard. Elle venait de lui glisser ces mots à l'oreille.

Leonard se retourna et afficha un sourire plein de chaleur, mais sa voix siffla quand il répondit :

— Que diable cherches-tu ?

Il jeta un regard furtif à la masse des invités, pour localiser sa femme.

— Ne t'en fais pas, mon amour. Mme Costello se trouve dans la file d'attente des toilettes pour dames. Tu es en sécurité.

Francesca arborait une expression souriante.

— Arrête, Francesca. Tu n'es pas drôle.

— Moi je trouve que si, au contraire ! La situation est plutôt amusante. Excitante, aussi. On s'éclipse pour un petit plaisir en vitesse ?

Pendant une fraction de seconde, elle se rendit compte qu'il considérait sérieusement la proposition. Puis, son instinct de survie reprit le dessus. Sa femme et bon nombre de ses patients se trouvaient présents dans l'assistance.

— Tais-toi, ça va comme ça, Francie ! Et comment as-tu fait pour rentrer, au fait ?

— Moi aussi j'ai des amis haut placés, Leo ! Laura m'a invitée.

Francesca s'empara d'une coupe de champagne un plateau d'argent au passage d'un serveur.

— Je me suis dit qu'il serait amusant de te faire la surprise.

— Eh bien, c'est gagné. Maintenant, bonsoir ! Je t'appelle demain.

— Je n'aime pas que l'on me congédie, Leonard.

— Pourtant, cela fait partie de notre arrangement, Francesca, tu le sais très bien. Tu as ton garni dans un endroit chic, sur l'Upper East Side, je t'ai donné les cartes de crédit et tout ce que ton petit cœur désirait. La robe que tu portes va certainement me coûter un maximum. Et c'est parfait. Mais en échange, tu me dois la discrétion. Si ma femme ouvre les yeux, tout est fini. Tu étais prévenue dès le départ.

— Tu aurais pu au moins faire semblant d'avoir l'intention de la quitter pour moi.

— Je n'ai jamais prétendu le faire. S'il te plaît, ne recommence pas avec ces conneries.

Il chercha du regard son épouse.

Francesca baissa les yeux pour ne pas lui montrer son émotion. Elle préférait lui cacher qu'il la blessait. Elle se détourna, puis elle s'en alla.

33

Bien que la réception de Gwyneth soit très dispendieuse, l'attraction principale ne lui coûtait pas un dollar.

A minuit, la magie du grand feu d'artifice devait se déployer au-dessus de Central Park.

Alors qu'approchait de minute en minute la nouvelle année, les participants, dont certains revêtirent leur manteau, gagnèrent la large terrasse panoramique. Le verre à la main, ils attendirent depuis leur observatoire privilégié que débute le spectacle.

Quand l'ensemble de ses invités se furent regroupés au-dehors, Gwyneth emprunta le couloir jusqu'à sa chambre, plongée dans le calme, pour y prendre un châle de Pashmina. Elle entendit la première fusée exploser dans le ciel à l'instant où elle sortait le moelleux cachemire de la penderie, et sursauta en sentant la tape sur son épaule.

— Mon Dieu, je déteste ce genre de manières !

— Toutes mes excuses. Il faut qu'on parle.

— Qu'y a-t-il ?

— C'est très important. Nous ne devons pas rester ici. Quelqu'un pourrait nous entendre. Montons donc sur le toit un moment, juste pour fumer une cigarette. Disons, en mémoire du bon vieux temps.

— Mais j'ai mes invités.

Gwyneth eut un mouvement pour s'esquiver.

— Tout va très bien pour eux. Leur attention se concentre sur le feu d'artifice. De toute façon, notre absence ne durera que quelques instants. Cela en vaut la peine. Je le jure.

34

« Quatre, trois, deux, un… Bonne et heureuse année ! »

Seul dans son living-room, Emmett regardait comme chaque année sur l'écran de télévision les célébrations du Nouvel An à Times Square. Les fêtards s'égayaient, dansaient un peu partout, les klaxons retentissaient, et une pluie de confettis s'abattit au signal de minuit.

Bon pour les rigolos, tout ça

Il ne comprenait pas ces idiots qui s'embêtaient à aller en ville, pour s'agglutiner et se geler en attendant la chute de la grande boule de cristal marquant symboliquement le changement d'année. Pitoyable, vraiment. N'avaient-ils rien de mieux à faire, ces crétins ? Il les soupçonnait de ne sortir qu'une seule fois dans l'année : cette nuit-là. Quel intérêt, en fin de compte ? Il se jeta une nouvelle goulée de Budweiser dans le gosier.

Il était bien mieux seul. Du moins, c'est ce qu'il se disait.

Pourtant, il se réjouissait que sa fille Laura ait été invitée à cette réception huppée, dans les beaux quartiers. Il souhaitait qu'elle passe un bon moment. Et en général, que la vie lui sourie. Il savait que les choses n'avaient pas toujours été faciles pour elle.

Emmett se rendait bien compte qu'il aurait dû, dans le passé, porter plus d'attention à sa fille. Il aurait dû s'arrêter de boire, se remettre dans la bonne voie. Seulement, il n'en était pas capable.

Au lieu de quoi il était passé d'un job dégueulasse à un autre, arrivant à peine à boucler ses fins de mois. Chaque fois qu'il perdait son travail, il allait se cuiter. Si ces chèques n'étaient pas régulièrement tombés, il ne savait pas comment il s'en serait sorti.

Enfin, en dépit de tout, Laura avait réussi. La fille de sa mère : brillante, consciencieuse, déterminée. Elle jouait dans la cour des grands, désormais. Productrice à KEY News ! Avec une invitation pour le Nouvel An chez Gwyneth Gilpatric.

Emmett se leva de son fauteuil et éteignit le poste. Il gagna la cuisine, ouvrit le réfrigérateur pour y prendre une autre bière. Puis, il se dirigea vers la porte de la cave. Il trébucha sur les marches supérieures, se rattrapa à la rampe, se redressa et reprit la descente de l'escalier de bois.

Son parc d'attractions était tout illuminé à l'occasion des vacances. Il tira son siège près du Cyclone et poussa délicatement le minuscule train jusqu'au sommet des montagnes russes. Il le maintint quelques instants dans cette position, puis le libéra, le regardant descendre avec un faible chuintement.

Il y avait si longtemps de cela. Cette nuit avait changé sa vie, pour toujours.

Cela avait commencé si innocemment.

C'était juste un accident.

Il n'avait pas eu le courage d'avouer ce qui s'était passé. Les choses auraient pourtant tourné autrement.

Aurait-il alors dû aller en prison ? Sarah l'aurait-elle épousé ? Une Laura Walsh aurait-elle vu le jour ? On dit que les voies de Dieu sont impénétrables. Peut-être tout ceci était-il selon Ses plans. Emmett ne pouvait l'affirmer. Dieu, au moins, avait sûrement voulu qu'il y ait Laura.

Le Seigneur lui avait-il pardonné ?

D'une lointaine éducation religieuse, il se souvenait que Dieu ne lui ferait grâce de ses péchés que s'il se confessait, que s'il reconnaissait ses actes.

Aujourd'hui, il était trop tard.

Il finit sa boîte de bière et éteignit l'éclairage de la maquette. En remontant les marches, il se demanda si Gigi savait que Laura travaillait sur une histoire concernant Palisades Park et Tommy Cruz. Si Gwyneth Gilpatric l'apprenait, cela lui déplairait sans doute fortement. Il laissa échapper un petit rire.

35

Une seule fois auparavant, elle avait ressenti la même chose.

Lors de son accident de voiture, sur la route 95, en allant au lycée. Gwyneth avait agrippé le volant de toutes ses forces, se raidissant au moment où son véhicule lui échappait, sur la chaussée humide de la voie rapide. Elle avait compris qu'elle roulait bien trop vite, comme toujours.

Dérivant en diagonale sur la route glissante, elle s'était attendue à une collision imminente avec une autre voiture, tout en se rapprochant de la glissière d'acier. Une énorme tracto-pelle se profilait de l'autre côté, dans la circulation inverse. Gwyneth s'était dit que, si la glissière de sécurité ne remplissait pas son office, son véhicule la ferait voler en éclats et irait s'encastrer sous l'impressionnante masse métallique de l'engin de chantier. Son conducteur le craignait, lui aussi : elle avait distingué le hurlement de ses avertisseurs.

Derrière le ballet des essuie-glaces, elle avait pensé que d'autres voitures, incapables de s'arrêter, allaient déraper sur le macadam mouillé et se percuter les unes les autres. Et combien de vies se trouveraient-elles alors gâchées ?

Une vieille chanson des Beatles s'échappait des enceintes de l'autoradio, à l'instant où Gwyneth avait eu la vision fugitive de ce qu'elle pouvait causer comme peine à ses parents et à toutes les personnes qui comptaient pour elle.

Elle s'était alors demandé si elle allait mourir.

Il ne lui avait fallu que cinq secondes pour réfléchir et saisir tous ces détails. Cinq secondes, depuis le moment où la voiture avait dérapé, frotté le rail de sécurité, effectué une rotation complète et percuté de nouveau la glissière par l'avant pour finir bousillée, transformée en accordéon.

Aucun véhicule ne lui était rentré dedans. Elle s'en était sortie indemne, quittant l'habitacle par ses propres moyens. « Un miracle », avait précisé un peu plus tard le policier. Elle devait être protégée par un ange gardien.

Cinq secondes, dont elle s'était parfaitement souvenues ensuite, comme d'une séquence au ralenti, chaque horrible image se succédant avec lenteur.

Voilà ce qu'elle avait une nouvelle fois l'impression de vivre, à présent. Un film au ralenti.

Simplement, il n'y aurait pas de miracle, cette fois-ci. Elle ne se demanda pas si elle allait mourir. Elle en fut certaine.

Le vent glacial de janvier fit claquer le velours de sa tenue de soirée. Quand ils la trouveraient, sa robe serait-elle remontée jusqu'à la poitrine ? Elle portait un collant, sans sous-vêtement pour ne pas déformer sa ligne. Détail intéressant. Elle était sûre qu'il y aurait bien un journaliste pour le rapporter.

Elle entendit éclater la poudre des fusées et perçut les flashes étincelants de couleur, blancs, verts, rouges sur la voûte sombre de la nuit. Diamants, rubis, émeraudes… Le bijou qui ornait son propre cou, un rang de perles d'Akoya, la souffleta au visage d'une étrange caresse.

L'inévitable approchait. Plus près, plus près encore. Ce que l'on disait était faux. Votre vie ne vous repassait pas devant les yeux. En ces instants, elle n'avait qu'une seule pensée. Qu'un seul regret, pour une unique personne.

Quelques secondes avant qu'elle ne s'écrase sur le trottoir gelé, une dernière idée la traversa.

« Ce doit être ce que Tommy Cruz a ressenti. »

Deuxième partie

LA NOUVELLE ANNÉE

36

Samedi 1er janvier, jour de l'an

Laura et Mike Schultz n'attendirent pas que l'ascenseur soit remonté jusqu'au dernier étage. Ils se précipitèrent dans les escaliers, les dévalant à toute vitesse elle, avec le mouvement régulier de ses gracieuses jambes, lui plus lourdement, mais l'un et l'autre aussi vite qu'ils purent. Au moment où ils traversèrent en flèche l'élégant hall de l'immeuble, Mike cria au concierge d'appeler les secours.

La rue était bizarrement déserte, excepté la forme sans vie plaquée sur le ciment glacé, qu'une robe de velours noir ne couvrait qu'en partie. Dans ce quartier privilégié, sécurisé, abritant les plus grosses fortunes de la planète, les gens restaient calfeutrés dans leur confortable intérieur. Ils se délectaient de dom pérignon ou de veuve clicquot, sans se douter le moins du monde que l'une des leurs gisait, brisée et ensanglantée, à leurs pieds.

« Seigneur » murmura Mike lorsqu'ils s'agenouillèrent au-dessus de Gwyneth. Elle était étendue sur le dos, yeux ouverts, fixant sans le voir le ciel nocturne. Une sombre auréole de sang cerclait son crâne fracassé. Un filet écarlate coulait au coin de sa bouche maquillée avec soin. Mike tendit la main vers son cou, certain à l'avance qu'il ne sentirait pas de pouls.

Laura tira sur l'ourlet de la robe, essaya de la rabattre tant bien que mal pour rendre à la dépouille de Gwyneth un semblant de dignité. Elle remarqua les perles éparpillées, telles une grêle luminescente, tout autour du corps de la présentatrice, alors que se rapprochait le hurlement d'une première sirène de police.

Mike Schultz sortit un téléphone portable de la poche intérieure de sa veste.

— Qui appelles-tu ?

— La chaîne.

— Oh ! mon Dieu, Mike, non ! Tu ne vas tout de même pas demander qu'ils envoient une équipe ?

Il n'eut pas besoin de répondre. A l'écoute de ses propos, elle apprit tout ce qu'elle voulait savoir : les caméras allaient arriver.

Elle eut une réelle hésitation avant de parler.

— La nécrologie de Gwyneth est prête à être diffusée, Mike. La cassette se trouve dans le tiroir de mon bureau.

37

Des rangées de flûtes à champagne inutiles et des plateaux entiers de petits fours avaient été abandonnés sur le marbre de la table de cuisine. Delia se tenait debout dans un coin, les yeux au sol, les bras convulsivement serrés autour du corps, retenant un tremblement nerveux.

Les policiers vêtus d'uniformes bleus et les enquêteurs en pardessus s'affairaient méthodiquement dans chaque pièce, questionnant les participants à la soirée et les membres du personnel. Delia comprit que, à son tour, elle allait être interrogée.

Elle avait une terrible envie de fumer, mais elle n'osa pas allumer de cigarette.

Levant la tête, elle vit un homme entre deux âges portant un manteau gris sombre s'avancer vers elle.

— Inspecteur Alberto Ortiz, du vingtième commissariat, dit-il d'un ton machinal. Vous êtes ?

— Delia. Delia Beehan.

— Et vous ne travailliez ici que pour la soirée ?

Il restait impassible, le regard posé sur le tablier blanc de la bonne.

— Non, monsieur. Je suis l'employée de maison de Mme Gilpatric. Je travaille pour Madame à plein temps.

L'indifférence d'Ortiz se mua en intérêt soudain. Il la fixa d'un œil aigu. La lèvre inférieure de Delia frémissait.

— Avez-vous une idée sur ce qui s'est passé ce soir?

— Aucune, monsieur.

— Mme Gilpatric a-t-elle eu une contrariété quelconque?

— Je l'ignore, monsieur.

— Était-elle déprimée?

L'inspecteur s'efforçait visiblement de lui soutirer un renseignement.

— Pas à ma connaissance, monsieur.

— Voyez-vous une raison qui aurait pu pousser Mme Gilpatric à mettre fin à ses jours?

A cette question, Delia éclata en sanglots.

38

Nancy Schultz, très choquée, rentra chez elle en voiture, seule.

Elle suivit prudemment la file de feux arrière qui remontait la voie rapide Ouest. A deux heures du matin, le trafic demeurait dense. Après le réveillon, les fêtards regagnaient leurs banlieues résidentielles.

Dieu merci, la nuit était claire. Ni neige ni grésil. Nancy en était à son troisième Martini quand la fête avait brutalement pris fin. Sur le coup, elle s'était sentie glacée d'effroi. Elle avait été à peine consciente qu'il lui fallait remonter dans son véhicule et repartir.

Elle aurait pourtant dû se rendre compte que cette fois encore, KEY News et Gwyneth Gilpatric parviendraient à envahir leur vie personnelle.

Au volant de son vieux break Ford Taunus, Nancy s'engagea sur le pont George-Washington. A travers la vitre, elle contempla l'Hudson, qui s'étirait jusqu'aux lumières de

Manhattan. Là-bas se dressait l'Empire State Building, brillamment illuminé.

Un coup de klaxon strident l'avertit qu'elle s'écartait de la file. Elle se concentra à nouveau sur la conduite. Un accrochage était la dernière chose qu'elle souhaitait. Ils ne pouvaient pas se le permettre. En fait, elle en était au point de redouter d'avoir à aligner les cinquante dollars pour payer Julie, la baby-sitter.

Elle alluma l'autoradio et fit défiler les fréquences, stoppant quand elle obtint ce qu'elle cherchait.

« La présentatrice, âgée de quarante-sept ans, a été immédiatement reconnue pour morte. La police mène son enquête. Nous répétons : Gwyneth Gilpatric, présentatrice de KEY News, est donc décédée cette nuit après une chute depuis le toit de son appartement, sur Central Park West. »

Nancy ouvrit la boîte à gants et fouilla jusqu'à ce que ses doigts rencontrent le paquet que Mike conservait là. Elle attendit le claquement sec de l'allume-cigares, enflamma l'extrémité de sa cigarette et inhala profondément.

Ce qui devait arriver arrivait.

39

L'Amérique entière put se faire une idée de la vie et de la mort de Gwyneth Gilpatric grâce à la biographie en images réalisée par Laura Walsh que diffusa le réseau de KEY News.

Le montage s'ouvrait sur une séquence d'archive, tirée de la première édition de « Plein Cadre » :

« *Bonsoir. Je suis Gwyneth Gilpatric, et j'ai le plaisir de vous présenter "Plein Cadre".* »

Ensuite débutait le commentaire, lu par Eliza Blake, tandis que s'affichaient à l'écran des scènes où Gwyneth était en reportage pour KEY News, un peu partout sur le globe, à différents moments de ces quinze dernières années dont plus de dix ans pour « Plein Cadre ».

« Gwyneth Gilpatric, rappelait Eliza Blake, fut l'hôte régulier de chaque foyer américain, tous les jeudis, en tant qu'animatrice attitrée de l'émission "Plein Cadre". A travers sa présence, nous avons participé aux grands événements de notre temps. »

Suivaient des images vidéo de Gwyneth interviewant des présidents, des monarques, marchant aux côtés de stars de cinéma ou debout sur le Mur de Berlin le jour où les Allemands firent tomber le symbole du communisme.

« Gwyneth Gilpatric ne se contenta pas de commenter l'actualité la plus évidente. Sa passion entre toutes fut de découvrir et de nous présenter des sujets que nul journaliste n'avait traités, de nous raconter des histoires qui ne l'avaient jamais été. Pour son travail d'investigation, elle avait reçu un grand nombre de récompenses. »

A l'écran, une Gwyneth en blouse blanche se déplaçait dans un abattoir insalubre au milieu de carcasses contaminées. Ensuite, on la voyait s'agenouiller auprès d'une petite fille en chaise roulante, qui ne pourrait plus parler ni marcher par la faute de négligences médicales, à l'hôpital. Dans une autre séquence, Gwyneth serrait la main d'une dame âgée dépossédée de ses économies par un escroc professionnel.

« L'Amérique faisait confiance à Gwyneth Gilpatric. Chacun a une pensée pour elle, en ces instants de deuil national. »

Ces propos étaient ponctués d'un clip montrant Gwyneth lors d'une célébration commémorative au lycée de Columbine, où un élève armé avait commis un massacre parmi ses camarades. Gwyneth était au micro :

« Quand j'étais en terminale, mes principaux soucis étaient de rentrer à l'université et de trouver un cavalier pour le bal de la promo. Les étudiants d'aujourd'hui ont des préoccupations plus immédiates. Ils se demandent s'ils vont survivre à leur journée dans l'établissement. »

En incrustation, on découvrait une photo noir et blanc de Gwyneth tirée de son album de fin d'études. Elle ressemblait à toutes les filles de son âge, telles qu'elles étaient à cette époque, avec sa longue chevelure sombre séparée par une raie médiane, la traditionnelle toge noire drapant ses épaules. Sur son frêle cou, une croix pendait à sa chaîne.

« Elle avait grandi à Fort Lee, dans le New Jersey. Enfant unique, elle était issue d'une famille de la classe moyenne. Alors qu'elle suivait les cours du Boston College, elle avait choisi sa vocation : mener une carrière de journaliste à la télévision. Pour notre bénéfice à tous, Gwyneth Gilpatric n'était jamais revenue en arrière.

« C'était Eliza Blake, pour KEY News, depuis New York. »

40

Il faisait déjà jour quand Joel fut de retour de KEY News. Les policiers avaient souhaité l'interroger, après avoir emporté le corps de Gwyneth. Il s'était ensuite rendu au bureau pour prendre quelques décisions. Il fallait déterminer la façon dont la chaîne gérerait la prochaine édition de « Plein Cadre ». Le réseau de télévision continuerait à fonctionner, avec ou sans Gwyneth. Cependant, Joel ne savait pas encore ce qu'il allait faire.

Il fut surpris de trouver Kitzi éveillée. Elle se tenait assise sur le sofa, dans le living-room. Elle portait toujours sa robe pêche de la veille au soir.

— Bonne année, mon chéri ! murmura-t-elle.

Elle était ivre.

— Je pense que tu es au courant.

Il ignora délibérément son ébriété, alors qu'en temps normal elle l'eût révulsé. Il n'y attachait aucune importance. Tout lui était égal, en cet instant.

— Tu es sans doute très heureuse, ajouta-t-il.

— Et toi, mon Joel chéri, très triste. Ta pauvre Gwyneth s'en est allée. Que vas-tu devenir sans elle ?

— Arrête tes conneries, Kitzi !

La situation plaisait à Kitzi. Elle s'amusait de le voir souffrir. Ne lui avait-il pas tant de fois fait mal ? Chacun son tour.

— Que vas-tu faire, maintenant, Joel ? Plus de Gwyneth, plus de star pour maintenir « Plein Cadre » au sommet des sondages ! Finie, la travailleuse acharnée avec qui tu préparais l'émission, très tard le soir. Plus de Gwyneth à observer, pour le pathétique espion et son fidèle télescope.

— Tu me dégoûtes.

Il se détourna, préférant s'éloigner d'elle.

— Hé ! Veux-tu savoir comment j'ai appris la triste nouvelle ? lança-t-elle d'un ton railleur.

— Je le devine. Par la télé ou la radio. C'est ça ? dit-il d'une voix morne.

Secouant sa crinière auburn, Kitzi eut un rire de défi.

— Tu n'y es pas, mon chéri. Bien mieux que cela. Je pense que tu vas apprécier. Je l'ai vue en direct.

Joel se figea et fit volte-face.

— Que veux-tu dire ? demanda-t-il avec brusquerie.

Kitzi se dérobait déjà.

— Tu sais combien j'ai toujours détesté ce foutu télescope et ce que tu faisais avec. Puis, celui que tu as offert à Gwyneth, pour que vous puissiez jouer à vos innocents petits jeux par-dessus Central Park. Je n'ai jamais pu supporter que tu préfères l'observer elle, plutôt que moi. Tu la trouvais tellement plus fascinante. Et moi, Joel ? Et moi ?

Il fit mine de ne pas entendre, la pressant encore de s'expliquer.

— Que veux-tu dire ? Qu'as-tu donc vu ?

Kitzi interrogea son regard. Elle ne fut pas certaine de ce qu'elle y lut. Était-ce l'effroi ? Ou peut-être la panique ?

— J'ai vu la chute mortelle de ta Gwyneth chérie, Joel. Grâce à ton précieux télescope.

41

— Je n'arrive toujours pas à comprendre pourquoi tu as bien pu préparer la nécrologie de Gwyneth. Laura, je sais que vous étiez liées. T'a-t-elle confié qu'elle n'allait pas bien, qu'elle était malade ?

Mike Schultz et Laura Walsh, encore en tenue de soirée, se trouvaient au service des Informations. La bande produite par Laura avait déjà été communiquée trois fois aux stations affiliées à KEY News. Partout à travers les États-Unis, les téléspectateurs n'avaient eu qu'à presser un bouton pour visionner la séquence consacrée à la présentatrice sur leur chaîne locale.

— Non. Jamais elle ne m'a laissé entendre qu'elle était malade. En réalité, j'ai monté ce clip il y a très longtemps. A l'époque, je l'avais réalisé pour m'entraîner.

Mike la fixa, l'air sceptique.

— Je t'assure, Mike. J'ai travaillé dessus il y a quelques années, quand je commençais juste à monter des nécros. Depuis, je me suis contentée de le remettre à jour deux ou trois fois. Gwyneth s'est promenée un peu partout dans le monde, elle a vécu des rébellions, des guerres, des catastrophes naturelles. Je me disais qu'elle aurait pu facilement perdre la vie. D'autre part, je savais que nous avions beaucoup de matériel de première qualité en ce qui la concernait : travailler sur sa nécrologie se révélerait particulièrement formateur. J'ai même envisagé de lui montrer, pour lui demander ce qu'elle en pensait. Cependant, je ne l'ai pas fait. Je me suis dit qu'il ne valait mieux pas. Je voulais éviter qu'elle le prenne comme une offense.

Mike acquiesça.

— Je n'aimerais guère qu'on m'apprenne que ma nécro est déjà en boîte, et je ne suis pas le seul.

Il réfléchit quelques secondes puis reprit :

— Tu as fait lire le commentaire à Eliza Blake. Elle ne t'a pas posé de questions ? N'a-t-elle pas trouvé ça plutôt malsain ?

Laura chercha dans sa mémoire.

— Eliza présentait alors « KEY to America ». Je me rappelle lui avoir glissé mon texte à la fin d'une session d'enregistrement réalisée après l'émission. Il ne me semble pas qu'elle ait posé la moindre question. Elle a dû se dire que nous le faisions pour l'ADITR.

L'Association des Directeurs de l'Information de Télévision et de Radio tenait des conventions plusieurs fois par an dans différentes villes. Les directions de l'Information des grands serveurs nationaux offraient alors de généreux banquets à leurs homologues des stations locales, s'efforçant de leur plaire, de les convaincre de leur rester fidèles. C'était l'occasion de shows vidéo racoleurs, destinés à faire l'article pour les émissions d'actualité ; les stars de la télé étaient tout spécialement filmées. « Plein Cadre » constituant un atout essentiel pour KEY News, il n'y avait donc rien de surprenant à réaliser un sujet sur Gwyneth.

Mike se rendit à ces raisons.

— Je reconnais qu'une fois de plus, Laura, tu nous as évité à tous un sacré merdier. Un grand merci à toi.

42

En cette période de vacances, le bus n'effectuait qu'un service partiel. Il lui fallut une éternité pour rentrer à la maison. A son retour, Ricky fut soulagé de ne pas trouver sa mère. Elle était sans doute à l'église. Elle était toujours fourrée à la messe.

Quand sa mère rentrerait, elle lui demanderait où il était passé, ce soir. Il lui répondrait comme d'habitude : par le silence.

Ricky suspendit son tout nouveau caban en poil de chameau dans l'étroit placard de l'entrée, enclencha l'interrupteur de la télévision et pressa la télécommande jusqu'à ce qu'il ait ce qu'il voulait. Le visage de Gwyneth Gilpatric.

Une présentatrice racontait sa sensationnelle disparition, avec la chute fatale au moment où le feu d'artifice explosait au-dessus de Central Park. On supposait pour l'instant qu'il s'agissait d'un suicide ; néanmoins, la police avait entrepris d'interroger tous ceux dont le nom figurait sur la liste des invités.

Le sourire aux lèvres, Ricky se dirigea vers sa minuscule chambre à coucher. Il se dépouilla de ses vêtements, enfila un jean et passa un pull marin. Tout serait parfait, désormais. Peu importait au fond la manière dont cela s'était produit. Gwyneth était morte. Ce n'était que justice.

Il s'était tenu en retrait, lorsque les portes de l'ascenseur s'étaient ouvertes à l'étage où l'on attendait les invités. Il avait laissé ceux-ci passer devant et, tandis que Gwyneth souhaitait la bienvenue au petit groupe, il s'était faufilé directement à l'intérieur, hors de son champ de vision. Il avait suivi la bonne chargée à pleins bras de manteaux, lui avait remis son pardessus et s'était esquivé pour se dissimuler dans l'une des chambres.

La police ne le rechercherait pas pour l'interroger. Il s'était échappé furtivement de l'appartement avant qu'elle n'arrive, et son nom n'apparaissait pas dans la composition originale des invités.

L'année commençait juste comme il fallait.

43

Il était presque midi lorsque Laura ouvrit la porte de son appartement. Elle se débarrassa avec soulagement de ses coûteuses chaussures, qui lui comprimaient les orteils. Elle était debout depuis trente heures. Cependant, elle savait qu'elle ne pourrait pas dormir. Son esprit galopait.

Le témoin rouge du répondeur clignotait d'une manière insistante. Machinalement, elle fit défiler les messages.

« Laura, c'est moi, Francesca. Tu es OK, au moins ? Quelle soirée on a eue ! Appelle-moi. »

« Laura, c'est papa. J'ai entendu ce qui s'était passé. Est-ce que tu vas bien, ma chérie ? Je t'en prie, appelle-moi vite. »

« Laura, c'est Maxine. Maxine Bronner. Je me rappelle t'avoir entendu dire que tu serais à la soirée chez Gwyneth Gilpatric. Je suis désolée. Passe-moi un coup de fil quand tu le pourras. Je me fais du souci pour toi. »

« Laura, ici Joel Malcolm. Je m'excuse de vous déranger chez vous, mais avec tout ce qui s'est passé ce soir, je voudrais mettre un peu les choses en ordre. Vous avez le job. Je viens de parler à Mike Schultz, en lui expliquant que je souhaitais vous voir commencer tout de suite chez nous ; il a accepté, en rechignant, de vous libérer à partir de la semaine prochaine. Je veux que cette histoire sur Palisades Park soit bouclée pour les vagues de sondage de février. Sans Gwyneth, tout le monde va nous attendre au tournant. Je suis déterminé à leur montrer que l'émission est plus importante que toute personnalité. »

C'était la nouvelle qu'attendait Laura.

44

Dimanche 2 janvier

Au bout du compte, la récompense. La patience, l'attente, tout ceci finissait par valoir le coup.

La partie n'avait pas été facile. Tant de nuits passées à se tourner et se retourner sans pouvoir trouver le sommeil, sous la torture de l'angoisse. A se morfondre dans l'inquiétude qu'un autre ne meure avant elle. A prier pour que les quatre-vingt-dix-neuf autres personnalités des médias peuplant le Pays de Casper restent en parfaite santé.

Casper, le gentil petit fantôme. Pas vraiment l'ami de Gwyneth Gilpatric, pourtant.

Remporter la super-cagnotte signifiait une complète indépendance à partir de ce jour.

Pour la nouvelle année, une page était tournée.

45

En ce week-end du 1er janvier, le docteur Leonard Costello ne travaillait pas. Debout dans l'immense cuisine de sa demeure de Scarsdale, il était occupé à mesurer un quart de cuillère à café de crème de tartre. Il la versa dans la casserole contenant le sucre et l'eau, placée sur la gazinière. Une demi-heure s'était écoulée depuis qu'il avait pris son médicament ; ses gestes étaient sûrs, maintenant.

Il jeta une pincée de sel dans le mélange, qu'il porta à ébullition sans cesser de le remuer. Il réserva des blancs d'œufs dans un bol mixeur, y ajouta un peu de vanille. Puis, petit à petit, il incorpora aux blancs d'œufs le mélange sucré, en actionnant le mixeur. Au bout de sept minutes, il aurait des blancs battus en neige très fermes, et il pourrait commencer.

Il savait que plusieurs de ses excellents confrères en chirurgie esthétique avaient un violon d'Ingres, qu'ils prenaient très au sérieux. Quelques-uns peignaient des aquarelles, d'autres faisaient de la peinture à l'huile, pour laisser s'exprimer leur sensibilité. Un petit nombre sculptaient ou modelaient leurs créations dans l'argile. Leonard, lui, aimait décorer des gâteaux.

Tandis qu'il fixait attentivement le bol mixeur où se formait peu à peu le blanc coton du glaçage, Leonard sentit toute tension l'abandonner. Il s'était tellement inquiété à propos de Gwyneth. Elle aurait pu tout gâcher.

Après avoir travaillé si dur pendant des années pour lui conserver toute sa beauté, quelle ironie que d'avoir dû constater son décès, alors qu'elle gisait sans rémission sur le trottoir.

Leonard éteignit le robot-mixeur. Au moyen d'une spatule en inox, il déposa une couche uniforme de glaçage frais sur la bûche jaune.

Une nouvelle année de prospérité s'ouvrait devant lui. Il se sentait reconnaissant.

46

Lundi 3 janvier

Lorsque Laura se présenta à la rédaction de « Plein Cadre », Joel Malcolm était absent. Toutefois Claire Dowd, sa charmante secrétaire, l'attendait.

— Joel est au Lincoln Center. Il voulait régler lui-même certains détails du service religieux en la mémoire de Gwyneth.

— Il n'a pas perdu de temps ! s'étonna Laura, surprise.

— Joel agit toujours de cette façon, commenta la secrétaire d'un ton neutre. S'il attache de l'importance à quelque chose, il s'en occupe tout de suite.

Laura hocha la tête.

— Faut-il que je revienne un peu plus tard ?

— Non. Joel a dit que vous deviez voir Matthew Voigt. C'est au bout du couloir, le dernier bureau à gauche. Et il y a une réunion du *staff* à quinze heures, dans la salle de conférences.

Laura arpenta d'un pas lent les bureaux de « Plein Cadre ». L'endroit était nettement plus calme que le reste des locaux de la chaîne. Ces bureaux semblaient constituer un monde à part, au sein de KEY News : l'univers créé par Joel Malcolm, que protégeaient les formidables revenus générés par son émission.

Devant la porte du bureau de Matthew Voigt, Laura prit une profonde inspiration.

Matthew tenait une conversation téléphonique en griffonnant sur un bloc-notes à couverture jaune. A l'apparition de Laura, il releva la tête. Il sourit, lui fit signe d'approcher, désigna le canapé placé contre le mur. Laura s'assit prudemment sur le bord du siège.

En attendant la fin de l'entretien, elle parcourut du regard le petit espace de travail. Une affiche de concert de Bruce Springsteen, avec son autographe, était fixée au mur derrière le bureau encombré. Deux Emmy Awards reposaient sur une étagère de bibliothèque pleine à craquer. Un sac de sport et une paire de Nike fatiguées avaient été jetés dans un angle.

— Ce n'est pas grand, mais c'est chez moi ! déclara Matthew, qui sourit d'un air aimable en reposant le combiné. Bienvenue dans les locaux de « Plein Cadre ».

— En ce qui me concerne, répliqua Laura en riant, je rêve d'avoir mon propre bureau. J'ai toujours travaillé dans des salles de presse où l'on doit se battre pour obtenir le moindre tiroir. Je trouve votre bureau grandiose.

— Tant mieux, Laura. Vous ne serez pas déçue quand vous découvrirez le placard qui vous est réservé. Ici, l'espace est un sacré luxe ! Venez, je vais vous montrer. C'est à côté.

Laura suivit Matthew dans le couloir.

Il lui ouvrit la porte, alluma le commutateur. La pièce, quoique meublée sommairement d'un étroit bureau et d'une unique chaise, ne paraissait pas beaucoup plus petite que celle qu'il occupait. Laura eut hâte d'y mettre une touche personnelle, pour en faire véritablement son bureau.

— C'est parfait. Absolument parfait, jugea-t-elle, l'air ravi.

— Vous vous contentez du strict nécessaire. J'apprécie. Nous avons beaucoup trop de divas, à cet étage. Assommant ! dit le jeune producteur en secouant la tête. Maintenant, si vous le voulez bien, retournons chez moi pour discuter un peu. Oh ! à moins que vous ne préfériez la cafétéria ? J'ai une envie terrible de boire un café. Un expresso bien tassé ; le café que nous prépare Claire, ici, ressemble plutôt à un thé léger.

Une fois installés sur des banquettes devant deux gobelets fumants, Matthew lâcha l'information. Il allait travailler avec Laura sur l'histoire de Palisades Park.

Sur le coup, elle parut désappointée. Son expression ne trompait pas.

— Mais, c'est *mon* sujet !

— Bien entendu. C'est vous qui nous apportez l'idée. Néanmoins, avec « Plein Cadre », vous courez dans le peloton de tête, Laura. Je pense que vous serez heureuse de pouvoir compter sur toute l'aide disponible. D'ordinaire, les sujets diffusés dans l'émission demandent des mois de préparation. Celui-ci doit être réalisé en seulement six semaines. Joel vous a signalé qu'il voulait le faire passer à l'antenne au moment des vagues de sondage de février, non ?

Elle confirma d'un simple signe de tête, les yeux fixés sur son gobelet de plastique blanc.

— Allons, Laura... Je n'ai aucune intention de vous doubler. Vous serez créditée. Voyez-moi simplement comme une sorte de mentor. Mon Dieu ! « mentor », comme cela fait vieux ! Je suis trop jeune pour être le mentor de qui que ce soit, en fait.

Il eut un petit rire et avala une gorgée de son expresso.

Elle ne disposait d'aucune alternative. Si Joel souhaitait que Matthew supervise son sujet sur Palisades Park, on prendrait cette direction. Après tout, ce ne serait peut-être pas si mal. Elle pourrait se décharger d'une partie de la pression. Les choses auraient même pu être pires. Joel aurait pu lui associer un autre producteur, qu'elle n'aurait pas aimé ; alors qu'elle commençait à apprécier Matthew.

— Très bien, reprit-elle d'une voix résolue. Quand voulez-vous que nous démarrions ?

— A vous de me le dire, Laura. C'est votre sujet.

Elle lui raconta tout ce qu'elle savait de l'histoire du parc d'attractions. Quand elle eut achevé, il lui posa quelques questions.

— Je réfléchissais aux personnes que nous pourrions interviewer. Bien sûr, nous interrogerons les enquêteurs qui à l'époque ont travaillé sur l'affaire, s'ils n'ont pas tous disparu de la circulation. Et nous essayerons de retrouver la trace de l'ami du garçon mort cette nuit-là. Ainsi que celle des parents, s'ils veulent bien nous parler.

Il finit son gobelet de café.

— Je pense à quelque chose en particulier. Vous aviez mentionné, lors de la soirée, que votre père travaillait aux montagnes russes de Palisades Park. Il pourrait nous fournir un bon point de départ. Je parie qu'il nous donnerait un tas d'anecdotes et de détails sur le parc tel qu'il était lors de la disparition de Tommy Cruz, s'il en a conservé le souvenir.

Laura marqua une hésitation. L'idée de voir Matthew Voigt rencontrer son père ne l'enchantait guère.

— Ça pose problème ? demanda-t-il.

— Non. Bien sûr que non, répondit Laura.

47

L'équipe de « Plein Cadre » se trouvait au complet dans la spacieuse salle de réunion, où l'on attendait le producteur exécutif en personne. Laura avait pris une chaise tout au fond, près du mur. Elle se demanda si elle trahissait sa nervosité.

Se concentrant pour cesser de balancer les pieds d'avant en arrière sous sa chaise, Laura se rendit compte qu'elle reconnaissait presque la moitié des personnes présentes : elles étaient déjà là au moment de son stage. Cependant, il y avait beaucoup de visages sur lesquels Laura ne pouvait mettre un nom. On se parlait entre voisins, et elle capta des bribes de conversation :

— Joel doit se sentir paumé. Comment va-t-il faire, sans elle ?

— Je l'ai vu au déjeuner. Il m'a paru aller plutôt bien.

— Tu connais Joel. Il a sûrement son plan.

— Attendons voir. Ce ne sera sans doute pas une partie de plaisir.

Au moment où le producteur exécutif fit son entrée dans la pièce, les conversations cessèrent. Tous les regards convergèrent en direction de Joel Malcolm. Il était vêtu d'une veste de cachemire grise sur un pantalon noir, avec une cravate noire, et il tenait à la main une canette de boisson gazeuse. Il s'avança pour se placer devant les participants.

— Vous savez tous pourquoi je vous ai réunis, commença-t-il. Nous avons perdu Gwyneth. Je suis sûr que chacun d'entre vous lutte avec son émotion depuis cette disparition. Gwyneth était une véritable légende, une très grande professionnelle, extrêmement talentueuse. Travailler avec elle a constitué pour nous un authentique privilège. C'était aussi une amie sincère – combinaison tellement rare, de nos jours.

Il marqua une pause pour boire une gorgée de son Coca Light.

— Cependant, mes amis, sa disparition ne signifie nullement, bien entendu, la fin de « Plein Cadre ». Au contraire. Certains vont me trouver indélicat, mais je crois que sa mort représente des taux d'audience encore plus forts pour l'émission. Au moins dans un premier temps. Simplement par curiosité, un plus grand nombre de téléspectateurs vont nous regarder. Nous devons capitaliser sur cette opportunité.

Quelqu'un toussa, rompant le lourd silence qui enveloppait l'assistance. Laura se demanda si les autres trouvaient eux aussi ces propos inquiétants. Elle lança un coup d'œil à Matthew Voigt. Il regardait Joel avec une attention soutenue, sans pourtant laisser supposer le moindre malaise.

— J'attends de chaque personne ici présente qu'elle mette tout en œuvre pour que nous conservions ces nouveaux téléspectateurs. Je veux que nous arrivions en pleine puissance aux vagues de sondage de février. Pour la prise en compte des taux, le mois prochain, notre objectif sera non seulement de dépasser « 60 Minutes », mais de porter « Plein Cadre » jusqu'à l'évaluation maximale sur l'échelle des annonceurs télé. D'ici là, et, cela va de soi, en mémoire de Gwyneth, « Plein Cadre » mènera sa propre investigation sur les circonstances de sa mort. Nous devrions progresser plus vite que la police ou, plutôt, nous *progresserons* plus vite qu'elle, voulais-je dire. Les spectateurs nous regarderont pour obtenir les dernières révélations sur l'affaire. *Nous ne les décevrons pas.* Chaque semaine, il faudra que nous ayons du neuf. Quelque chose que l'on ne savait pas encore ou qu'aucun autre média n'aurait pu apprendre.

Joel fit un signe de tête à sa secrétaire.

— Claire ?

Celle-ci distribua un paquet de photocopies aux participants. Laura examina rapidement le schéma des éditions de « Plein Cadre » pour janvier. Tandis qu'ils lisaient, Joel leur exposa les détails.

— Notre prochain passage à l'antenne a lieu dans seulement deux jours. Le public sera très nombreux, du simple fait de la disparition tragique de Gwyneth. Eliza Blake, qui continue, bien évidemment, à présenter « A la une ce soir », va reprendre à titre provisoire le rôle de Gwyneth. A l'issue de l'émission, nous promettrons de toute façon des révélations pour la semaine suivante, afin de fidéliser nos nouveaux téléspectateurs.

— Ne devrions-nous pas nous assurer d'abord que nous serons en mesure de les produire, ces révélations ? risqua bravement quelqu'un dans l'assistance.

Joel le fusilla du regard.

— Nous disposons d'ores et déjà d'informations exclusives, que je ne divulguerai pas ici. Néanmoins, dans la semaine qui s'ouvre, j'attends de vous tous que vous m'apportiez des matériaux inédits pour notre enquête.

Laura avait l'estomac noué. Où avait-elle mis les pieds ? A l'instant où Joel Malcolm posa les yeux sur elle, elle eut envie de rentrer sous terre.

— Avant que nous nous séparions, je voudrais présenter à ceux qui ne la connaissent pas encore mademoiselle Laura Walsh.

Toutes les têtes se tournèrent vers Laura. Elle sentit son visage s'empourprer.

— Laura nous vient du service des Informations. Elle a su, de façon renversante, anticiper la nécrologie de Gwyneth. Son application et ses dons de prescience représenteront, j'en suis sûr, un réel bénéfice pour « Plein Cadre ». Bienvenue à bord, Laura !

48

L'inspecteur Alberto Ortiz, de la brigade criminelle, se tenait au pied de l'immeuble massif de Central Park West. Malgré la bise glaciale de janvier, son pardessus était déboutonné. Là-haut se situait l'appartement de Gwyneth Gilpatric. Sous le clair soleil, il regarda en direction du sommet de l'immeuble, frémissant à l'idée de ce qu'avaient pu être les tout derniers instants de la star, lors de cette tragique nuit.

Ortiz était de plus en plus convaincu que Gwyneth Gilpatric ne s'était pas donné la mort. Si l'autopsie avait révélé que la présentatrice avait bu, elle avait aussi mis en évidence des traces de lutte sur son corps. Elle portait des marques en haut des bras et l'on avait retrouvé de minuscules fragments de peau sous ses ongles. Les tests ADN n'étaient pas encore arrivés, mais il avait la conviction que ces fragments ne provenaient pas de la propre peau de Gwyneth Gilpatric. Sa longue expérience soufflait à Alberto Ortiz qu'il avait affaire à un meurtre.

Il s'était porté volontaire pour être de service lors du réveillon du Nouvel An, en remplacement d'un collègue plus jeune qui, d'habitude, était de l'équipe de nuit, mais avait souhaité coûte que coûte disposer de sa soirée. Le vieux routier s'était senti heureux de faire une bonne action. Divorcé et sans personne dans sa vie, il n'avait rien prévu de spécial. Il s'était souvenu du temps où il était jeune flic, quand son fils Michael était petit ; il était vraiment pénible d'avoir à travailler les jours fériés. Leur vie de famille s'en trouvait encore réduite.

Aujourd'hui, il venait de passer les cinquante ans. Alors que son fils était grand et volait de ses propres ailes, Ortiz se retrouvait au bénéfice de l'ancienneté dans la meilleure équipe, et pouvait aménager son temps de travail. Il disposait de plus de jours de congé qu'il n'en avait besoin. Système profondément débile, se répétait-il.

Sa bonne action l'avait conduit à la plus grosse affaire dont il ait hérité. Quand l'appel était arrivé au poste, Ortiz s'était brièvement senti désolé pour le pauvre garçon qui faisait la fête quelque part en ville, manquant la grande opportunité de sa vie de policier. Un dossier comme celuici pouvait faire l'essentiel d'une carrière.

Ortiz, lui, n'était plus qu'à quelques années de la retraite. S'il élucidait cette affaire, elle constituerait son legs final. Jouissant d'une solide réputation, il n'avait cependant jamais bénéficié d'une telle occasion de s'illustrer. Il se sentait déterminé à comprendre ce qui était arrivé à Gwyneth Gilpatric. Et pas seulement pour combler son ego susceptible de flic vieillissant. Il souhaitait que son fils Michael soit fier de lui. Depuis le divorce, ils s'entendaient mal. Ortiz estimait que Michael les rendait responsables, lui et son travail, de la dissolution du mariage.

Passant la main sur ses dernières touffes de cheveux gris, l'inspecteur Ortiz franchit les quelques mètres qui le séparaient de l'entrée. Il pénétra dans le hall et se présenta au concierge. Celui-ci passa un appel sur l'interphone puis le pria de monter.

« Le luxe dans lequel vivent ces gens ! » Ortiz s'en émerveillait encore lorsque les portes de l'ascenseur s'ouvrirent sur le vestibule. « A elle seule, l'entrée dépasse en surface mon premier appartement. »

Le grand sapin, maintenant lugubre, se dressait toujours au même endroit. Delia Beehan, l'employée de maison, était occupée à en retirer un à un les ornements. Des boîtes de rangement se trouvaient éparpillées au pied de l'arbre de Noël.

Delia s'essuya les mains sur son tablier et salua l'inspecteur.

— Madame Beehan ? Merci de me recevoir.

Elle avait la main glacée ; il eut l'impression qu'elle tremblait légèrement.

— Nous pouvons nous installer à l'intérieur pour parler, si vous voulez bien, inspecteur.

Ortiz la suivit à travers le couloir. Dans le living, il prit place à l'une des extrémités de l'interminable canapé blanc. Il eut aussitôt un bref fantasme, rêvant de s'y étendre par un beau dimanche après-midi, une bière à la main, pour regarder tranquillement un match des Giants à la télé. Le paradis.

— Madame Beehan, j'ai senti que vous étiez bouleversée, le soir où nous nous sommes brièvement entretenus, et je souhaitais vous poser deux ou trois questions qui pourraient faire progresser mon enquête.

Elle acquiesça avec gravité.

— Je vais essayer de vous répondre de mon mieux, inspecteur.

— Avez-vous le souvenir que Mme Gilpatric ait eu des ennemis ?

— Non, inspecteur. Pas à ce que je sache.

— Était-elle contrariée ?

— En vérité, elle ne me racontait pas grand-chose, inspecteur. J'étais sa bonne, pas l'une de ses amies.

— Je comprends, assura Ortiz en hochant la tête. Cependant, vous l'avez peut-être entendue parler à un tiers. Lors d'une conversation téléphonique, par exemple.

Delia fixa en silence ses mains croisées sur ses genoux.

— Je vous en prie, madame Beehan. Le moindre élément que vous pourriez m'apporter me sera d'un grand secours.

— Eh bien, je... tenta la bonne.

Elle releva la tête et croisa le regard d'Ortiz, dont la douceur la surprit.

— Je sais qu'elle a eu des mots avec M. Malcolm.

— Vous parlez certainement de Joel Malcolm, le producteur exécutif de « Plein Cadre » ?

— Hmm hmm.

— Quand cela s'est-il produit ?

— La veille de la réception. La veille au soir, en fait.

Ortiz gribouilla quelques mots sur son carnet.

— M. Malcolm se trouvait donc ici, ce soir-là ?

— Non. Madame lui parlait au téléphone, depuis sa chambre.

— Qu'avez-vous entendu ?

Delia, mal à l'aise, s'efforça de préciser.

— Elle n'avait jamais employé ce genre de mots. J'ai honte de l'avouer, mais j'ai écouté à la porte, dans le couloir.

Les traits d'Ortiz ne reflétaient pas la moindre désapprobation. Il attendait qu'elle continue.

— Je lui ai entendu dire à M. Malcolm qu'elle quittait « Plein Cadre ».

Delia posa les yeux sur le visage de l'inspecteur, cherchant sa réaction. Elle n'en décela aucune.

— Et ?

— Bien sûr, je n'ai pas entendu les propos de M. Malcolm, mais Madame est entrée dans une grande colère. Elle a dit qu'elle ne lui devait rien du tout. Que c'était *lui* qui lui devait quelque chose. Qu'elle était la raison de son succès. Ensuite il a dû dire quelque chose qui l'a vraiment rendue folle car elle s'est mise à le traiter de tous les noms et à lui conseiller en hurlant de pratiquer des choses.

— OK, OK. Voilà des éléments très utiles. Maintenant, j'aimerais encore vous interroger sur un ou deux points. Comme vous le savez, nous avons emporté le soir même certains objets appartenant à Mme Gilpatric. L'un d'eux était son agenda. A ce qu'il semble, elle avait pris rendez-vous chez un chirurgien cette semaine ?

— Oui, inspecteur.

— Dans quel but ?

— Elle ne me l'a pas dit.

Une fois de plus, il avait décelé son hésitation.

— Elle ne vous l'a pas dit, mais le saviez-vous quand même ?

La bonne rougit légèrement.

— Je crois qu'il s'agissait de chirurgie esthétique.

— Un lifting facial ?

— Oui.

— Le cabinet du docteur a-t-il rappelé pour confirmer le rendez-vous ?

— Non, inspecteur. Pourquoi l'auraient-ils fait ? Je pense que tout le monde est au courant de l'accident dont Madame a été victime. D'ailleurs, le docteur Costello était présent lors de la soirée.

— Le docteur Costello était son chirurgien esthétique ?

Elle approuva d'un hochement de tête.

— Pourtant, il est marqué à la date du rendez-vous « Docteur Koïzim ».

Delia parut embarrassée. Elle haussa les épaules en signe d'incompréhension.

— Bien, madame Beehan. Une dernière question. Le carnet de chèques de Mme Gilpatric, maintenant. Seuls quelques talons portent des indications.

— Son comptable s'occupait de pratiquement tout. Ce chéquier supplémentaire ne servait que pour des achats dont elle avait soudain envie, sur le moment.

« Ou pour des opérations qu'elle souhaitait ne divulguer à personne », songea Ortiz.

— Cela semble juste. Néanmoins, il y a un nom qui revient régulièrement, ici. Il apparaît que Mme Gilpatric signait tous les mois un chèque à une personne répondant au nom d'Emmett Walsh. Savez-vous de qui il s'agit ?

Delia marqua un temps de réflexion.

— Non, je n'ai jamais rencontré ni entendu Madame parler d'un Emmett Walsh. En revanche, elle était très attachée à une jeune femme de KEY News portant le nom de Laura Walsh. Mlle Walsh est venue ici juste avant Noël.

Ortiz feuilleta son carnet jusqu'à ce qu'il retrouve la page où il avait noté la liste des personnes en relation avec son enquête.

— Oh ! en effet. Mlle Walsh a également assisté à la réception, n'est-ce pas ?

— Oui, inspecteur, elle était là.

Ortiz rabattit les feuillets de son bloc-notes et le rangea dans sa poche.

49

Après une attente à n'en plus finir, quand la décision de Joel était tombée, Laura avait dû s'installer en toute hâte dans les locaux de « Plein Cadre ». Elle n'avait même pas eu le temps de ranger son bureau de la salle de presse, aux Informations.

A la fin de cette première journée dans ses nouvelles fonctions, Laura avait hâte de rentrer chez elle. Tout ce qu'elle désirait, c'était un bon bol de soupe et un bain très chaud. Au lieu de quoi elle devait repasser au service des Informations et faire un peu de ménage pour laisser place nette à son successeur. Ensuite, elle avait promis de dîner avec Francesca, qui voulait fêter la nouvelle affectation de son amie.

Son maquillage s'étant défait depuis plusieurs heures, Laura était consciente d'avoir largement l'air aussi fatigué qu'elle l'était, lorsqu'elle tomba sur Mike Schultz. Il quittait le service.

— Hé ! Tu as l'air crevée. Qu'est-ce qu'ils te font, là-bas ? plaisanta-t-il. Je le savais : en testant Joel Malcolm, tu vas commencer à apprécier le travail avec moi.

Laura secoua la tête. Elle entraîna Mike dans un coin, là où personne ne risquait de capter ses propos.

— Mike, ce type est un cinglé de l'Audimat !

Mike Schultz s'esclaffa bruyamment.

— Bien vu. Par contre, c'est également un génie de la télé. Tu vas apprendre beaucoup avec lui. Mais raconte-moi donc ce qui s'est passé.

Laura le briefa sur la teneur générale de la réunion, lui rapportant les plans de Joel pour la gloire de « Plein Cadre ».

— Ce que tu me dis ne me surprend pas, Laura. Malcolm est fou de son bébé. Il a toujours été foutrement frustré que « Plein Cadre » ne puisse battre le « 60 Minutes » de CBS. Là, il commence à renifler l'odeur du sang. Il doit penser qu'il a une occasion unique de mettre en avant son émission, et il ne va pas la laisser s'échapper comme ça.

Laura fit la grimace.

— La réunion m'a laissé une sale impression. Mike, dans quel pétrin me suis-je fichue ?

Mike posa sa grosse patte sur l'épaule de la jeune femme.

— Accroche-toi, petite. Tu vas voir, tu vas t'y faire. Et puis, tu en rêvais, non?

— Oui, reconnut-elle d'un ton amer. Avant de former un vœu, on devrait toujours y réfléchir à deux fois.

50

Assis à la table de cuisine recouverte de journaux, Emmett épluchait des pommes de terre, lorsqu'il reçut l'appel. Il se passa en vitesse les mains sous le robinet et, à la quatrième sonnerie, décrocha le téléphone mural.

— Monsieur Walsh?

— Oui?

— Bonjour, monsieur. Mon nom est Matthew Voigt. Je travaille avec votre fille à KEY News.

— Laura va bien? s'enquit Emmett, soudain angoissé.

— Oh! oui, bien sûr. Tout se passe pour le mieux. En réalité, je vous appelle à propos d'un sujet dont nous nous occupons ensemble. Laura vous en a peut-être parlé. Un reportage sur Palisades Park et son histoire.

Le poing d'Emmett se crispa sur le combiné.

— Oui. Elle a mentionné quelque chose là-dessus.

— Eh bien, monsieur Walsh, Laura m'a appris qu'on vous avez confié les montagnes russes lors des dernières saisons du parc. Vous auriez sans doute quelques histoires à nous raconter.

— Quel genre d'histoires? demanda Emmett d'un ton suspicieux.

Il préférait être damné plutôt que de revenir sur l'affaire du petit Tommy Cruz, même pour Laura.

— Des souvenirs, monsieur Walsh. A quoi ressemblait le parc. Les gens qui le fréquentaient. Telle ou telle célébrité que vous auriez fait grimper dans le train des montagnes russes. Ce genre de choses.

— Je suis pas très bavard de nature, vous savez.

Matthew n'était pas prêt à se décourager aussi facilement.

— Écoutez, monsieur Walsh, ceci est le premier sujet que produit Laura pour « Plein Cadre ». Il est capital pour elle de récolter de bons résultats.

— Pourquoi n'est-ce pas Laura qui m'appelle ?

— Mieux valait que je le fasse. Bien entendu, il s'agit de l'histoire de Laura, mais il paraît plus logique que ce soit moi qui vous interviewe. Nous voulons éviter tout conflit d'intérêt.

Emmett ne voyait pas trop de quel « conflit d'intérêt » il était question. Il comprit pourtant que sa fille devait absolument réaliser un bon travail à partir du sujet qu'elle avait choisi. Il estima qu'il lui suffirait de se montrer prudent dans ses déclarations.

— Très bien, c'est d'accord, concéda-t-il, plutôt récalcitrant.

— Formidable ! Je vous rappelle dans quelques jours pour que nous fixions ensemble la date de l'interview. Nous tournerons peut-être l'entretien sur le site où s'élevait autrefois le parc.

— Je doute que vous y arriviez. Une espèce de gros complexe immobilier s'est assis dessus et a tout recouvert.

— Ah ! Chez vous, alors ?

Emmett regarda autour de lui. Il ne voulait pas que sa vieille cuisine défraîchie passe sur une chaîne de télé nationale.

— Voigt, j'ai une idée à vous proposer. Est-ce que Laura vous a expliqué que j'avais construit une maquette de Palisades Park dans ma cave ? Ça vous plairait peut-être de la voir. On pourrait faire l'interview en bas.

— Excellent.

Revenant ensuite à ses patates, Emmett finit de les éplucher, les coupa et les jeta dans l'huile.

Il observa la friture. Dès qu'elle eut pris un aspect doré, croustillant, il repêcha les pommes de terre, les essuya dans des serviettes en papier, y ajouta une généreuse quantité de sel et de vinaigre de malt.

Il porta une frite à sa bouche, en savoura le goût. « Exactement celui qu'elles avaient à Palisades Park. »

51

Laura déposa sur son nouveau bureau le dernier carton d'affaires rapporté du service des Informations, éteignit toutes les lumières, ferma la porte et se dirigea vers les toilettes des dames pour se rafraîchir un peu avant d'aller retrouver Francesca.

En passant, elle jeta un œil chez Matthew à travers la cloison vitrée. Il était toujours penché sur sa table de travail.

— Je vais me sentir coupable à cause de vous, lui lança-t-elle d'un ton enjoué en s'arrêtant sur le seuil. Devrais-je rester encore, moi aussi ?

Il lui fit un grand sourire.

— Ce soir, non, ma belle. Mais vous allez avoir fréquemment l'occasion de travailler très tard, ici. Partez tant que vous le pouvez encore Au fait, je pourrais laisser tomber pour aujourd'hui, moi aussi ! Voulez-vous que nous prenions un verre ensemble ?

— Il faut que j'aille me repoudrer, malheureusement. J'ai rendez-vous à dîner avec quelqu'un.

Laura jeta un coup d'œil à sa montre.

— Et je vais être en retard.

— Ce sera pour une autre fois, alors. Où allez-vous dîner ?

— Chez Picholine.

— Mmmm ! Puis-je vous demander si ce quelqu'un est de sexe masculin ou féminin ?

— Il s'agit en fait de Francesca, ma meilleure amie. Elle m'invite en l'honneur de mon tout nouveau poste.

— Généreuse.

— Oui ! Et elle va s'indigner si je ne respecte pas l'horaire prévu. Je viens vous voir demain !

Elle tourna les talons. Il la rappela.

— Hé, Laura, attendez ! J'ai appelé à l'instant votre père.

Laura se figea et revint en arrière.

— Vous avez fait cela ? Pourquoi ?

— J'ai pensé qu'il valait mieux préparer l'interview.

— Que vous a-t-il dit ?

Elle prenait sur elle pour ne pas laisser voir son agacement. « Matthew aurait dû d'abord me demander s'il pouvait lui téléphoner, m'en parler à l'avance. Il s'agit de mon sujet. Et de mon père. »

— Il a paru un peu récalcitrant au début, mais en fin de compte il a accepté l'interview. Sa petite histoire de maquette a l'air sympa. Elle pourrait faire un visuel intéressant, je crois.

Laura songea à la cave sombre, à l'escalier raide aux marches de bois défoncées. Elle s'imagina Matthew et les techniciens, traînant le matériel sur le tapis usé du salon, traversant la minuscule cuisine et descendant jusqu'au sous-sol où flottaient des relents de moisi. Qu'allaient-ils penser de cette maison où elle avait grandi ? Elle savait qu'elle ne devait pas se soucier de leur opinion. Pourtant, elle s'en préoccupait. Elle s'en voulut aussitôt d'éprouver une telle honte.

Il y avait plus inquiétant encore : Quelle allait être l'attitude de son père ? Que leur raconterait-il ?

« S'il boit, je n'aurais plus qu'à disparaître sous terre. » Pour peu qu'Emmett s'envoie quelques Budweiser avant l'interview, il articulerait mal et ne cesserait de divaguer. Pire, il pourrait se montrer odieux, agressif.

« Seigneur, faites qu'il soit dans un bon jour ! »

Pourtant, jusqu'ici, ce sujet qu'elle avait trouvé seule, son ticket d'entrée pour « Plein Cadre », lui avait semblé si bon.

Elle connaissait le parc et son histoire, l'endroit où il était implanté, et s'était depuis toujours sentie intriguée par l'affaire du jeune garçon disparu durant la dernière saison. Comment ne s'était-elle pas rendu compte des interférences qu'il aurait sur leur vie privée ? Rien de ce qui impliquait Emmett n'était jamais facile. « Pourquoi suis-je si lente à comprendre ? »

Laura dit bonsoir à Matthew, puis alla se remaquiller et quitta les locaux de la chaîne. Dans la rue sombre et glacée, elle héla un taxi jaune. Elle y prit place, indiqua la destination au chauffeur, se renfonça dans le siège arrière recouvert de skaï et lâcha un gros soupir.

Pas vraiment un bon début, pour un premier jour.

52

La beauté aux cheveux d'un noir profond était assise au bar de Picholine, sur la 64e rue Ouest. Elle attendait son amie en savourant un martini-vodka.

Francesca était parfaitement consciente que chaque homme qui pénétrait dans le restaurant la soupesait du regard. Elle ne s'embêta pas à tirer sur sa robe, tendue un peu trop haut sur ses cuisses croisées, gainées de bas nylon noirs.

Si l'on doit rencontrer quelqu'un, on ne le sait jamais à l'avance ; mais se trouver au bon endroit se révèle souvent payant. Elle avait fait la connaissance de Leonard de cette façon.

Elle avait compris tout de suite qu'elle avait affaire à une belle ordure. Il l'avait levée au bar du Carlyle alors que sa femme, qui ne se doutait de rien, l'attendait tout près au restaurant de l'hôtel. Francesca lui avait quand même laissé son numéro de téléphone, impressionnée par ses airs farouches, son magnifique costume deux-pièces, son parfum entêtant et l'éclat de la Rolex qui dépassait de ses manchettes immaculées. Quelle idiote elle avait été !

Elle avait dépensé deux ans de sa vie pour Leonard. Deux ans de trop.

Elle finit son cocktail et en commanda un autre. Puis elle fit tourner l'olive sur sa langue avant de la croquer, la mâchant avec lenteur. « Où est donc Laura ? »

Son exaspération momentanée se changea en une admiration mêlée d'envie à la pensée de ce qu'avait réalisé son amie. Laura avait beaucoup payé de sa personne ces derniers années ; maintenant, elle récoltait les fruits de son labeur. « Productrice à "Plein Cadre" ! »

Francesca avait été témoin de ses premiers jobs, qui lui demandaient de longues heures de travail contre un salaire ridicule. Quand elle avait été entraînée dans le sillage de Leonard, elle avait eu tout le temps de faire ce qui lui plaisait. Au même moment, Laura commençait sa carrière de journaliste télé. Francesca sortait, faisait du shopping, prenait des vacances. Laura, elle, passait ses journées à KEY News.

Laura ne détestait pas prendre un peu de bon temps. Elle sortait à l'occasion dans les bonnes soirées. Cependant, elle ne laissait jamais ses distractions interférer sur sa vie professionnelle, qui restait sa priorité.

Aujourd'hui, Francesca regrettait de ne pas avoir ressemblé un peu plus à son ancienne colocataire. Il avait été plus facile de s'amuser, de mener grand train en laissant Leonard payer pour tout.

Malheureusement, elle était tombée amoureuse de Leonard Costello. Fatale méprise.

Elle prit une nouvelle gorgée de martini-vodka, regretta de ne pas avoir emporté son paquet de cigarettes. Une fois de plus, elle essayait de se sevrer. Mais elle savait que son abstinence ne durerait pas. Arrêter le tabac maintenant serait trop dur, si elle allait au bout de son projet : la rupture définitive avec Leonard.

Leur échange lors de la soirée du Nouvel An avait été la goutte qui fait déborder le vase. Elle refusait, à l'avenir, d'être encore humiliée et blessée de cette façon.

N'y avait-il pas tant d'autres poissons à attraper, dans les riches eaux de Manhattan ?

— Francesca ! Je suis désolée d'être en retard !

Laura se tenait devant elle, les joues rouges de s'être dépêchée, ou bien à cause du froid qui régnait au-dehors.

— *No problema,* ma belle.

Francesca fit la bise à son amie.

— J'ai l'habitude ajouta-t-elle. Laisse donc ton manteau au vestiaire et allons nous asseoir. Je n'ai rien avalé de la journée, je meurs de faim !

Le maître d'hôtel les escorta, sous les lustres étincelants, jusqu'à une table couverte d'une nappe de lin, dans la grande salle à manger. Les deux jeunes femmes parcoururent attentivement le menu et la carte des vins. Laura choisit le tournedos de saumon, Francesca l'agneau rôti.

— Alors ? comment s'est passée cette première journée ? s'enquit Francesca, tout en goûtant le pain délicieux que le serveur avait apporté dans une petite corbeille, en prenant la commande.

Laura eut un gémissement.

— Aussi géniale que ça ?

— Oh, Francie, j'espère ne pas avoir commis une terrible erreur !

Et Laura entreprit d'expliquer en détail à sa meilleure amie ce que Joel avait planifié pour « Plein Cadre ».

— Il a vraiment l'air d'un animal à sang froid ! Je savais qu'on était à couteaux tirés dans ton milieu, mais n'y avait-il pas, à ce que l'on racontait, une histoire de cœur entre ce Malcolm et Gwyneth Gilpatric ? On aurait pu s'attendre à ce que ce mec fasse preuve de davantage de délicatesse. Qu'il soit davantage perturbé par la mort de Gwyneth. Contrairement à ce que tu viens de me décrire !

Le serveur déposa quelques amuse-gueule sur la table. Elles avalèrent en une bouchée les canapés à la mousse de champignons des bois truffée. L'extase.

— C'est sans doute moi qui t'avais appris leur liaison, répondit Laura. A KEY News, tout le monde était au courant. Je ne sais pas s'ils étaient toujours ensemble. En tout cas, cet après-midi, Joel ne m'a pas paru avoir le cœur brisé. On m'avait rapporté des exemples de son enthousiasme pour l'émission, mais rien d'aussi extrême. Je te jure, Francie, qu'il salivait en expliquant comment il avait l'intention de tirer parti de la mort de Gwyneth.

— A propos de saliver…

Laura s'interrompit au moment où l'on apportait les plats.

Le saumon commandé par Laura, servi dans sa sauce au raifort, était garni d'un caviar de concombres et d'œufs de saumon. Le tendre agneau de Francesca s'accompagnait d'un gratin de pommes de terre au chèvre et d'artichauts à la barigoule.

Alors que les deux jeunes femmes se délectaient de ces mets savoureux, Laura parla à son amie de Matthew Voigt, et de son malaise à la perspective de l'entretien avec Emmett.

Quand le serveur leur eut présenté le fameux plateau de fromages de Picholine, Laura s'excusa auprès de son amie : elle monopolisait la conversation.

— Ne t'en fais, ma chérie, assura Francesca. Mais j'ai quand même une petite nouvelle qui va t'émouvoir. Je romps avec le Sculpteur de Visage.

— C'est génial, Francie ! Je suis très impressionnée. Je n'ajouterai pas qu'il était largement temps.

— Oui, s'il te plaît !

— Et pourquoi juste maintenant ?

Francesca haussa les épaules.

— Disons que puisque tu cesses de préparer tes nécrologies, tu n'auras plus besoin des confidences exclusives de Leonard. Celles qui te permettaient de savoir qui se trouvait à l'hôpital en train de passer l'arme à gauche, et que je t'ai si généreusement soufflées à l'oreille pendant ces deux ans.

— C'est vrai, je dois le reconnaître, dit Laura en riant. A son insu, le docteur a été pour moi une source extraordinaire. J'ai pu prévoir à l'avance quelques nécros, grâce à lui. Il a beaucoup aidé ma carrière. Au fait, Francie, à propos de carrière, comment as-tu l'intention de faire, quand il ne te financera plus ?

Francesca finit son expresso et se laissa aller dans son siège.

— Je t'en prie, Laura. Ne me harcèle pas avec ça ce soir !

53

Mardi 4 janvier

Il était déjà presque vingt-deux heures lorsque le dîner fut enfin avalé, la cuisine nettoyée et le ménage fait. Nancy s'était battue pour que les enfants éteignent la télévision. Ils avaient pris leur bain, s'étaient brossé les dents et se trouvaient maintenant sagement rangés dans leurs lits. Elle devait encore se rendre à son fastidieux travail chez Macy's et marcher trois kilomètres pour y parvenir. Mais elle ne put s'y résoudre. Ses jambes ne la portaient plus.

Sa vie était devenue une interminable corvée. Quand Mike avait perdu son job, elle avait dû se séparer de la femme de ménage ; depuis, la maison n'avait jamais retrouvé son aspect antérieur. Si son foyer était le reflet de sa personnalité, Nancy Schultz n'avait qu'à regarder autour d'elle pour s'apercevoir qu'elle n'était pas en bonne condition.

Mike, toujours accommodant, ne se plaignait pas, non. Il ne l'avait pas épousée pour ses talents de ménagère, répétait-il. Nancy se demandait parfois s'il lui arrivait désormais de regretter de l'avoir choisie, elle. Elle sentait qu'elle était de moins en moins agréable à vivre et elle s'en voulait beaucoup.

Chaque fois qu'elle se promettait de se montrer plus optimiste, plus positive, sa résolution ne tenait guère. Elle retrouvait rapidement ses soucis, son stress permanent. Mike lui avait conseillé d'entreprendre une thérapie. Seulement, elle ne trouvait pas la force de décrocher son téléphone pour prendre rendez-vous.

Elle se consolait en se disant qu'elle était semblable à tant d'autres Américaines d'aujourd'hui. Oprah Winter n'aurait pas fait ces émissions sur les femmes submergées d'obligations si elles ne touchaient pas une très large audience.

Mike se trouvait assis à la table de la salle à manger, devant un tas de factures et de papiers divers. Elle s'installa à côté de lui.

— Comment va-t-on s'y prendre, Mike ?

Il se renfonça dans son fauteuil et se passa la main dans les cheveux.

— On va tenir bon, ma chérie. Mais les factures de Noël ne sont pas encore tombées.

— Mike, qu'est-ce qu'on peut faire ? Tu es bien payé, pourtant, on vit au jour le jour. On a l'impression de ne jamais s'en sortir. J'aimerais contribuer un peu plus à notre train de vie. Mon salaire chez Macy's ne représente presque rien et les remplacements sont rares.

Mike se pencha vers sa femme et lui déposa un baiser sur la joue.

— Écoute, tu travailles à temps partiel, ça suffit. Il ne faut pas que tu t'inquiètes sans arrêt. Tout va bien se passer. Quand nous avons eu les enfants, on a décidé ensemble qu'il valait mieux que tu restes à la maison pour t'en occuper.

— C'était avant tout ce qui s'est passé.

Mike se replongea dans ses talons de chèques, précisant qu'il n'avait pas envie de revenir là-dessus. Ils avaient discuté et rediscuté des circonstances dans lesquelles il avait perdu son job à « Plein Cadre », jusqu'à ce que Mike déclare que, dorénavant, il ne voulait plus aborder la question. Il ne fallait pas rester là-dessus. Trop d'amertume risquait d'empoisonner leur vie.

— Tu as raison, mon chéri, murmura Nancy en passant le bras autour des fortes épaules de son mari.

« Et puis, songea-t-elle, Gwyneth Gilpatric est morte. Il n'y a plus de haine à avoir. »

54

Le thème musical de l'émission se fit entendre, et l'image du sable rose s'écoulant dans le grand sablier, emblème de l'émission, se dessina en incrustation sur celle du plateau télé.

Ainsi débutait le générique de la première édition de « Plein Cadre » depuis la mort de Gwyneth Gilpatric. Elle était diffusée sur toutes les chaînes composant le réseau de KEY Television.

Le sablier s'évanouit et le buste d'Eliza Blake derrière son *desk* de présentatrice apparut à l'écran.

« Bonsoir, je suis Eliza Blake. Merci d'avoir choisi "Plein Cadre". »

Dans la salle de régie, Joel Malcolm suivait l'émission. Il avait pris place derrière le réalisateur J. P. Crawford, entouré d'une équipe d'assistants et de techniciens, assis devant des consoles multifonctions surmontées de douzaines de moniteurs de contrôle.

« Ça va marcher parfaitement, pensa Joel. Eliza a une allure formidable. Elle est belle, intelligente, elle a de la présence. Et quelque chose d'autre que Gwyneth n'avait plus : la jeunesse. »

« Notre émission de ce soir est un hommage à Gwyneth Gilpatric, l'animatrice de "Plein Cadre" depuis sa création il y dix ans. Gwyneth, qui était une légende dans la profession, a fait une chute mortelle le soir du Nouvel An, du haut du toit de son appartement new-yorkais. La police mène l'enquête. Nous-mêmes, à KEY News, avons pris la décision de mettre tout en œuvre pour tenter de découvrir ce qui est arrivé à Gwyneth Gilpatric. Chaque semaine, nous vous tiendrons informés des progrès de l'enquête, ce dès la prochaine édition de "Plein Cadre". Pour commencer, vous y découvrirez en exclusivité un témoin oculaire de ses derniers instants. »

Joel fut impatient de lire les résultats de l'Audimat.

55

Furieux, Alberto Ortiz éteignit son poste.

KEY News promettait de faire passer à l'antenne un témoin oculaire.

« Les fumiers ! »

Ces bâtards prétentieux se croyaient-ils au-dessus de la loi ? Ils dissimulaient des informations réservées à l'enquête criminelle !

56

Mercredi 5 janvier

La nouvelle courait dans toute la rédaction. Le taux d'audience enregistré la veille au soir était le plus élevé qu'ils aient jamais réalisé.

Joel se pavanait dans les couloirs, serrant des mains, distribuant des claques sur l'épaule, tel un jeune père fier de sa progéniture.

Mal à l'aise, Laura restait dans son bureau, à passer des coups de fil concernant son sujet. Le premier fut pour Maxine Bronner. Elle lui expliqua qu'elle cherchait à retrouver Ricky Potenza.

— Je me souviens vous avoir entendue dire que vous échangiez encore des cartes de vœux avec sa mère. Cela vous ennuierait-il de me communiquer son adresse ?

Un silence s'ensuivit. Laura la sentit hésitante.

— Maxine ?

— Je ne sais pas, Laura. Cette pauvre femme a vécu tant de choses terribles.

— Écoutez, voilà ce que je vous propose : pourriez-vous l'appeler vous-même pour lui expliquer l'objet de mon travail ? Et voir ainsi si elle est disposée à ce que je la contacte ?

— Je crois que ce serait préférable, convint Maxine d'une voix incertaine. Je vais appeler les renseignements et leur demander s'ils ont le numéro.

57

Elle était toujours payée avant la fin du mois et, chaque matin, sans savoir exactement pourquoi, elle arrivait à l'heure à l'appartement pour prendre son service auprès de Mme Gilpatric. Mais l'extrait du testament que le notaire venait de lui communiquer lui révélait la vérité : sa défunte patronne lui accordait en fait bien peu de valeur.

La collection de santons peints à la main créés par Christopher Radko. Magnifique. Delia détestait ces saletés. Ils étaient si délicats, ils se brisaient si facilement. Ils prenaient la poussière. Il faudrait y faire attention. Comme elle avait été stupide de s'extasier à leur propos devant Madame ! Maintenant, ils constituaient son héritage.

Cela, et rien de plus.

Elle se sentait furibonde. Entre employées de maison, on se racontait souvent l'histoire de riches patronnes qui, à leur mort, comblaient de largesses leurs fidèles servantes. On ne pouvait pas en dire autant de Gwyneth Gilpatric. Sept ans de services dévoués ne signifiaient rien pour elle.

Mon Dieu ! Laura Walsh, elle, lui importait davantage ! L'appartement et tout ce qu'il contenait étaient désormais à elle. Plus une grosse somme d'argent dont Delia était à peine capable de se figurer le montant.

Laura s'était-elle montrée soumise aux volontés de Gwyneth, avait-elle répondu à son caractère autoritaire ? Delia en doutait, d'après ce qu'elle avait pu observer. Non, dès qu'il s'agissait de la jeune femme, Gwyneth n'était que douceur et tendresse.

Mais, envers elle-même, s'était-elle attendue à ce que Gwyneth se montre attentionnée ? Leurs relations, elle devait l'admettre, ne s'étaient jamais départies d'une certaine froideur. Gwyneth avait clairement posé qu'elle était la patronne. Elle lui avait fait comprendre qu'elle ne recherchait pas son amitié. Delia ne s'était jamais vraiment sentie liée à elle, sur un plan personnel.

D'autre part, Gwyneth n'était pas sotte. Avait-elle compris que sa bonne l'enviait ?

« Qui n'aurait pas été jalouse d'elle ? » se dit Delia en traversant le somptueux tapis jusqu'à la baie vitrée, d'où elle contempla Central Park. Gwyneth vivait telle une princesse. Comment ne pas en souhaiter autant pour soi-même ? Elle s'était souvent prise à rêver, certains jours où elle se trouvait seule à l'appartement, d'en être l'heureuse propriétaire. Quelle joie d'être environnée de toutes ces belles choses ! Comme cela avait été amusant d'essayer les robes de sa patronne !

Son rêve s'était brisé. Elle allait devoir se mettre en quête d'un nouveau travail, à moins que Laura ne la garde à son service.

« C'était injuste. »

Delia prit sa décision. Elle avait conservé pour elle ce qu'elle savait, évitant de tout raconter à l'inspecteur Ortiz.

Elle alla décrocher le téléphone et composa le 12. Non sans une vive appréhension, elle pria pour obtenir le numéro.

58

Rose Potenza resserra le pull noué autour de ses épaules, en regardant son fils se concentrer sur le puzzle géant disposé sur la table du living-room. Ricky semblait aller mieux depuis quelque temps. Rose ne voulait pas compromettre son fragile équilibre mental.

Quand Maxine Bronner l'avait appelée, elle avait eu tout d'abord une réaction d'effroi. En faisant resurgir ce vieux cauchemar, ils risquaient de nuire à Ricky.

Mais Maxine l'avait encouragée à parler à la productrice, lui assurant qu'elle pouvait faire confiance à Laura Walsh, qui respecterait ses vœux et ne porterait pas atteinte à sa vie privée si elle décidait finalement qu'il valait mieux laisser Ricky tranquille.

Au téléphone, Laura lui avait paru sympathique. Elle s'attendait à une journaliste arriviste, agressive et indiscrète. La jeune femme au contraire avait manifesté de la sensibilité. Elle se sentait concernée par le bien-être de son fils.

— Madame Potenza, je dois vous avouer que « Plein Cadre » va traiter ce sujet, que nous interviewions ou non Ricky. Je ne veux pas que vous vous sentiez engagée par ma demande. D'un autre côté, tout ceci ne pourrait-il se révéler profitable à votre fils ? Nous lui offrons une chance de parler franchement de son ami, de faire partager ses souvenirs. Cela pourrait l'aider à mieux s'en détacher.

— Ricky n'a jamais communiqué ses sentiments à propos de la disparition de Tommy. Pas même depuis qu'ils ont trouvé ce qui reste de Tommy.

— Ricky est au courant de cette découverte ?

— Oui, il l'a vue aux informations. Il regarde sans arrêt la télé, je ne parviens pas à l'empêcher. En réalité, il est bizarre que ce soit justement vous qui nous contactiez à propos de cette histoire. Ricky est un fan de « Plein Cadre ». Il ne manque jamais une émission. Il ne va sûrement pas rater celle-ci.

— Il aura peut-être le désir d'y participer, risqua Laura, pleine d'espoir. Pourriez-vous le lui proposer sans lui faire de mal ? Madame Potenza, je prends l'engagement de ne le bousculer en aucun cas.

Rose avait promis d'y réfléchir, avant de raccrocher. Elle avait appelé le médecin traitant de Ricky au centre psychiatrique du comté de Rockland. Sans lui donner de réponse catégorique, ce dernier avait suggéré que Ricky, si fasciné par la télévision, pourrait se montrer plus ouvert devant une caméra. Cela lui ferait peut-être du bien. Toutefois, il n'écartait pas le danger de réveiller son traumatisme. Une fois encore, elle allait devoir décider seule pour son fils de quarante-deux ans.

— Ricky ?

— Oui, maman ? répondit-il sans lever les yeux de son puzzle.

Elle se répéta que cela pourrait l'aider, implorant le Ciel pour ne pas lui causer un choc.

59

L'inspecteur Ortiz fut introduit dans le bureau du producteur. La secrétaire offrit de lui apporter une tasse de café, qu'il refusa poliment.

Le soleil entrait largement par la baie vitrée, l'obligeant à cligner des yeux devant les trois conseillers juridiques de KEY News, qui avaient pris place dans le canapé de cuir. Joel Malcolm, assis à son bureau, se leva pour serrer la main de l'officier de police. D'un geste, il pria Ortiz de s'asseoir dans le fauteuil qui lui faisait face.

— Que puis-je pour vous, inspecteur ?

— Tout d'abord, monsieur Malcolm, ma présence ici est liée à ce que vous avez annoncé hier soir dans votre émission. Vous prétendez connaître un témoin oculaire de la mort de Gwyneth Gilpatric ?

— Exact.

— Et de qui s'agirait-il ?

L'un des costumes-cravates assis sur le canapé se fit entendre.

— Nous avons pour politique, à KEY News, de ne pas révéler l'identité d'un informateur à qui nous promettons la confidentialité. Une stricte observation de ce principe est nécessaire pour conserver un climat de confiance vis-à-vis d'éventuels nouveaux témoins.

— Nous pouvons vous citer à comparaître, rétorqua aussitôt Ortiz.

— Nous ferons appel devant le juge, répliqua Joel d'une voix égale. Et notre émission passera à l'antenne bien avant que le débat juridique se soit conclu dans un sens ou dans l'autre. Je me permets de vous suggérer la patience, inspecteur. Regardez l'émission la semaine prochaine, vous aurez la réponse à votre question.

Ortiz comprit que l'insolent producteur maîtrisait la situation. Ses avocats pouvaient facilement se dérober pendant une semaine.

— Le fait de dissimuler le témoin d'un crime peut, en la retardant, se révéler très préjudiciable à l'enquête. Je n'ai plus, sans doute, qu'à en appeler à votre sens moral pour vous inciter à agir de manière correcte.

Malcolm resta silencieux.

« Le fils de pute ! »

Ortiz s'efforça de ne pas laisser voir sa frustration.

— Très bien, monsieur Malcolm. J'ai d'autres questions à vous poser. D'ordre personnel.

— Allez-y.

Ortiz jeta un coup d'œil aux juristes.

— Ils peuvent rester, déclara Malcolm.

L'inspecteur tourna quelques feuilles de son bloc-notes.

— Est-il exact que Gwyneth Gilpatric avait prévu de quitter « Plein Cadre » ?

— Oui. Son contrat avec KEY News arrivait à terme. Elle ne souhaitait pas le renouveler.

— Savez-vous pourquoi ?

— Elle m'a dit quelle voulait changer. CBS lui offrait un pont d'or.

— Quel fut votre sentiment ?

Malcolm haussa les épaules.

— Bien entendu, j'ai été très déçu de la perdre. Nous avions lancé « Plein Cadre » ensemble, recueillant un succès démentiel au fil des années. Néanmoins, comme vous ne l'ignorez pas, inspecteur Ortiz, la télévision est un média fondé sur l'image. Je ne voudrais pas être grossier, mais Gwyneth vieillissait. Sur un plan plastique, ses meilleures années étaient derrière elle. Je me suis dit qu'il était préférable d'injecter un peu de sang neuf dans l'émission.

— Ainsi, lorsque Mme Gilpatric vous a appris qu'elle quittait « Plein Cadre », vous ne vous êtes pas senti furieux ?

— Non. En fait, je fus soulagé. J'étais très attaché à Gwyneth.

Malcolm regarda brièvement les trois hommes en costume-cravate avant de poursuivre.

— Je suis sûr qu'en fouillant un peu de ci de là, vous avez appris notre romance. Mais elle date déjà d'il y a quelque temps. Je souffrais à la pensée qu'il allait bientôt falloir me défaire d'elle en tant que présentatrice. Sa décision m'a enlevé une épine du pied. Quand Gwyneth m'a révélé qu'elle partait chez CBS, je lui ai donc souhaité bon vent.

Ortiz savait désormais que le producteur mentait ; de ce fait, il ne pouvait plus accorder beaucoup de crédit à ses propos. Il choisit de poser quand même ses questions.

— Monsieur Malcolm, voyez-vous quelqu'un qui aurait pu souhaiter la mort de Mme Gilpatric ?

Joel fronça les sourcils en donnant une réponse.

— Les grands reporters s'attirent beaucoup d'ennemis, inspecteur. Cela fait partie du métier.

— Aucune personne en particulier ne vous vient à l'esprit ?

— Allez donc consulter les archives de notre société, inspecteur. Demandez n'importe quel dossier traité par Gwyneth. Je suis certain que vous y trouverez des dizaines de noms de personnes qui avaient intérêt à la voir disparaître, suggéra Malcolm, avec un peu trop de suffisance au goût de l'officier de police.

— Et à KEY News même ? appuya Ortiz. Elle ne comptait pas d'ennemis dans son environnement de travail ?

Malcolm se balança maladroitement dans son fauteuil à large dossier. Ortiz, qui attendait, le fixa d'un regard perçant.

— Eh bien, il y a peut-être quelqu'un, commença-t-il, hésitant.

Les trois juristes se redressèrent. Le producteur improvisait, ce qui ne leur plaisait pas du tout. Il s'écartait du scénario de l'entretien qu'ils avaient travaillé ensemble.

— Poursuivez, monsieur Malcolm, je vous en prie.

— Il y a quelques années, nous avons réalisé un sujet spécial pour les vagues de sondage de février. Il portait sur un quartier violent, du côté d'East Harlem. Nous disposions d'une source confidentielle, un jeune type qui essayait de s'en sortir.

Malcolm ferma les yeux, se frottant le front.

— Je n'ai plus son nom en tête, mais ça va me revenir.

— Quel est le rapport avec la mort de Gwyneth Gilpatric ? pressa Ortiz.

Malcolm sortit un paquet de Chesterfields de la poche de sa veste, en offrit sans succès à l'inspecteur et en alluma une.

— Eh bien, continua-t-il, exhalant la fumée par les narines, le gamin nous a fourni un tas d'informations sur les dealers du Barrio ; en outre, il s'est montré disposé à passer devant la caméra. Nous l'avons filmé, en cryptant les images, naturellement. Vous savez, en brouillant son visage et en déformant sa voix.

Ortiz acquiesça.

— Le problème est que l'un des plans utilisés dans le montage final permit d'identifier le gosse. A l'image, on pouvait voir Gwyneth se promener dans un squat jonché de tout un attirail appartenant à des drogués, qui avait été abandonné là. En éditant la bande, nous ne nous sommes pas aperçu que Cordero – je me souviens de son nom, maintenant – apparaissait dans un coin de l'image.

Malcolm tira une profonde bouffée.

— Et ?

— Une semaine après la diffusion de cette séquence dans l'émission, Cordero fut retrouvé mort. On lui avait planté deux douzaines de seringues dans la peau.

Le producteur écrasa son mégot.

— Où intervient ce fameux ennemi à KEY News même ? demanda Ortiz.

— Vous le devinez, nous fûmes blâmés pour ce gros ratage. Tous les journaux en parlèrent. La direction eut si peur d'encourir un procès que j'ai dû assister aux obsèques, en les faisant filmer par une flopée de caméras, pour attendrir un peu la famille.

Ortiz étudia avec attention l'expression de son interlocuteur, qui acheva son récit.

— La famille de Cordero ne nous a pas intenté de procès. Ils déclarèrent qu'ils se sentaient fiers du courage de leur fils, et qu'ils ne voulaient pas profiter de sa mort. C'est rafraîchissant, n'est-ce pas ? Cependant, il fallut prendre une sanction. Quelqu'un devait porter le chapeau. Gwyneth se montra inflexible sur ce point. Elle sentait que sa réputation se trouvait mise en jeu.

— Qui en a fait les frais ?

— Le producteur, Mike Schultz. Il fut viré.

60

« Nom de Dieu ! »

La bonne les avait vus quitter ensemble l'appartement de Gwyneth pour se rendre sur le toit.

Et elle exigeait de l'argent contre son silence.

Même en payant, elle resterait dans les parages, avec son secret. Il n'y a aucune limite au chantage.

Depuis l'appel téléphonique de Delia Beehan, son cœur battait à tout rompre. Les idées se bousculaient dans son cerveau.

« Ce n'est pas le moment de paniquer. Respire à fond. Ressaisis-toi. Réfléchis.

Tu peux trouver la solution. Tu es allé trop loin pour tout envoyer promener.

Tu as eu assez de présence d'esprit pour fixer immédiatement un rendez-vous. Ce fut très adroit de ta part.

Il faut que tu règles ce problème tout de suite, avant qu'elle n'ait des remords et qu'elle n'aille trouver la police. Elle était tellement honteuse de ce qu'elle faisait qu'elle a accepté de te rencontrer à la nuit tombée. La conne !

Ces beaux ciseaux tout brillants pourraient largement convenir. »

61

Depuis qu'elle avait regardé la dernière édition de « Plein Cadre », seule, le soir précédent, Kitzi redoutait sa prochaine entrevue avec son mari.

Elle était certaine qu'ils allaient avoir une terrible dispute.

L'annonce faite par Eliza Blake l'avait cueillie par surprise. Plongée dans un brouillard éthylique, elle avait mis quelques minutes à réaliser. C'était elle, la personne qui devait « tout dire » à l'antenne la semaine suivante.

Kitzi s'était laissée tomber dans le sofa, stupéfaite, paralysée par ce qu'elle venait d'entendre sur les ondes. Elle savait depuis longtemps que Joel plaçait son émission au-dessus de tout – sa femme y compris. Mais là, il allait trop loin.

Elle s'était mise au lit dans la chambre d'ami, pour éviter tout contact avec Joel lorsqu'il rentrerait des studios, tard dans la soirée. Elle ne l'affronterait que lorsqu'elle aurait retrouvé ses esprits. Il n'était pas question qu'elle le fasse sans attendre, alors qu'elle avait bu et se sentait exténuée.

La pendule de l'entrée sonna dix-neuf heures. Joel serait bientôt de retour, puisqu'il n'était qu'au début de sa semaine de production. Il ne travaillait tard que les deux derniers jours avant la diffusion, en général.

Kitzi avait terriblement envie de se servir un verre ; elle dut mobiliser toute sa concentration pour parvenir à s'en empêcher.

Elle vérifia sa coiffure et son maquillage dans la glace de la salle de bains, déposa une goutte de parfum derrière ses oreilles et au revers de ses poignets. Elle voulait se rendre armée sur le champ de bataille.

Le bruit des clés dans la serrure de la porte d'entrée se fit entendre. « Action ! »

Kitzi se rendit à pas lents dans le living. Joel gagna le bar en droite ligne.

— Je t'en sers un ? offrit-il en déposant deux glaçons dans son verre à whisky.

— Non, je te remercie.

Il prit un air railleur.

— Qu'est-ce qui ne va pas ? Tu ne te sens pas bien ? demanda-t-il ironiquement.

Elle pencha légèrement la tête, faisant mine d'examiner la question.

— En réalité, je ne me sens pas trop mal, pour une femme que son mari veut exhiber devant tout le monde afin de satisfaire les ambitions dévorantes que nourrit son ego démesuré.

— Oh, Kitzi ! Ne commence pas, s'il te plaît ! Je n'ai pas la tête à ça, ce soir, prévint-il en versant une généreuse rasade de Glenfiddich sur ses glaçons.

— « Pas la tête à cela ? » Merveilleux. Et moi ? Tu crois que j'ai la tête à me montrer à la télé devant tous les habitants de ce pays, y compris le malade qui l'a tuée pour raconter que j'ai vu Gwyneth Gilpatric se faire pousser du haut du toit de son immeuble ?

Kitzi se rendit compte que sa voix montait jusqu'au cri. « Reste calme. Tu dois te maîtriser. »

— Assieds-toi, Kitzi, lui ordonna-t-il. Discutons un peu de tout cela.

— Il n'y a rien à discuter. Je n'irai pas, point final.

— Oh, si ! tu vas le faire, et je vais te dire pourquoi. Si tu acceptes, je t'accorde le divorce et je fais en sorte que tu puisses conserver jusqu'à la fin de tes jours le train de vie auquel tu t'es si bien accoutumée. Si tu refuses, en revanche, je transformerai notre séparation en enfer. Je m'assurerai de te pourrir l'existence en te traînant de procès en procès, au moyen des meilleurs avocats que je pourrai engager. Tu ne risques pas de rajeunir, Kitzi. Alors ne va pas gâcher les quelques bonnes années qui te restent en te jetant dans un gouffre financier et affectif. Trouve-toi plutôt un nouveau nigaud plein de fric.

— Tu y perdrais beaucoup toi aussi, Joel

En sirotant son *single malt*, Joel parut savourer l'argument qu'il allait abattre.

— Tu oublies quelque chose, mon amour. Je me délecte de ce genre de conflit. Toi, tu n'auras pas assez d'estomac pour soutenir une aussi longue bataille.

Comment avait-elle pu croire qu'elle le dominerait ? Si elle voulait préserver ce qui lui restait de dignité, elle devait se sortir de ce mariage. Joel était un chien. Il avait un goût prononcé pour la bagarre. Elle ne se sentait pas de taille à affronter ses crocs.

— Même si j'acceptais de faire cette interview, Joel, je me figure mal ce que tu me crois en mesure de dire. Je t'ai déjà raconté ce que j'avais vu. Rien que des ombres. Je ne pouvais pas distinguer leurs visages. Je ne sais même pas si c'était un homme ou une femme qui se trouvait face à Gwyneth.

Joel comprit qu'il avait gagné.

62

Sur le chemin du retour, Laura fit un arrêt chez D'Agostino's pour acheter quelques provisions. Elle avait envie de blinis et de tarama. Un petit pot plastique ferait l'affaire.

Comme d'habitude, elle sortit en définitive du magasin les bras chargés de victuailles. En pénétrant dans l'entrée de son immeuble, elle se résigna à consulter sa boîte aux lettres plus tard ; elle redescendrait quand elle aurait tout déposé.

Le répondeur clignotait dans la pénombre. Elle accrocha son manteau et se débarrassa de ses paquets avant toute chose, puis mit une grande casserole d'eau sur le feu. Ensuite seulement, elle appuya sur le bouton de lecture des messages.

La voix était agréable, avec un léger accent hispanique. Laura la reconnut immédiatement.

« Mademoiselle Walsh, Inspecteur Ortiz, de la brigade criminelle. Nous nous sommes rencontrés le soir de la mort de Gwyneth Gilpatric. Je voudrais vous parler, mademoiselle Walsh. Pourriez-vous m'appeler demain ? »

Avec un brusque sentiment d'oppression, Laura griffonna le numéro qu'il lui laissait. Que lui voulait-il ?

En remuant les pâtes, elle s'efforça de se souvenir de ce qu'elle avait déclaré à la police lors de la soirée chez Gwyneth Gilpatric.

Non, elle n'avait pas remarqué que Gwyneth ne se trouvait pas comme tout le monde sur la terrasse à regarder le feu d'artifice. Non, elle ne se rappelait pas qui s'y trouvait ou ne s'y trouvait pas. Elle était occupée à admirer les fusées.

Laura mangea assise sur le canapé devant la télévision, à laquelle elle n'accorda qu'une attention distraite. Demain, sa journée serait chargée. Elle devait appeler l'inspecteur Ortiz dès son arrivée au bureau car, ensuite, elle partirait avec Matthew dans le New Jersey pour des prises de vues destinées à leur reportage sur Palisades Park. Cela aussi la rendait nerveuse. Et l'interview d'Emmett, qui arrivait en tête sur son agenda.

Elle suivit *Jeopardy!* jusqu'à l'ultime question, puis se leva, déposa son assiette à la cuisine, la rinça dans l'évier. Elle allait se déshabiller pour la nuit lorsqu'elle repensa au courrier qu'elle n'avait pas relevé.

A l'intérieur de la boîte aux lettres placée dans l'entrée l'attendait une grande enveloppe de papier kraft au format des plis officiels.

L'adresse de l'expéditeur était libellée : « ALBERT, HAYDEN, AND NEWSOME, NOTAIRES ASSOCIÉS ».

Remontant dans l'ascenseur, elle déchira l'enveloppe et commença à lire la lettre à en-tête.

« Chère Mademoiselle Walsh,

Nous sommes chargés de vous informer que vous avez été désignée première légatrice sur le testament de Mme Gwyneth Gilpatric. Vous trouverez ci-joint l'extrait de ses dernières volontés vous concernant. »

63

Les images colorées du site Web dédié à Palisades Park occupèrent Matthew Voigt pendant presque toute la soirée, la veille de son entretien avec Emmett Walsh.

Assez élaboré, le site comportait une galerie de photos, un juke-box virtuel, l'historique du parc, un forum sur lequel les visiteurs pouvaient partager leurs souvenirs en les mettant en ligne, et même une boutique d'articles à l'emblème du parc. Il commanda deux casquettes de base-ball noires marquées « Palisades Park », pour Laura et lui-même.

Ayant grandi dans le Midwest, Matthew n'avait pu connaître le parc d'attractions. Et même s'il avait vécu dans la région de New York, il était trop jeune. Cependant, il en avait souvent entendu parler.

Il cliqua sur *Historique*. Il fit défiler une à une les pages, lisant tout depuis la mise en service du parc.

« L'histoire de Palisades Park nous invite à remonter jusqu'en 1898, année où l'on aménagea pour la première fois des aires de pique-nique et de jeu sur une zone boisée dominant l'Hudson, à l'extrémité de l'une des lignes de tramways.

Au tournant du siècle, le parc fut utilisé par l'industrie naissante du cinématographe, qu'abritait Fort Lee. Le célèbre *Pauline en péril* aurait été filmé sur place, et le parc aurait servi de cadre aux premiers moyens métrages de Mary Pickford et Buster Keaton.

En quelques années, on vit s'élever un kiosque à orchestre, des stands de boissons et un manège. A cette époque, les ascensions en ballon constituaient la grande attraction, et plusieurs vols de Palisades à Times Square firent la une des journaux.

Par la suite, on construisit sur le site la plus grande piscine d'eau salée au monde, mesurant 120 mètres de large par 180 mètres de long et remplie chaque jour de plus de 7 500 000 litres d'eau pompés en contrebas, dans l'estuaire de l'Hudson.

Dans les années 30, deux frères, Irving et Jack Rosenthal, promoteurs dans le show-business, achetèrent Palisades Park et y ouvrirent de nouvelles allées ; le parc perdit ses sobres couleurs vert et blanc pour prendre une allure bigarrée. La publicité claironnait que 3 000 seaux de peinture de plus de 200 nuances différentes étaient utilisés chaque saison pour l'habiller d'une débauche de couleurs.

Au fil du temps, le parc vit passer parmi ses employés une foule d'habitants de la région. Il offrait à beaucoup de jeunes leur premier job. Si vous habitiez dans les environs du parc, vous étiez pratiquement assuré d'y trouver du travail. Quant aux anciens, on les engageait comme vendeurs de tickets, responsables ou concessionnaires de stand, ce qui contribua à donner au parc sa réputation de lieu de loisirs bon enfant, convenant à toute la famille.

Il s'y passait toujours quelque chose. Des bébés furent mis au monde dans le parc, des couples se formèrent lors d'un tour de manège. On construisit une ménagerie censée reconstituer la jungle, d'où s'échappèrent les singes en escaladant des câbles électriques. On les retrouva un peu partout en ville.

Les publicitaires engagés par les Rosenthal utilisèrent la moindre occasion pour faire parler du parc. Deux ou trois événements promotionnels avaient lieu chaque semaine. Par exemple, l'élection de dizaines de miss : Miss Teenagers, Mini-Miss, Miss Latine d'Amérique ou encore Miss Pologne, Allemagne ou Italie d'Amérique, suivant la nationalité des immigrants. Miss Starlette, Miss Grand-Mère, aussi. On alla même jusqu'à élire la Plus Grosse Miss d'Amérique et, pour public averti, Miss Mini-jupe. Ces pompeuses cérémonies devinrent si populaires que l'un des points d'accès du parc fut surmonté d'une banderole proclamant : « SOUS CETTE BANNIÈRE PASSENT LES PLUS BELLES FILLES DU MONDE ! »

La musique constituait l'un des atouts du parc depuis son origine et, quand débuta l'ère du rock'n'roll, les *teenagers* envahirent Palisades Park pour y écouter leurs idoles. A la fin des années 50, « Cousin » Bruce Morrow, le célèbre disc-jokey new-yorkais, commença à animer un show radiodiffusé en direct de Palisades Park. Il y attira alors les chanteurs et les groupes les plus célèbres de l'époque, tels Frankie Avalon, Bobby Rydell, Fabian, Little Anthony, Petula Clark, les Jackson Five, Diana Ross et les Supremes, les Fifth Dimension, les Rascals, les Lovin'Spoonful, les Shangri-Las, les Comets.

On matraquait sur les ondes des annonces en faveur du parc. A la télévision, on diffusait des écrans publicitaires vantant Palisades Park aux heures où enfants et adolescents rentraient de classe. Les gosses ne pouvaient regarder leurs séries préférées, *La Chasse aux Myrtilles* ou *Les Trois Crétins* par exemple, sans qu'elles soient interrompues par des spots Palisades Park. Dans le métro, des centaines d'affiches aguicheuses incitaient le chaland à venir « voir et revoir » les attractions. On distribuait des boîtes d'allumettes offrant une entrée gratuite et, pour certaines d'entre elles, si elles contenaient un petit coupon à l'effigie de Pal le Copain, mascotte du parc, des tickets gratuits pour certaines attractions. Les BD vendues en kiosque offraient aussi des coupons de réduction ou des laissez-passer, imprimés au revers de la couverture.

Irving Rosenthal encouragea un partenariat entre le parc et les éditeurs de *comics*. A la suite d'un accord avec Harvey Comics, il transforma le vieux Tunnel de l'Amour en Pays de Casper le Fantôme, puisque la généralisation de l'automobile avait détourné du Tunnel les jeunes amoureux qui s'embrassaient autrefois dans l'obscurité. Casper, Wendy la Sorcière et Spooky le Méchant Petit Fantôme hantèrent le nouveau stand, entièrement redessiné, et le Pays des Fantômes devint l'une des attractions les plus visitées du parc.

Naturellement, il survenait parfois des accidents ou des actes de violence, mais les attachés de presse du parc apprirent très vite à en minimiser la portée. Entretenant les meilleures relations avec les médias, ils se débrouillèrent pour que certaines nouvelles dites "négatives" ne figurent jamais dans les informations. Palisades Park devait évoquer la joie sans limite dans l'esprit des familles qui affluaient à des dizaines de kilomètres à la ronde.

Cependant, au fil du temps, alors que la foule se répandait de plus en plus nombreuse dans le parc, les riverains commencèrent à se plaindre des lumières, des bruits nocturnes, du trafic incessant qui bloquait leurs rues, des voitures envahissant les trottoirs. Puis les tours d'habitation avec vue sur Manhattan fleurirent au sommet du promontoire dominant l'Hudson, à côté du parc. On s'aperçut que ces logements rapportaient une véritable manne en taxe foncière. Le plan d'occupation des sols fut alors modifié pour étendre la zone constructible ; les jours du vieux parc étaient comptés.

Lors de sa dernière saison, il rapporta 50 000 dollars de taxes à la commune de Cliffside Park. Quand les premières tours Winston furent construites sur son emplacement, ce furent environ 3 000 000 de dollars qui tombèrent dans les coffres de la ville. »

Matthew, soudain mélancolique, abandonna un instant son écran pour aller prendre une bière dans le frigo. « Pourquoi l'argent finit-il par tout gâcher ? »

Il se souvint que lorsqu'il était enfant, à Waukegan, ses parents avaient des soucis d'argent, son père devant lutter pour maintenir leurs finances à flot. Ses parents se disputaient fréquemment à propos d'argent ; très souvent, sa mère finissait en pleurs, tandis que son père sortait en colère de la maison. Matthew craignait que ses parents ne divorcent, mais ils ne le firent pas. Aujourd'hui encore, ils habitaient la petite maison de ses jeunes années où, néanmoins, il n'aimait pas trop retourner.

Il supposait que son enfance avait à voir avec le fait qu'à trente-cinq ans, il était encore célibataire. Avant de se marier, il avait voulu s'établir financièrement et professionnellement. D'autre part, il n'avait pas jusqu'ici rencontré la femme qui corresponde à son idéal, et avec qui il aurait souhaité passer le restant de ses jours.

Et puis Laura était apparue.

Il se sentait extrêmement attiré par son physique, il admirait sa vivacité, et il décelait en elle une vulnérabilité qui le touchait au plus profond. Il voulait se rapprocher d'elle, apprendre à mieux la connaître ; mais il percevait sa réticence. Elle paraissait réservée. Et il ne savait pas comment faire pour l'amener à lui.

Il revint vers l'écran et reprit sa flânerie à travers les rubriques du site de Palisades Park. Cliquant sur *Juke-box*, il téléchargea sur le disque dur de son ordinateur un fichier son.

Matthew se prit à siffloter l'air de la chanson de Chuck Barris tandis qu'il cliquait ensuite sur *Vos souvenirs du parc.* La liste des contributions s'afficha à l'écran. Il en fit défiler quelques-unes.

« Chaque été, notre plus grand plaisir, ma sœur et moi, était de nous rendre à Palisades Park. Nous attendions ce moment tout le reste de l'année. »

« Je me souviens que les responsables des montagnes russes associaient deux par deux les filles et les garçons seuls. C'est comme ça que j'ai rencontré ma première femme, sur l'Himalaya. »

« Mes frères et moi, on se gavait de leurs délicieux sandwiches. Et les frites qu'on vendait à Palisades Park étaient vraiment les meilleures. »

« J'ai toujours vécu dans une chaise roulante. L'un des plus beaux souvenirs de mon enfance est d'avoir été conduite au parc par des bénévoles, et de m'être vu remettre des tickets gratuits pour les attractions et les stands de gaufres. »

« J'ai eu l'impression d'avoir réalisé un exploit extraordinaire le jour où j'ai réussi à lancer la balle de ping-pong dans l'étroite ouverture du petit aquarium où nageait ce superbe poisson rouge à gagner. Mais mes parents m'obligèrent à le relâcher dans le bassin d'un jardin public. J'ai encore l'aquarium ! »

Matthew prit tout spécialement en note l'anecdote suivante :

« J'habitais à deux pas du parc, à Fort Lee, et j'y passais donc beaucoup de temps. Le dernier été, je me suis dit que ce serait vraiment super si le jeune gars qui s'occupait du Cyclone pouvait me laisser faire quelques tours gratuits, le soir, après la fermeture. Alors je me suis mis à aller lui chercher des cigarettes ou du Coca lorsqu'il en avait envie et qu'il ne pouvait abandonner son poste. A l'époque, on n'embêtait pas encore les mômes qui achetaient des cigarettes. Enfin, je me croyais chanceux, avec cette combine. Et puis je me suis rendu compte que le gars utilisait un tas d'autres gamins. »

Il serait sûrement intéressant d'interroger le père de Laura à propos de cette histoire, demain.

64

Jeudi 6 janvier

Laura fit halte chez Dunkin'Donuts, emporta un café et un beignet aux airelles allégé, puis elle franchit à pied la courte distance qui la séparait encore de l'immeuble de KEY Television. Elle appréhendait de téléphoner à l'inspecteur Ortiz. Était-il au courant des dernières volontés de Gwyneth ? Était-ce le mobile de son appel ?

Elle se trouvait encore sous l'énorme choc que lui avait causé la lettre du notaire. Qu'avait-elle bien pu faire pour mériter cet héritage ? Laura connaissait à peine Gwyneth Gilpatric, en réalité. Bien que flattée de l'attention que lui portait la présentatrice, elle n'avait jamais compris ce qui lui avait valu d'être remarquée parmi tant d'autres.

Elle aimait croire qu'elle ne se faisait pas beaucoup d'illusions sur elle-même. Elle se savait intelligente, active et pourvue d'un peu de talent, mais elle se ne trouvait pas extraordinaire, comparée aux gens extrêmement doués aux côtés de qui elle travaillait. Certains étaient remarquablement intelligents ou sacrifiaient en totalité à leur carrière leur vie personnelle.

Sur quoi Gwyneth s'était-elle donc focalisée ? Pour quelle raison lui laissait-elle cette fortune ? C'était réellement incroyable ! Comme de gagner au Loto.

« Bien sûr, tout cet argent, ça va être génial », songea-t-elle, levant une main gantée vers son front pour frotter du doigt la petite cicatrice dissimulée par sa frange de cheveux. Pour commencer, elle prendrait rendez-vous chez un chirurgien afin qu'il fasse disparaître cette douloureuse trace du passé.

Il lui parut incroyable de ne plus désormais se soucier du loyer ou des factures à payer. Elle n'aurait même pas besoin de calculer son budget, de faire attention à ne pas trop accumuler de tickets de carte de crédit. Elle pourrait se permettre de vivre là où elle en aurait envie, si elle ne conservait pas le luxueux appartement de Gwyneth. Il lui suffirait de le vendre et d'en acheter un autre à son goût, pas aussi grand, peut-être. Elle goûterait à la vie des habitants de résidences privilégiées.

Laura allait pouvoir faire ce qu'elle voudrait. Elle commençait seulement à entrevoir l'infinité de possibilités qui s'ouvraient à elle.

L'air froid apporté par le vent qui soufflait sur l'Hudson la frappa en plein visage, détournant momentanément le cours de ses pensées. Glacée jusqu'aux os, elle se maudit de ne pas avoir pensé à se couvrir la tête.

Elle fut soulagée d'atteindre la lourde porte tournante marquant l'entrée des locaux de la chaîne. Elle salua la réceptionniste et les vigiles, glissa son passe d'identification dans le scanner mural, puis s'engouffra dans l'ascenseur. Quand les portes s'ouvrirent, elle fut accueillie par Matthew Voigt, qui tenait un gobelet de café.

— Laura, je viens de croiser l'équipe technique à la cafétéria. Nous pourrons partir dans vingt minutes.

— Parfait, répondit-elle. Juste un coup de fil à passer et je suis prête.

En entrant dans son bureau, elle ne se dévêtit pas tout de suite. Elle se laissa tomber dans le fauteuil, respira un grand coup, décrocha pour composer le numéro que lui avait laissé l'inspecteur Ortiz.

— Vingtième commissariat.

— L'inspecteur Ortiz, je vous en prie.

Laura patienta quelques instants.

— Inspecteur Ortiz, je vous écoute.

— Bonjour, je suis Laura Walsh. Vous m'avez laissé un message.

— Oui, en effet ! Mademoiselle Walsh, merci de me répondre si promptement. Vous allez peut-être pouvoir m'aider.

— Je l'espère.

— Je suis tombé, en parcourant les papiers de Mme Gilpatric, sur le nom d'Emmett Walsh. Avant de lancer une recherche nationale par ordinateur, j'ai pensé vous demander s'il vous disait quelque chose.

Laura sentit son cœur s'emballer. Elle perdit instantanément toute sensation de froid.

— Mademoiselle Walsh ?

— Emmett Walsh est le nom de mon père, inspecteur.

— Votre père connaissait donc Gwyneth Gilpatric ?

— Pas autant que je le sache, déclara-t-elle, embarrassée. Bien entendu, par « Plein Cadre », il savait qui elle était et, parfois, il m'arrivait de lui parler d'elle. Mais ils n'avaient aucun contact personnel.

— Il ne l'a jamais rencontrée ?

— Non. A ma connaissance, non.

Ortiz essaya une autre direction.

— Quand avez-vous vu Mme Gilpatric pour la dernière fois, avant la réception ?

— Deux ou trois jours avant Noël. Nous avons échangé des cadeaux à son appartement.

— Comment la décririez-vous, ce jour-là ? Je veux dire, son comportement ?

— Elle semblait aller parfaitement bien.

— Vous a-t-elle paru tracassée ?

— Non. Elle m'a semblée de bonne humeur. Elle s'est montrée tout à fait gaie.

Laura se souvint alors de l'appel téléphonique.

— Cependant, reprit-elle, je dois reconnaître qu'elle fut dérangée par un appel, auquel elle n'était pas très heureuse de devoir répondre.

— Savez-vous qui était en ligne ?

— Un médecin. Le docteur Costello.

— Vous avez une excellente mémoire des noms, mademoiselle Walsh.

Laura ne lui expliqua pas. Elle en parlerait d'abord à Francesca. Elle avait envie que cet entretien prenne fin au plus vite. Mais l'inspecteur insista.

— Pourriez-vous m'en dire plus sur vos relations avec Mme Gilpatric ? D'après ce que vous m'avez indiqué le soir de la réception, elle était en quelque sorte votre mentor ?

— Oui. Gwyneth se montrait très attentionnée. Je l'ai rencontrée pour la première fois lorsque j'ai effectué mon stage de fin d'études à KEY News. Elle a commencé alors à s'intéresser à moi et m'a encouragée à revenir travailler pour la chaîne après mon diplôme.

— Vous travaillez donc à « Plein Cadre » depuis plusieurs années ?

— Non, depuis cette semaine seulement. Le jour du nouvel an, j'ai appris que l'on m'accordait ce poste.

La voix d'Ortiz parut s'estomper.

— C'est bizarre, non ? Vous apprenez votre promotion un jour férié.

— Dans d'autres secteurs, peut-être. Pas dans l'audiovisuel. Joel Malcolm m'a appelée chez moi et me l'a annoncée sur mon répondeur.

— Vous n'étiez pas chez vous le jour du nouvel an ?

— Le matin, je me trouvais au bureau. J'avais beaucoup de travail, comme vous pouvez l'imaginer.

— Vous voulez dire, à cause du meurtre de Gwyneth Gilpatric ?

— Oui. Tout le monde était stupéfait ; néanmoins, il fallait rendre compte de la nouvelle.

— Je m'intéresse au traitement de l'information à la télévision, mademoiselle Walsh. J'aimerais vous demander quelle part vous avez pris à ce qui lui a été consacré à l'antenne.

— J'ai fait sa nécro.

— Vous voulez dire, sa nécrologie ?

— Oui.

— Cela a dû être très éprouvant pour vous, étant donné les circonstances.

— En réalité, je l'avais déjà réalisée.

Pourquoi lui cacher ? Il s'en serait aperçu, tôt ou tard.

— Vraiment ? Comment expliqueriez-vous cela ?

— Nous le faisons très souvent, inspecteur. Quand une personnalité est assez importante pour justifier une biographie en images, nous la réalisons longtemps à l'avance.

— KEY News, si je vous suis, dispose de la nécrologie de toutes les célébrités, des chefs d'État, et en général de toute personne qui compte dans son domaine particulier ?

— Non. Pas toutes. Simplement, quand nous apprenons par certaines rumeurs qu'il se pourrait fort bien que quelqu'un disparaisse, nous commençons à préparer sa nécro.

— Ainsi, mademoiselle Walsh, vous pensiez que Mme Gilpatric allait mourir ?

Laura bégaya en tentant d'expliquer à l'inspecteur pourquoi elle avait entièrement préparé d'avance la nécrologie de Gwyneth. Elle ne sut dire si Ortiz la croyait. Mais elle se rendit compte qu'il y avait des chances pour qu'il la considère comme suspecte dans la mort de Gwyneth Gilpatric.

« Tu n'as rien à te reprocher. Reste calme. N'émet aucune protestation. »

Matthew apparut sur le seuil du bureau. Il pointa le doigt vers sa montre et articula un « On y va ! » muet.

— Inspecteur Ortiz, je le regrette, mais je crains de devoir vous quitter. Une équipe de tournage m'attend pour des prises de vues. Pourrions-nous poursuivre cette conversation un peu plus tard ?

— Bien sûr, mademoiselle Walsh. Je vous téléphonerai.

Avant de prendre congé, elle lâcha la nouvelle.

— Inspecteur, je pense qu'il faut que vous le sachiez, j'ai reçu un courrier du notaire de Gwyneth. Elle m'a nommée principale légataire. J'hérite d'une large part de sa fortune.

Il l'aurait découvert de toute façon, se dit-elle. Mieux valait lui offrir volontairement l'information.

65

Emmett changea deux fois de chemise à carreaux alors qu'il attendait l'arrivée de sa fille et de l'équipe de KEY News. Sur la première, il renversa du café. Et il transpira tellement ensuite qu'il dut en passer une troisième.

Il avait fait tout ce que lui avait indiqué Laura. Passer l'aspirateur et dépoussiérer en haut, donner un coup de balai à la cave. La bombe d'air parfumé qu'il avait vidée au sous-sol embaumait aussi fort que dans une boutique de fleurs ou au parloir d'un incinérateur, songea-t-il froidement. Plus important, il avait tenu sa promesse de ne pas absorber une goutte d'alcool.

Bien entendu, il n'était que onze heures du matin.

Deux packs de six bières rafraîchissaient au frigo, pour après l'interview, quand Laura et les autres seraient enfin partis.

Au coup de sonnette, Emmett toussa, puis il alla ouvrir en se raclant la gorge.

Laura embrassa son père, fit les présentations et désigna rapidement les escaliers.

— Matthew, tu peux conduire l'équipe au sous-sol pour commencer à tout mettre en place, si tu veux. Moi, je vais aider papa à préparer le café.

— Il y en a déjà dans la cafetière, déclara Emmett.

— Je peux en faire du frais ! coupa Laura. D'accord, papa ?

Elle tenait à parler à son père avant l'interview. Pendant tout le trajet de Manhattan jusqu'au New Jersey, elle s'était demandé si elle devait lui rapporter sa conversation avec l'inspecteur Ortiz. Elle ne voulait pas le contrarier, mais elle avait besoin de savoir ce qu'il y avait eu entre Gwyneth Gilpatric et lui s'il s'était vraiment passé quelque chose. Le plus tôt serait le mieux.

Elle les entendit cogner plusieurs fois leur matériel contre les murs en descendant l'étroit escalier. Quand leurs voix furent englouties dans les profondeurs, Laura referma en silence la porte de la cave.

Elle se tourna vers Emmett.

— Papa, je sais que cette interview te rend nerveux, et je ne veux pas te déstabiliser, mais j'ai eu une conversation extrêmement troublante, ce matin, au téléphone.

Emmett tourna furtivement les yeux vers le réfrigérateur.

— Ah oui ?

— Avec un inspecteur qui enquête sur la mort de Gwyneth Gilpatric. Il m'a demandé si je connaissais Emmett Walsh.

— Et que lui as-tu répondu ?

— Qu'est-ce que tu crois ? s'étonna Laura, consternée. Je lui ai dit que c'était le nom de mon père.

— Alors ?

— Il m'a dit qu'il en avait trouvé mention dans les papiers de Gwyneth.

— Bizarre, commenta Emmett avec un haussement d'épaules. Il faut croire qu'elle était en relation avec un autre Emmett Walsh.

— Donc, j'ai eu raison de lui dire que tu ne la connaissais pas ?

— Absolument. Il ne peut s'agir que d'une espèce de coïncidence, assura Emmett à sa fille.

La porte de la cave s'ouvrit et Matthew Voigt passa la tête dans la cuisine.

— Nous sommes prêts, monsieur Walsh. C'est quand vous voulez.

En suivant son père dans les escaliers de bois, Laura s'interrogea. Selon quelle probabilité Gwyneth aurait-elle pu connaître un autre Emmett Walsh ? Infime, sans doute. Elle n'ignorait pas que son père pouvait se montrer très secret. L'image confuse de sa mère, couchée et agonisante, revint douloureusement à sa mémoire.

Elle prit une chaise sur le côté, laissant à contrecœur Matthew conduire seul l'interview.

« C'est mieux de cette façon, se dit-elle. Qu'il pose les questions. Il est préférable que tu ne te mêles pas trop du passé. »

Matthew débuta par un vif éloge de la maquette de Palisades Park réalisée par son père. Tel un enfant, il s'extasia sur les minuscules détails du modèle réduit.

Il voulut filmer une séquence dans laquelle Emmett ferait faire un petit tour de la maquette, devant les caméras.

— Montrez-moi tout, faites comme si les caméras n'étaient pas là.

Emmett fut très coopératif. Un peu tendu au départ, il prit confiance, encouragé par l'enthousiasme dont témoignait Matthew.

Il commença par l'entrée côté Hudson, fit se pointer l'objectif des caméras sur la piscine d'eau salée, les entraîna dans l'allée centrale, passa le stand des gaufres, le Looping et la Chenille. Il leur désigna l'ouverture par laquelle les gosses s'introduisaient en fraude dans le parc, leur raconta ce qu'on pouvait voir sur l'estrade des spectacles gratuits, ce qu'on mangeait dans le restaurant. Une mini-caméra suivit les évolutions du Grand Tourniquet, de l'Ouragan, du Boomerang, trois attractions dont Emmett manipula les mécanismes reconstitués par ses soins. Puis ils visitèrent les manèges de chevaux de bois, le salon du Bingo, la galerie marchande, avant d'atteindre le Cyclone.

— Pendant combien de temps avez-vous actionné le Cyclone, monsieur Walsh ?

— Durant un été seulement. Le dernier. J'ai commencé à travailler dans le parc à seize ans, comme serveur à la buvette. L'été après mes vingt et un an, ils m'ont laissé m'occuper des montagnes russes.

— Cela vous plaisait-il ?

— Ça oui !

— Avez-vous vu monter des célébrités dans le Cyclone ?

— Ouais.

Depuis qu'il avait abordé le chapitre des montagnes russes, Matthew avait noté une baisse d'entrain chez son interlocuteur. Une tension se développait de nouveau.

— Vous savez, la nuit dernière, je me baladais sur Internet quand je suis tombé sur l'un des sites consacrés à Palisades Park, raconta Matthew avec l'intention de l'aider à se relaxer. Ils ont créé une rubrique où les gens transcrivent leurs souvenirs du parc. Un type y a écrit que vous lui accordiez des tours gratuits, contre quelques petites commissions.

Emmett fixa intensément Matthew, d'un air affolé.

— Écoutez, ce n'était pas très légal. Vous n'allez pas mettre ça dans votre histoire, quand même ?

Matthew tenta de le rassurer.

— En réalité, non, ça n'a pas grand rapport avec notre sujet. J'ai simplement trouvé bien que le gars s'en souvienne, après toutes ces années.

— Bon, on en a encore pour longtemps ?

Emmett s'impatientait.

D'expérience, Matthew comprit qu'il ne pouvait plus poser que quelques questions. L'interviewé allait craquer.

— Juste encore deux ou trois points, monsieur Walsh. Au sujet de Tommy Cruz. Vous souvenez-vous de sa disparition ?

— Je n'ai su que ce que l'on rapportait à l'époque dans les journaux, et ce que disaient les gens du quartier. Les gens étaient plutôt choqués.

— Connaissiez-vous Tommy ?

— Bien sûr. C'était un enfant du coin. Il passait beaucoup de temps au parc.

— Vous l'avez sûrement fait monter dans le Cyclone ?

— J'suppose, oui.

— Vous souvenez-vous de quelque chose en particulier, à son propos ?

— Écoutez, il y avait des milliers de gosses qui passaient par le parc. Au bout d'un moment, vous les voyez tous pareils.

— OK, merci, monsieur Walsh ! Ça ira comme cela. On s'arrête là, les gars, vous pouvez débrancher, conclut Matthew, assez déçu qu'Emmett ne leur ait pas donné plus de matière.

Il faudrait trouver des interviews plus intéressantes, sinon leur sujet ne convaincrait pas.

La petite troupe remonta les escaliers. Alors qu'ils allaient quitter la maison des Walsh, Laura se tourna vers son père.

— Au fait, papa. J'allais presque oublier. Passe-moi l'album dans lequel tu as rangé toutes ces vieilles photos du parc. Nous pourrions en utiliser au montage.

Emmett remit à sa fille l'album à la couverture rouge.

Dès que l'équipe de télé eut franchi le seuil, il referma la porte et fonça tout droit vers le réfrigérateur.

66

Matthew offrit le choix à leur petit groupe. Ils pouvaient s'arrêter pour déjeuner et filmer le mémorial de Palisades Park plus tard, dans l'après-midi, ou bien enchaîner directement après l'interview, mettre en boîte la deuxième séquence avant de déjeuner, et se retrouver libres pour le restant de la journée. Ils préférèrent la deuxième solution.

Laura se tint silencieuse, les lèvres serrées sous la morsure du vent froid, tandis qu'elle regardait le cadreur régler le zoom de sa caméra sur le grand bloc de pierre au centre du petit Jardin des Souvenirs, dédié au parc.

Elle lut sur la plaque de bronze que ce monument avait été érigé : « EN SOUVENIR DU PARC D'ATTRACTIONS DE PALISADES PARK. ICI NOUS FÛMES HEUREUX, ICI NOUS AVONS GRANDI ! »

« Ça sonne juste », songea Laura.

— Assure-toi de bien prendre aussi les noms, indiqua Matthew au cameraman.

L'objectif balaya les dizaines de noms des souscripteurs du modeste mémorial, gravés pour l'éternité sur les briques rouges.

— Je m'attendais à mieux, tout de même, observa le jeune producteur. On dirait un petit coin de cimetière.

Il avait raison, reconnut Laura. Visuellement, le mémorial ne faisait pas grand effet.

— Il y a en ce moment une sorte de mouvement qui milite en faveur d'un musée de Palisades Park. En fait, je crois qu'ils vont monter à la fin du mois un grand gala pour recueillir des fonds.

— Excellent ! se réjouit Matthew. Nous devrions voir s'il est possible de s'en servir pour quelques plans. On mettrait sans doute la main sur des nostalgiques du parc, et on enregistrerait leurs souvenirs. On montrerait à quel point le parc comptait pour ces gens

Laura acquiesça, le visage sans expression.

— Vous êtes affreusement calme, Laura, lui glissa Matthew alors que l'équipe rangeait le matériel.

— J'ai froid, c'est tout. Et la journée a déjà été bien remplie.

Elle lui tourna le dos et s'en alla vers la voiture. Celle-ci étant fermée, elle dut attendre que Matthew ait fini de fixer rendez-vous à l'équipe pour le tournage du lendemain. Il leur donna d'avance des indications sommaires sur ce qu'ils filmeraient.

Tandis que les membres de l'équipe technique repartaient dans le break portant le logo de KEY News, Laura monta dans la Saab noire de Matthew.

— On s'arrête pour manger un morceau ? proposa-t-il.

— Bien sûr. Pourquoi pas.

Elle semblait s'en moquer.

— Génial. Je meurs de faim. Vous êtes sur vos terres, ici. Vous auriez une suggestion ?

— Aimez-vous les hot dogs ?

— Beaucoup.

Laura pointa le menton.

— C'est tout droit.

Ils roulèrent en silence dans Fort Lee, descendant Palisades Park Avenue, jusqu'au parking de chez Hiram, qui était bondé. Une fois à l'intérieur, ils commandèrent des hot dogs, des frites et un soda.

— Cet endroit existe depuis toujours, tout comme Callahan's, juste à côté.

Laura désigna le bâtiment voisin à travers la vitre, dans une tentative laborieuse pour ranimer la conversation.

— Les menus sont pratiquement les mêmes, et les deux établissements sont toujours pleins. Au départ, ce n'étaient que deux buvettes en plein air sur le bord de la route. Ils travaillaient surtout en été. Puis ils ont bâti ces murs, et les gens du coin ont pu venir y prendre leur glucose toute l'année.

Matthew mordit à pleines dents dans la francfort fumante.

— C'est bien, ça !

Laura s'amusait à tremper une frite dans du ketchup.

— OK, commença-t-il. Qu'est-ce qui ne va pas ?

— Rien.

— Ah, rien. Et pourtant, vous êtes malheureuse depuis le début de la journée. Pourquoi ne pas me confier ce qui vous tracasse ?

Il allongea le bras au-dessus de la table et posa sa chaude main sur les doigts glacés de la jeune femme.

Ce contact lui fit tant de bien, même si elle le repoussa, qu'elle faillit lui raconter le testament de Gwyneth, sa conversation avec l'inspecteur Ortiz et son inquiétude à propos de son père. Cependant, elle se retint de s'épancher devant lui. Elle ignorait si elle pouvait lui faire confiance.

Laura prit congé lorsqu'il eut réglé l'addition et pris la note de frais.

Dès qu'elle fut partie, il sortit un petit flacon de sa poche et fit tomber une pilule au creux de sa paume, qu'il porta aussitôt à sa bouche. Il avait espéré faire toute la journée sans. « J'aurais plus de chance demain », se dit-il en attendant que le calme se fasse en lui.

67

Après le travail, Delia descendit à pied Central Park West jusqu'à la 72e rue, se dirigeant vers le petit square de Strawberry Fields. La pluie verglacée la piquait au visage. Elle remonta le col de son vieux manteau de laine. La première chose qu'elle avait l'intention de faire avec cet argent était de s'acheter une chaude pelisse, comme celles dont on voyait la publicité dans les magazines. Un beau manteau noir, lourd et épais, bordé de fourrure. Un vêtement de grande dame riche.

Depuis qu'elle avait passé ce coup de fil, le jour précédent, Delia se demandait si ce qu'elle faisait n'était pas mal. Sa mère aurait été scandalisée ; elle lui aurait immédiatement dit d'aller à la police et de leur indiquer ce qu'elle savait. Sa mère s'était battue toute sa vie et avait toujours cru que la vérité finissait par payer. Delia n'était pas du même avis. Elle se sentait fatiguée de se tuer au travail sans arriver à rien.

Néanmoins, ses scrupules l'embarrassaient, à cet instant, alors qu'elle attendait au feu rouge avant de traverser la large avenue. Elle récita une prière silencieuse, se souvenant qu'on célébrait aujourd'hui l'Épiphanie et, à cette occasion, la visite des Rois Mages qui avaient apporté à l'Enfant Jésus la myrrhe, l'or et l'encens. Delia avait hâte de mettre la main sur l'argent.

De ce côté, l'entrée de Central Park se trouvait déserte, excepté un joggeur frigorifié qui sortait sous la lumière crue de l'éclairage artificiel. Delia se tint debout près d'un réverbère, contemplant l'avenue encore tout illuminée par les guirlandes électriques des Fêtes. La pluie commençait à tomber serré.

Au bout de dix minutes, elle sentit monter la panique. Que faire si personne ne venait ?

Avec prudence, elle s'aventura à l'intérieur du parc, vers la dalle en mémoire de John Lennon, l'ancien Beatle, assassiné là vingt ans plus tôt à quelques dizaines de mètres du Dakota, l'immeuble où il résidait. Elle frissonna sous son manteau humide.

Portant le regard plus loin dans l'allée, elle aperçut une silhouette assise sur un banc, presque recroquevillée.

— Delia ? Je suis ici.

Lentement, elle marcha jusqu'au banc public. La silhouette se redressa.

— Venez, faisons quelques pas ensemble. Je ne veux pas qu'on nous voie.

La bonne fixa le paquet passé sous la manche du caban en poil de chameau.

— Pourquoi ne pas me le donner de suite ? Il n'y a personne.

— Si c'est ce que vous voulez, très bien !

Delia eut à peine le temps de saisir l'éclat blanc sur les lames d'acier, reflet des lumières de l'avenue : les ciseaux s'enfoncèrent brutalement dans l'espace compris entre son menton et son col de laine, lui sectionnant la veine jugulaire.

68

Vendredi 7 janvier

Après plusieurs heures d'hésitation, en fin de matinée, Laura vint frapper à la porte du bureau de Joel Malcolm, entrouverte.

— Vous avez une minute ?

— Bien sûr. Pour vous, oui ! Entrez donc, Laura.

Il lui désigna un siège.

— Je constate que vous avez survécu à votre première semaine chez nous. Et quelle semaine !

Laura eut un faible sourire.

— Alors, qu'y a-t-il, ma petite ?

Les mains serrées l'une contre l'autre et posées entre ses genoux, la jeune femme prit la parole d'une voix incertaine.

— Puisque, de toute façon, cela va se savoir, je préfère vous l'annoncer moi-même.

L'expression avenante que s'était composée Joel se changea en attention.

— Allez-y.

— Gwyneth m'a couchée sur son testament. Elle me lègue ses biens.

— Comment le savez-vous ? s'enquit Joel, gardant un ton calme.

— Son notaire me l'a appris par lettre.

Pourquoi n'avait-il reçu aucun courrier ?

Il sentit une bouffée de chaleur lui monter au visage lorsque la vérité se fit jour dans son esprit. Gwyneth ne l'avait pas inclus dans ses dernières volontés. Après tout ce qu'ils avaient traversé ensemble. Malgré ce qu'ils avaient signifié l'un pour l'autre. Elle aurait pu lui laisser quelque chose qui lui fasse penser à elle !

Il aurait bien voulu l'envoyer au diable.

Il l'avait déjà fait, d'ailleurs.

— Puis-je vous demander ce qu'elle vous a légué exactement ?

— Tout, ou presque.

Joel siffla entre ses dents.

— Mon petit, vous n'avez plus besoin de travailler, jusqu'à la fin de vos jours !

Décontenancée, elle secoua la tête.

— Je n'y comprends rien. Je savais que Gwyneth avait de l'affection pour moi, mais je n'aurais jamais imaginé une telle faveur. Avant mon stage professionnel, je ne la connaissais même pas. Et je n'ai jamais pu savoir pourquoi elle me portait tant d'intérêt.

Il parut déconcerté.

— Que voulez-vous dire, en déclarant que vous ne la connaissiez pas avant ce stage ? Elle l'avait programmé spécialement pour vous !

69

Prenant l'ascenseur, Mike Schultz descendit de l'étage du service des Informations jusqu'au hall, où il avait donné rendez-vous à l'inspecteur Ortiz. Il avait prévu de s'installer dans la cafétéria pour leur entrevue, préférant s'éloigner de son bureau pour ne pas être dérangé sans cesse. Il ne s'était pas senti préoccupé à la perspective de cet entretien. En fait, il s'attendait à l'appel de l'inspecteur.

Dès qu'ils furent assis l'un en face de l'autre devant un café fumant, Ortiz entra dans le vif du sujet.

— Monsieur Schultz, comment qualifieriez-vous vos rapports avec Mme Gilpatric ?

— Nos rapports étaient très tendus, admit honnêtement Mike. J'avais été producteur à « Plein Cadre », et nous ne nous étions pas quittés en bons termes.

— Racontez-moi cela.

Mike lui fit à peu près le même récit que Joel Malcolm, à propos de l'informateur identifié par les dealers qui l'avaient ensuite assassiné.

— Avez-vous éprouvé un sentiment d'injustice en étant désigné comme bouc émissaire, pour porter la responsabilité de cette bavure ?

Mike haussa ses larges épaules.

— Oui et non. Au montage, je me suis aperçu de l'erreur. Il n'était pas possible de rectifier l'image. J'ai alors proposé à Gwyneth de refaire le plan, de façon à ce que Jaime Cordero n'y apparaisse plus. Elle a refusé, prétextant un emploi du temps trop chargé. Elle m'a affirmé que personne n'y ferait attention. A ce stade, j'aurais dû en parler à Joel et insister pour que l'on réalise une nouvelle prise de la scène. Mais je ne l'ai pas fait. Ma loyauté allait à Gwyneth plus qu'à l'émission. Ce fut une grave méprise.

Lâchant un profond soupir, Mike avala une gorgée de café.

— Mais par la suite, monsieur Schultz, Gwyneth ne vous témoigna pas de gratitude ?

— Non, inspecteur. Aucune.

70

Samedi 8 janvier

— » Il est né à Porto Rico ; son premier rôle, celui du diable, il le joua lors d'un spectacle au cours préparatoire, à San Juan. Jeune homme, il partit pour New York, où il étudia le métier d'acteur. Il finit par apparaître dans de nombreux films et pièces de théâtre. On le connaît notamment pour le rôle de Gomez, dans *La Famille Addams.* »

— Raul Julia ! clama Jade, triomphante.

— E-xac-te-ment !

Laura gratifia son élève enthousiaste d'un large sourire.

Ils jouaient, dans le cadre du tutorat éducatif, à *Jeopardy !* version « afro-américaine », c'est-à-dire revue et complétée sur des sujets relatifs aux minorités, l'un des jeux préférés de Jade. Laura aimait ajouter encore des questions de son invention, concernant des Hispano-Américains et des femmes, avec l'espoir de suggérer à l'enfant des modèles pour son épanouissement personnel.

— Encore une autre ! réclama Jade, les yeux brillants.

— « Connue comme la mère du Mouvement pour les Droits Civiques, cette couturière noire refusa en 1955 de céder sa place de bus à un Blanc, à Montgomery, Alabama, et contribua à lancer la lutte contre la ségrégation. »

— Rosa Parks !

— Réponse correcte ! Mademoiselle Jade Figueroa, vous avez gagné le bonbon de votre choix !

— Est-ce qu'on peut aller l'acheter tout de suite ? demanda avec gaieté la petite fille.

Laura consulta sa montre. Au bout de ces deux heures, leur séance du samedi matin touchait à sa fin.

— Si tu veux. Mais et ma leçon d'espagnol ? Quel est le nouveau mot que je dois apprendre, aujourd'hui ?

Jade approuva d'un air solennel. Elle prenait très au sérieux son rôle réciproque de petite maîtresse d'espagnol.

— Ah oui, c'est vrai. Ce mot est *cruz*. Sais-tu ce que signifie *cruz*, Laura ?

— Dis-le moi.

— Ce mot signifie « croix », déclara fièrement Jade.

« Un mot qui convient à la situation », songea Laura, obsédée par la disparition mystérieuse de Tommy Cruz. Felipe et Marta Cruz avaient certainement eu leur croix à porter.

71

Dimanche 9 janvier

Matthew avait proposé de se retrouver le dimanche matin pour un jogging dans Central Park, suivi d'un petit déjeuner quelque part, occasion de faire rapidement le point au sujet de l'histoire de Palisades Park. Laura se réjouissait que le temps fût clair, bien que froid. Elle sentait le besoin d'un exercice fortifiant pour clarifier ses idées.

Bel endroit pour courir. Les silhouettes élégantes des gratte-ciel de Manhattan se profilaient tout autour du parc. Le long du réservoir Jacqueline Kennedy-Onassis, à travers le rideau d'arbres dénudés bordant l'allée où ils faisaient leur jogging, Laura distinguait des cavaliers exerçant leur monture sur la piste jumelle. Les amoureux des oiseaux et les amis de la nature se faisaient nombreux, en cette vivifiante matinée, avides de partager un peu de beauté au cœur de la froide et grise cité.

Alors qu'ils achevaient leur troisième tour, se laissant dépasser par des joggeurs plus pressés, Matthew rompit le silence qui les unissait.

— Aviez-vous l'intention de m'avouer votre héritage exceptionnel ?

Laura s'arrêta de courir. Elle cherchait son souffle.

— Qui vous l'a appris ? Joel ?

— Bien sûr. En le lui disant, vous saviez que cela revenait à le crier en face de tous, non ?

— A l'évidence, c'est ce que j'aurais dû me dire.

Ils bouclèrent leur dernier tour sans ajouter un mot, se rafraîchissant dans la brise. Leur haleine, au contact de l'air glacé, se changeait en buée.

Laura regarda Matthew, vit ses joues empourprées et la sueur qui perlait à ses tempes sous ses cheveux bruns. Il gardait les yeux rivés au sol. « Il paraît offensé », songea-t-elle.

Elle aurait pu le lui confier lorsqu'ils se trouvaient attablés chez Hiram, ou à un autre moment depuis ce jour-là. Elle ne l'avait pas fait. Or, maintenant qu'elle le savait au courant, elle se sentait soulagée. Attirée par lui, elle voulait partager davantage mais ne pouvait dire ce qui la rendait si hésitante.

Francesca lui répétait toujours qu'elle avait un problème avec les hommes : elle ne parvenait pas à leur faire confiance, étant donné ce qu'elle avait vécu avec Emmett. Laura n'avait pas besoin d'un psy, juste peut-être d'une thérapie. Elle n'avait jamais vécu de relation de plus de six mois, rompant chaque fois que les choses prenaient un tour trop sérieux. Si elle n'apprenait pas à s'ouvrir davantage, elle ne connaîtrait jamais de véritable intimité avec un homme.

— Je suis désolée de ne pas vous l'avoir dit, déclara-t-elle d'une voix douce. J'en avais l'intention, pourtant je ne l'ai pas fait.

Il saisit ses mains gantées de laine.

— Laura, dit-il avec tendresse, j'ai envie de mieux vous connaître, et vous n'avez pas l'air de le vouloir. Pourquoi ne me laissez-vous aucune chance ? Vous ne m'accordez aucune confiance ? Je n'ai pas l'intention de vous faire du mal, vous savez.

Laura resta silencieuse. Machinalement, ses doigts se portèrent à son front et elle repoussa sa frange.

— Qui vous a fait cela ? demanda Matthew en découvrant la mince cicatrice.

— Mon père, répondit-elle d'une voix tranquille.

Après une courte pause, elle ajouta :

— Je ne voudrais pas entrer maintenant dans ces détails sordides, mais si j'ai un problème avec les hommes, c'est sans doute à cause de lui.

Matthew pencha la tête et déposa un baiser sur la marque irrégulière au-dessus du sourcil de Laura. S'écartant d'elle, il ajouta, avec un sourire compréhensif :

— Vous m'en parlerez lorsque vous serez prête. Venez ! Allons grignoter quelque chose.

Ils s'assirent dans un *coffee shop* de l'East Side, devant des gaufres, du bacon et du café brûlant. Matthew l'écouta avec attention expliquer ses relations avec Gwyneth ; elle lui fit part de son étonnement lorsqu'elle eut appris les dernières volontés de la présentatrice.

— J'ignorais totalement que Gwyneth avait créé ce stage pour moi seule. Je ne l'ai jamais rencontrée avant d'arriver à KEY News, et voilà qu'elle me laisse la presque totalité de ses biens. De plus, la police affirme avoir relevé sur les talons de chèques de Gwyneth la mention régulière de versements à mon père. Et, pour couronner le tout, avant de recueillir son héritage, j'avais préparé sa nécrologie. Il y a de fortes chances pour que la police me considère comme suspecte.

— Que dit votre père ?

— Je l'ai interrogé à propos de Gwyneth le jour où nous l'avons interviewé chez lui. Vous vous souvenez du moment où vous étiez à la cave, seul avec l'équipe technique ? Je lui ai posé la question : il a nié connaître Gwyneth.

Laura aligna le couteau et la fourchette sur le côté de son assiette vide.

— Je dois préciser, ajouta-t-elle, que mon père n'a jamais brillé par sa franchise envers moi.

Matthew restait silencieux, et Laura pensa qu'elle lui en avait peut-être trop dit. Comment aurait-il pu vouloir s'engager vis-à-vis d'une jeune femme dont l'existence était si compliquée ?

— Je ne suis pas réjouissante, hein ? dit-elle avec un sourire ironique.

Matthew passa le bras par-dessus les assiettes, posant une nouvelle fois sa paume sur la main de Laura.

— Tout le monde traîne des soucis. C'est la vie, Laura

— Vous n'en paraissez pas encombré, vous.

— Ne vous en faites pas, j'ai mes propres démons.

— Comme par exemple ?

— Un problème de drogue. Contre lequel je dois me battre chaque jour.

Laura se sentit flattée et touchée qu'il ait assez confiance pour lui révéler un drame personnel, potentiellement si destructeur. Aussitôt, elle se demanda si elle n'était pas poussée à se rapprocher de Matthew Voigt par une pulsion morbide.

72

Lundi 10 janvier

POUR : laurawalsh@key.com
DE : russdefilippis@key.com
OBJET : hist. de Palisades Park

« Salut Laura,

Nous ne nous sommes jamais rencontrés, mais je travaille comme monteur son au département des Programmes récréatifs de KEY Television.

Ayant grandi à Cliffside Park, j'ai passé des étés entiers à Palisades Park.

Les souvenirs les plus heureux de ma jeunesse y sont liés. C'était un rite de passage que d'être devenu assez grand pour monter sur le Cyclone, et un exploit que de faire le plus de tours possible sur le Tourniquet, jusqu'à en être malade. Adolescent, je me souviens d'avoir traîné des soirées entières dans la galerie marchande, vêtu de mon blouson d'aviateur fétiche, à jouer au flipper avec mes copains, cigarette au bec. Mon vieux m'attendait à la maison dans son pyjama de flanelle ; il se mettait en fureur en découvrant l'odeur de tabac sur mes vêtements et les marques jaunes laissées par la nicotine entre mes doigts. Sinon, on s'amusait aussi à inviter une fille à prendre quelques clichés dans le photomaton, juste pour le plaisir de l'asseoir sur nos genoux.

Vous avez sans doute recueilli pas mal d'infos pour votre documentaire, mais il y a une anecdote que l'on ne vous a peut-être pas rapportée : quand ils ont détruit le parc, la ville fut envahie par les rats. Ayant dû abandonner les recoins des vieilles attractions de bois et les caves des bâtiments du rivage, les rats se replièrent en masse vers les quartiers résidentiels tout neufs, dont ils firent leur nouveau domaine.

Tard dans la nuit, j'étais réveillé par le bruit des rats qui creusaient leurs galeries dans les murs, et j'avais l'impression qu'ils passaient à travers mon lit. Quand je cognais contre la paroi, je les entendais détaler.

Les services d'hygiène municipaux distribuèrent de la mort-aux-rats, mais au départ, comme nous ne voulions pas qu'ils crèvent et pourrissent dans les trous du mur, nous avons décidé de les piéger. Tous les matins, mon père me réveillait et m'ordonnait d'aller relever les pièges avant le réveil de ma mère. J'accomplissais mon devoir, jetant quotidiennement les corps de deux ou trois rats bien gras dans notre poubelle. Un jour, alors que ma mère faisait du repassage dans le living-room, un bébé rat sans poils, tout rose, a fait irruption sur le tapis. Ma mère s'est enfuie par la porte d'entrée en hurlant.

Au bout du compte, nous avons décidé d'utiliser le poison pour les éliminer. Nous avons mis de la poudre et des granules dans toutes les fissures, ainsi que sous l'évier et sous le lavabo, sachant que les rats apprécient les points d'eau et les canalisations ; ma mère devait même disposer une pile d'annuaires sur le couvercle du siège des toilettes, pour les empêcher d'utiliser ce passage.

La mort-aux-rats fit son œuvre. Nous avons dû ouvrir des trous béants dans le plafond pour en extraire les cadavres pourrissants.

Je ne sais pas si cette histoire peut vous servir à quelque chose, mais je me disais que vous aimeriez peut-être la connaître.

Russ »

73

Mardi 11 janvier

Les jambes au chaud sous la couverture en patchwork confectionnée par sa mère, Ricky Potenza se tenait affalé sur le canapé, devant la télévision, pour regarder « Plein Cadre ».

Il tenait à savoir qui était ce fameux « témoin oculaire » de la mort de Gwyneth Gilpatric promis lors de la précédente édition. Durant toute la semaine, KEY News avait organisé sur ses ondes un battage autour de l'émission.

Il avait éteint les lumières pour se concentrer au maximum sur l'écran de télévision. Il s'était senti soulagé quand sa mère avait déclaré qu'elle était fatiguée et préférait aller se coucher. Il ne voulait pas qu'elle voie ce programme. Elle continuait à le scruter en permanence, notant ses gestes, cherchant encore à la comprendre. Quand comprendrait-elle que c'était inutile ?

Le sable rose commença à descendre. Ricky sentit un frisson lui parcourir l'échine.

« Bonsoir, je suis Eliza Blake. Merci d'avoir choisi "Plein Cadre". »

Eliza était tellement plus jolie et plus sympathique que Gwyneth ! Ricky appréciait la nouvelle présentatrice.

« La semaine dernière, nous vous avions assuré que "Plein Cadre" mènerait l'enquête après la disparition de Gwyneth Gilpatric, notre ex-collègue, tombée du haut du toit de son appartement new-yorkais. Nous vous avions promis que nous aurions ce soir un témoin oculaire de la scène. Cet après-midi, nous avons interviewé ce témoin, et ce qu'elle nous a déclaré indique que Gwyneth Gilpatric ne s'est pas suicidée. Elle n'a pas sauté pour s'écraser sur le trottoir de Central Park West. Gwyneth Gilpatric, selon notre témoin, a été poussée. »

Eliza fixa l'objectif d'un air solennel.

« Ce soir, "Plein Cadre" vous présente en exclusivité un témoin du meurtre de Gwyneth Gilpatric. »

« Il y a donc une justice ! » se dit Ricky, un mince sourire aux lèvres. Suivit une publicité pour une voiture qu'il ne pourrait jamais s'offrir – il n'avait même pas le permis de conduire – et n'avait aucune chance de l'obtenir. Il se leva et se rendit à la cuisine, où il se versa un verre de soda au gingembre et prit un paquet de bretzels dans l'armoire. Ça allait être amusant.

74

Joel n'avait pas seulement réussi à contraindre Kitzi à parler ; il lui avait fait accepter de recevoir l'équipe de « Plein Cadre » chez eux. Tous les téléspectateurs du pays allaient voir l'appartement de Kitzi, pénétrer dans son intimité, entrer par effraction dans sa vie privée.

Kitzi se recroquevilla à l'instant où elle vit apparaître son image à l'écran. Avait-elle réellement l'air aussi vieille ? Ses journées de cure au centre de beauté Elizabeth Arden faisaient donc si peu d'effet ? Se trouver assise aux côtés de la resplendissante Eliza n'aidait sûrement pas. Le contraste lui parut aigu, cruel, déprimant.

Eliza présenta Kitzi, précisant sans ambiguïté qu'elle était l'épouse du producteur exécutif de « Plein Cadre ».

« Ainsi, madame Malcolm, vous étiez attendue à cette soirée chez Gwyneth Gilpatric ?

— J'avais l'intention d'y aller, en effet, répondait Kitzi. A la dernière minute, je ne me suis pas sentie bien. J'ai pressé mon mari d'y aller sans moi.

— Vous êtes donc restée seule toute la soirée ?

A l'écran, Kitzi donna une tape affectueuse au caniche gris couché sur ses genoux.

— Oui, j'étais seule, excepté ma petite Missy qui me tenait compagnie.

Eliza posa un instant les yeux sur la chienne en affichant un sourire.

— Dites-nous maintenant ce qui s'est passé.

— Après le départ de Joel, je suis allée m'étendre et j'ai dormi un peu. Jusqu'à ce que Missy me réveille et m'embête pour que j'aille la promener. Je la sors tous les soirs à vingt-trois heures trente, après le journal local. L'air froid a dû me faire du bien car, en rentrant, je me sentais mieux.

Eliza fit un signe de tête à Kitzi, l'invitant à poursuivre.

— Qu'arriva-t-il ensuite ?

— Juste avant minuit, je me suis décidée à sortir sur la terrasse pour regarder le feu d'artifice au-dessus du parc.

— Pouvons-nous nous rendre sur cette terrasse en votre compagnie, madame Malcolm ? pressa Eliza.

Les deux femmes se redressèrent et la caméra les suivit à travers le salon ; elles passèrent par la baie vitrée entrouverte et sortirent sur la terrasse. Kitzi se dirigea ensuite vers le grand télescope planté sur le sol de terre battue.

— En attendant les premières fusées, je me suis demandé si l'on ne pouvait pas apercevoir d'ici la soirée dans l'appartement de Gwyneth Gilpatric, grâce au télescope. Je me demandais si j'arriverais à reconnaître les visages de quelques-uns des invités.

— Cela fut-il possible ?

— Non, pas vraiment. Je distinguais seulement des silhouettes évoluant sur la terrasse, qui n'était pas assez éclairée.

— Continuez, je vous prie, madame Malcolm.

Sur l'écran, Kitzi contempla Central Park et rassembla ses souvenirs.

— Le feu d'artifice débuta. Très spectaculaire – ils le sont tous, à mon avis ! Chaque fusée illuminait le ciel d'une lueur éclatante. Je regardai dans le télescope, pour voir si, à la faveur d'une explosion, je parvenais à identifier Joel dans l'assistance.

— Avez-vous réussi ? Avez-vous aperçu votre mari ?

Les bras serrés autour du corps, Kitzi tressailli dans le vent glacial soufflant sur la terrasse.

— Préférez-vous retourner à l'intérieur, madame Malcolm ? proposa Eliza. Nous pourrions finir cet entretien au chaud.

Kitzi écarta les mèches de cheveux qui volaient en désordre sur son visage.

— Non, ça va.

Elle avança d'un pas, mit l'œil à la lentille et pointa le télescope en direction de la terrasse de l'appartement de Gwyneth. Puis elle recula, invitant Eliza à prendre sa place.

— C'est le toit de l'immeuble que je distingue ! dit Eliza, surprise.

— Cela ne me surprend pas, expliqua Kitzi. Quand on relâche le télescope, le cylindre a tendance à basculer légèrement, vers sa position d'équilibre. C'est ce qui a dû se produire ce soir-là. J'avais regardé une première fois dans le télescope et l'avais abandonné. Quand je l'ai repris, quelques minutes plus tard, j'ai vu ce que vous voyez maintenant, Eliza. Le toit de l'immeuble de Gwyneth Gilpatric.

Au même moment, Nancy et Mike Schultz étaient assis devant leur poste, captivés par l'écran.

— Joel va mouiller son caleçon, railla Mike. Le taux d'audience doit être faramineux.

— Chut, tais-toi ! commanda sa femme, qui se penchait pour mieux entendre le dialogue entre les deux femmes.

A l'image, Eliza Blake et Kitzi Malcolm retournaient dans l'appartement. Elles s'asseyaient de nouveau dans le luxueux living-room. Kitzi reprit alors son récit.

« J'ai vu deux personnes sur le toit. Deux silhouettes : ça, je l'affirme. L'une dont je peux dire qu'il s'agissait d'une femme. Elle portait une robe longue, tombante, qui se soulevait au vent.

— Ce serait Gwyneth ? demanda Eliza.

— Oui. J'ai appris par la suite qu'elle portait une longue robe de soirée.

— Et l'autre personne ? Diriez-vous que c'était plutôt un homme ou une femme ?

— Je l'ignore, vraiment. Je n'ai aperçu qu'une vague forme.

— Qu'avez-vous vu d'autre ?

— J'ai distingué une faible lueur, entre les deux silhouettes.

— Quelle sorte de lueur ?

— La flamme d'un briquet, je suppose. Gwyneth fumait, vous savez.

— Ah, je l'ignorais, déclara Eliza. A la lueur du briquet, ne pouviez-vous pas identifier leurs visages ?

Kitzi fit non de la tête.

— Et ensuite ? Qu'avez-vous vu, madame Malcolm ?

Kitzi appela sa chienne, qui sauta dans son giron. Elle caressa doucement le poil frisé du caniche.

— Ils sont restés là une minute ou deux.

La voix de Kitzi devint mal assurée.

— Ensuite, l'une des formes se joignit à l'autre. Un instant, ce fut comme s'il n'y avait plus qu'un seul être sur le toit.

— Avait-on l'impression qu'ils luttaient ?

— Je ne saurais le dire, répondit Kitzi en flattant Missy d'une main tremblante.

— Poursuivez, je vous en prie, dit Eliza.

— Au moment où les fusées du bouquet final explosèrent, une grande clarté se fit, se rappela Kitzi, qui détachait ses mots. Je vis alors la silhouette à la robe longue tomber le long de la façade. »

Pendant la pause publicitaire, le téléphone sonna chez Laura.

— Tu regardes ce truc ? interrogea une Francesca stupéfaite.

— Évidemment.

— Mon Dieu ! Tu savais que ce serait aussi réussi ?

— Il y a eu des bruits de couloir à la rédaction, mais personne n'a rien vu, à part ceux qui ont réalisé la cassette avec Joel cet après-midi.

— Tu te rends compte, un meurtre ! Cette histoire me fait froid dans le dos. Comment auras-tu le courage de t'installer là-bas ? Moi, je me sentirais terrorisée, à l'idée de vivre dans un appartement où a été commis un assassinat !

Laura éprouvait la même chose.

75

Mercredi 12 janvier

Le matin suivant l'émission, Alberto Ortiz alla sans tarder interroger Kitzi Malcolm. Mais en quittant l'appartement de l'épouse du producteur, il n'avait rien appris de plus que ce qu'il savait déjà grâce à « Plein Cadre ». Kitzi lui avait tenu les mêmes propos qu'à l'équipe de télévision.

Il l'avait réprimandée pour n'être pas venue lui raconter ce qu'elle avait vu, mais il savait qu'elle n'encourait en réalité aucune sanction. S'il la poursuivait, pensait-il, son salopard de mari ferait intervenir ses avocats et elle s'en tirerait sans mal. « Pourquoi dépenser de l'énergie en pure perte ? »

Ortiz stoppa devant un kiosque, où il acheta un de ces bretzels chauds que l'on vend au coin des rues, à New York. Jetant un regard à sa montre, il se rendit compte qu'il risquait d'être en retard à son entretien avec le docteur Costello s'il ne se dépêchait pas. Le médecin ne s'était pas montré coopératif, multipliant les faux-fuyants jusqu'à ce qu'il ne puisse plus se dérober. En définitive, Costello lui avait fixé rendez-vous à l'heure du déjeuner, à l'hôpital de Mount Olympia où il consultait.

Alors qu'il pilotait la berline mise à sa disposition à travers le trafic de Manhattan, passant de Central Park à l'East Side, Ortiz regretta de ne pas avoir bouclé l'enquête.

Quand il arriva au bureau du docteur Costello, plusieurs patients avaient pris place dans la salle d'attente pour les consultations de l'après-midi. L'infirmière, Camille Bruno, s'avança au-devant de lui.

— Le docteur Costello vient d'appeler. Il est en chemin. Voulez-vous que je vous installe dans son bureau, inspecteur ?

— Volontiers.

— Puis-je vous offrir une tasse de café ? proposa avec entrain l'infirmière en le conduisant dans le couloir.

— Avec plaisir ! répondit Ortiz. Il ne fait pas chaud, en ce moment.

Tandis qu'il patientait, Ortiz contempla les diplômes dans leurs cadres, alignés au mur pour rassurer le patient. Il admira le massif bureau d'acajou surmonté d'un micro-ordinateur dernier cri.

La porte d'entrée s'ouvrit et Camille Bruno apparut, une tasse de café entre les mains. Elle précédait un Leonard Costello peu souriant.

Costello prit place derrière son bureau. Aussitôt l'infirmière partie, il demanda abruptement :

— Eh bien, que puis-je pour vous, inspecteur ?

« Il a l'habitude de diriger son monde, ce connard arrogant ! » songea Ortiz avec une répulsion immédiate.

— Je crois vous l'avoir précisé plusieurs fois au téléphone : je travaille sur le meurtre de Gwyneth Gilpatric.

Costello eut un petit sourire plein de suffisance.

— Alors, vous avez sans doute beaucoup apprécié l'émission d'hier soir, inspecteur ! C'est formidable, qu'ils aient pu vous trouver ce témoin oculaire !

Refusant de relever l'offense, Ortiz s'appliqua à rester impassible. Il préféra poursuivre.

— D'après ce que j'ai compris, Mme Gilpatric était votre patiente.

— *Était* est le terme qui convient, inspecteur.

— Je vous demande pardon ?

— C'est très simple ! Elle a été ma patiente, elle ne l'était plus au moment de sa mort, voilà tout.

— Pourquoi donc ?

— Il faudrait que vous le lui demandiez, inspecteur.

Costello se saisit d'un stylo d'argent, qu'il tint fermement entre ses doigts pour mieux contrôler un tremblement naissant.

— Mais pardonnez-moi, ajouta-t-il sur un ton de moquerie, vous allez avoir du mal, non ?

76

Lorsque Rose Potenza demanda à Laura si son fils pouvait de préférence être interviewé dans les studios de KEY News, la jeune femme fut trop heureuse pour refuser. Du point de vue de la mise en scène, il aurait été sans doute préférable de filmer Ricky chez lui, pour que les téléspectateurs le surprennent dans son cadre de vie. Mais cette solution leur éviterait au moins la corvée d'une expédition jusqu'au comté de Rockland.

Les Potenza arrivèrent de bonne heure, avant que les caméras soient prêtes. Laura proposa un petit tour dans les locaux de KEY News. Ricky accepta avec enthousiasme.

« Cela l'aidera à se relaxer, à se détendre un peu », se dit Laura en guidant Ricky et sa mère dans le labyrinthe des couloirs. En pénétrant dans les studios de « A la une ce soir », ils tombèrent sur Eliza Blake. Laura fit les présentations, justifiant la présence des Potenza.

— Je vous ai vu passer à « Plein Cadre », déclara Ricky en rougissant. Je vous préfère nettement à Gwyneth Gilpatric. Je suis content qu'elle ne soit plus là.

— Très heureuse de vous rencontrer, Ricky, répondit Eliza d'une voix doucereuse, ignorant le coup de griffe à Gwyneth. Bon courage pour votre interview !

Ricky parut interloqué.

— Ce n'est pas vous qui me posez les questions ?

— Non, en réalité, ce sera Laura. Souvent, ce sont les producteurs qui réalisent leurs entretiens. J'interviendrai plus tard, quand davantage d'éléments et d'interviews auront été rassemblés.

La déception assombrit le visage de Ricky.

— Ne vous inquiétez pas, Ricky ! lui conseilla Eliza d'un air engageant. Avec Laura, vous êtes en bonnes mains. A ce stade, elle en sait beaucoup plus que moi sur l'histoire de Palisades Park. Laura est la mieux placée pour cet entretien avec vous.

Ricky ne parut pas convaincu, mais Laura n'y prêta aucune attention, et ils continuèrent leur visite des studios. Elle les conduisit à la régie, où ils découvrirent une nuée de moniteurs reliés à des claviers et à des tables de mixage plus sophistiqués les uns que les autres, pour gérer le son et l'image ou réaliser des effets spéciaux. Elle leur montra la division des actualités, où convergeaient les informations recueillies partout dans le monde par KEY News, leur décrivit le rôle des dizaines de personnes qui travaillaient là. Ensuite, Laura expliqua le fonctionnement du réseau informatique, démontrant son utilité pour redistribuer l'information dans des délais de plus en plus courts.

— Je sais me servir d'un ordinateur, tint à préciser Ricky.

Quand ils visitèrent le plateau des actualités, où Eliza Blake présentait chaque jour le journal du soir, Laura invita Ricky à s'asseoir derrière le *desk* de la présentatrice.

— Vous êtes sérieuse ? demanda-t-il, les yeux brillants.

— Mais oui, allez-y !

Ricky jeta un coup d'œil tout autour de lui.

— Ne vous en faites pas. Personne ne regarde. Ils sont occupés à leurs tâches.

Comme il montait sur l'estrade, Laura songea à son manque de maturité : il paraissait bien puéril, malgré ses quarante-deux ans. Or, l'intérêt des propos qu'il tiendrait conditionnait en grande partie la réussite de son projet. Elle n'avait pas l'intention de lui parler comme à un enfant ni de se montrer insultante durant l'interview, connaissant sa vulnérabilité et sa fragilité. Elle prévoyait d'agir avec la plus grande prudence.

Matthew les attendait dans le studio Bill Kendall, du nom du présentateur légendaire de « A la une ce soir » qui avait dirigé KEY News. Cette pièce, réservée aux interviews, assez exiguë, était tendue d'un rideau sombre qui servait de décor. Deux fauteuils s'y faisaient face. La caméra était braquée sur celui qu'on réservait à Ricky. Laura prit place dans l'autre, hors champ.

Rose Potenza semblait encore plus nerveuse que son fils, au moment où l'on fixa le clip du micro au revers de la veste de Ricky. Christina Weisberg, la maquilleuse, poudra délicatement le front de l'invité, afin que sa peau ne brille pas sous la vive lumière des projecteurs.

— Prêt, Ricky ? demanda Laura.

— Je crois que oui.

— Vous savez que nous réalisons un sujet sur Palisades Park et la mort de Tommy Cruz.

Ricky hocha la tête.

— Tommy était votre ami, n'est-ce pas ?

Nouvel hochement de tête.

« Mon Dieu, faites qu'il ouvre la bouche ! pria silencieusement Laura. Nous avons besoin de bons dialogues ! »

— Pourriez-vous me parler un peu de lui, Ricky ? reprit-elle d'une voix douce, tentant de le faire sortir de sa coquille.

Ricky décocha un regard à sa mère. Celle-ci lui sourit, l'encourageant des yeux à s'exprimer.

— Je vais vraiment passer à la télé ?

— Oui. Si vous avez quelque chose d'important à nous dire.

Ricky remua le pied d'avant en arrière sous sa chaise, et une expression plus décidée se peignit sur ses traits.

— Tommy était mon meilleur ami.

— Dites-moi par exemple ce que vous aimiez faire, tous les deux.

— Nous étions dans la même classe. Nous avons été scouts ensemble. On a joué dans la même équipe de football américain.

— Vous vous amusiez bien avec Tommy ?

Laura essayait de le stimuler.

— Oui, on passait de bons moments.

— Vous alliez aussi au parc avec lui ?

Ricky acquiesça.

— Que faisiez-vous, là-bas ?

— On allait nager à la piscine, se souvint Ricky. On essayait d'arriver assez tôt, avant qu'il y ait trop de monde.

— Ça devait être super !

— Ouais, mais l'eau devenait souvent horriblement sale. On tombait sur des hot dogs, des paquets de cheveux ou des trucs verts repoussants qui flottaient à la surface. Les gosses avaient l'habitude de faire pipi dedans, directement dans l'eau. Ils étaient trop fainéants pour sortir de la piscine et aller aux toilettes publiques. Ils disaient qu'ils changeaient l'eau chaque jour, mais je ne l'ai jamais cru.

Rose Potenza se contracta.

— Et les attractions, Ricky ? s'enquit Laura, changeant de sujet. Tommy et vous, vous les aimiez ?

— Oui, c'était génial quand on avait assez d'argent pour y monter. Et même, de temps en temps, le gars qui s'en occupait nous laissait faire un tour gratuit.

— Aviez-vous une attraction préférée ?

— Non, pas vraiment.

— Vous savez, Ricky, mon père s'est occupé un temps des montagnes russes. Y étiez-vous monté, sur le Cyclone ?

Ricky décroisa les jambes et se raidit dans son fauteuil. Ses phalanges blanchirent tant il serrait le poing sur les accoudoirs.

— Ricky ?

— Le Cyclone me faisait peur, se contenta-t-il de marmonner.

Sentant sa nervosité monter en flèche, elle ne voulut pas l'exacerber. Elle ne lui avait pas encore posé les questions auxquelles elle tenait le plus.

— J'aimerais revenir encore sur Tommy, si vous le voulez bien, Ricky. A propos de sa disparition. Elle s'est produite lors du dernier été de Palisades Park, c'est bien cela ?

Ricky reprit son hochement de tête.

— Juste avant la rentrée ?

Il acquiesça en silence.

— Vous souvenez-vous de la dernière fois où vous avez vu Tommy ?

Il la dévisagea, posant sur elle un regard aigu.

— Ricky ?

Il détacha le clip du micro du revers de sa veste. L'interview était terminée.

77

Devant un whisky-glace, Francesca écoutait Leonard lui raconter par le menu la dure journée qu'il disait avoir eue. Bien qu'il s'efforçât de n'en rien laisser paraître, elle devinait que cette visite de l'inspecteur de police le contrariait.

— Je n'ai rien à cacher ! Ce fouille-merde peut chercher partout !

Elle n'avait nulle envie, comme elle le faisait auparavant, de l'entourer de ses bras et de le distraire par un baiser appuyé. Pas ce soir.

Il était possible qu'il ne se montre pas trop affecté lorsqu'elle lui dirait que tout était fini entre eux. Quoi qu'il en soit, elle s'était tout particulièrement apprêtée, voulant être sûre de bien lui faire sentir ce qu'il allait perdre.

— Viens là, mon ange.

Leonard, sur le sofa, tapota le coussin à côté de lui. Francesca s'approcha. Sa peau mate resplendissait à la lueur des chandeliers qui éclairaient la pièce. Ses cheveux noirs tombaient souplement sur le pull de cachemire. Elle s'assit tout près.

Leonard se pencha pour humer son cou.

— Tu sens bon, bébé.

Si elle le laissait démarrer, elle ne pourrait plus le lui dire. Elle le repoussa.

— Eh ! Que se passe-t-il, ma belle ? interrogea Leonard.

Sa voix était tendre, mais Francesca savait que si elle faisait la sourde oreille, la susceptibilité de Leonard ne tarderait pas à s'enflammer.

— J'en ai assez, c'est terminé, Leo. Je n'en veux plus.

Il la fixa sans comprendre.

— Qu'est-ce que tu racontes ? Tu ne veux plus de *quoi* ?

— De tout cela ! déclara Francesca avec un ample geste désignant la pièce entière. De vivre de cette façon, d'être ta maîtresse ! Je déteste ces mensonges, ces moments volés et toutes ces nuits solitaires ! Je suis fatiguée de compter pour moins que rien. Je ne veux plus continuer une minute. C'est fini, Leo.

— Oh, arrête, Francie ! Je sais que ces dernières semaines ont été difficiles pour toi, avec les vacances et tout. Je suis désolé d'avoir dû passer tant de temps à la maison avec les gosses, mais je pensais que tu comprenais.

— Bien sûr que je comprends. Tu devrais être avec ta femme et tes enfants. Justement, j'ai besoin de plus que ce que tu peux m'offrir, Leonard. Je veux être une mère un jour ou l'autre, moi aussi. Or, malgré mes prières, et contrairement à ce que j'ai souhaité avec ardeur, tu ne seras jamais le père de mes enfants. Je dois renoncer à notre relation, m'en sortir, aller voir ailleurs. J'ai envie de mener une vie décente. Ma décision est prise.

Sans un mot, Leonard se redressa, alla jusqu'au portemanteau et décrocha son pardessus. Sur le seuil de la porte, il se retourna et lança :

— Tu vas changer d'avis, Francie. Tu verras. Tu vas te rendre compte que tout n'est pas rose au-dehors. Quand tu reviendras ramper à mes pieds, il vaudra mieux pour toi que j'aie envie de te reprendre. Crois bien que j'y mettrais des conditions.

— J'aurai vidé les lieux à la fin du mois ! cria Francie, les yeux pleins de larmes, juste avant qu'il claque la porte derrière lui.

78

Jeudi 13 janvier

— L'interview s'est plutôt bien passée, jusqu'au moment où tu lui as parlé du Cyclone, fit observer Matthew tandis qu'ils se repassaient la bande de l'enregistrement effectué la veille.

— C'est vrai, reconnut-elle d'un ton découragé.

De façon naïve, peut-être, elle avait cru décider Ricky à s'exprimer sur les circonstances de la mort de son ami. Comme elle avait été présomptueuse de prétendre réussir là où tant de spécialistes avaient échoué ! D'autre part, plus ennuyeux que l'absence de relief de leur dialogue, l'idée d'un lien entre la mention de son père et le soudain mutisme de Ricky la taraudait.

Lorsque la cassette toucha à sa fin, la monteuse déclara que, s'ils n'avaient plus besoin d'elle, elle allait déjeuner. Restés seuls dans le demi-jour de la cabine de montage, Matthew et Laura discutèrent des éléments qu'ils avaient pu rassembler.

— Nous avons filmé Ricky, ton père et sa maquette, le mémorial de Cliffside Park. Nous détenons ces vieux films d'archives en noir et blanc. Je suis en train de réunir des chansons sur Palisades Park. Et nous avons la permission de filmer le gala destiné à collecter des fonds pour le musée, qui se tiendra dans deux semaines.

C'était un début, mais cela ne permettait pas de passer à l'antenne sous le générique de « Plein Cadre ». Ils en étaient conscients l'un et l'autre.

— Je n'ai pas beaucoup progressé vis-à-vis des services de police de Cliffside Park, avoua Laura d'un air triste. Il ne reste plus aucun de ceux qui avaient travaillé sur l'affaire Tommy Cruz, et les policiers ne souhaitent pas commenter leur récente découverte. Toutefois, je vais essayer de retrouver la trace du flic à la retraite cité dans un journal de l'époque.

— C'est bon, ça ! appuya Matthew d'une voix ferme. Sur ce point, puis-je être utile ?

— Non, merci. Je ferais appel à vous s'il me faut autre chose.

— Que nous reste-t-il encore ?

Matthew réfléchissait en mâchonnant un stylo. Son regard errait sur les feuilles d'un bloc-notes.

— Nous devons amener les parents de Tommy Cruz à nous parler, dit Laura.

— Voulez-vous que je me charge d'obtenir un rendez-vous ?

Elle pesa le pour et le contre avant de répondre.

— Il me semble qu'il serait préférable que je les appelle moi-même. En leur expliquant que je suis une fille du coin, etc.

— Parfait. Vous n'avez donc pas la moindre tâche pour moi ? Vous préférez vous occuper de tout toute seule ?

Il souriait. Néanmoins, Laura décela dans ses paroles une pointe de mécontentement.

— Ça vous dirait de parcourir le vieil album de photos que nous a confié mon père, à la recherche d'images utilisables ? proposa-t-elle.

— Sans problème. Il me semble que je pourrais m'en sortir.

Il recapuchonna son stylo et quitta brusquement la salle de montage.

79

Matthew dévissa le couvercle de plastique du petit flacon opacifié pour en extraire une pilule, qu'il fit passer avec un fond de café froid retrouvé dans un gobelet sur le bord de son bureau. Il s'en voulait à mort de faire cela.

Était-ce l'effet de son imagination ou Laura le traitait-elle différemment depuis qu'il lui avait avoué sa dépendance à la drogue ?

Son problème avait commencé d'une façon si innocente. Il n'était à « Plein Cadre » que depuis peu lorsque l'un des sujets sur lequel il travaillait l'avait obligé à veiller tard durant de nombreuses nuits. C'était ce reportage avec Jaime Cordero. Il s'échinait à tenir des délais impossibles. Gwyneth s'était changée en une espèce de harpie hystérique, Joel ne voulait pas entendre un mot de travers et aboyait sur tous ceux qui l'approchaient. Même Mike Schultz, un garçon d'habitude si gentil, perdait patience pour un oui pour un non.

Matthew s'était ouvert à un ami de l'anxiété qui le rongeait et perturbait son court sommeil, ce qui le rendait encore plus mal pendant la journée. Il redoutait de perdre son job. Il avait alors reçu un « conseil d'ami », sous la forme d'une petite fiole de Valium. On lui avait dit : « Tu vas voir, tu vas te sentir simplement apaisé, et après les vagues de sondage de février, quand tout sera fini, tu retrouveras la forme. »

Le scénario s'était révélé tout autre. En quelques semaines, Matthew était devenu accroc. Il n'était plus capable d'attendre le métro en allant au travail sans avaler ses cinq milligrammes de Valium sur le quai. Aujourd'hui, trois ans plus tard, après douze saisons télévisuelles rythmées par les périodes intenses précédant les vagues de sondage, il essayait sans grand succès d'arrêter.

Seulement, le meurtre de Gwyneth avait mis tout le monde sur les nerfs, à KEY News. Et ce sujet sur Palisades

Park faisait renaître son anxiété. Dans ces conditions, son idylle avec Laura lui parut chimérique.

Il s'efforça de se montrer philosophe – une fois encore.

« Hé ! il n'y a rien de mal à être anxieux ! Chacun en fait l'expérience un jour ou l'autre, oui ou non ? Qui n'a jamais senti ses paumes devenir moites avant un entretien d'embauche ou enduré de violentes douleurs au ventre alors qu'il devait prendre la parole en public ? »

Sa profession favorisait le stress, plus qu'aucune autre. Délais impossibles, compétition acharnée, normes draconiennes N'importe qui aurait redouté comme lui de mal répercuter une information devant des millions de téléspectateurs.

Travailler pour Joel Malcolm lui rendait la tâche encore plus ardue. Joel demandait sans cesse des sujets de plus en plus percutants, au risque d'épuiser ses collaborateurs.

Il se demanda combien d'autres producteurs se dopaient, à la rédaction. Il était sûr de ne pas être le seul à prendre du Valium pour se relaxer.

L'ennui, c'était sa dépendance, devenue très forte. Il s'était montré assez malin pour obtenir une prescription de plusieurs médecins, de sorte qu'aucun d'eux ne se rende compte de rien.

Il essayait d'en finir avec la drogue. Lors de sa première tentative, il s'était senti en manque. Le sevrage s'était transformé en cauchemar. Il ne pouvait plus dormir, son estomac refusait toute nourriture, la migraine le paralysait. Il s'occupait d'une séquence dont le bouclage approchait et son inertie devenait intenable. Pris de panique, il avait repris des pilules.

Ce n'était jamais le bon moment pour arrêter, quoi qu'il en soit. Parce qu'il se sentait toujours pris dans une situation stressante, et que le Valium la rendait supportable.

80

Depuis deux jours, son inquiétude ne cessait de croître pour se muer en une véritable torture.

Et si Kitzi Malcolm n'avait pas dit la vérité au cours de cette interview ?

Quand elle avait parlé de l'impossibilité de distinguer les visages. Quand elle s'était déclarée incapable de préciser si la personne qui était sur le toit avec Gwyneth était un homme ou une femme.

Et si elle mentait ? Et si le feu d'artifice avait parfaitement illuminé le toit de l'immeuble alors qu'ils s'y trouvaient ?

Devrait-il y avoir un troisième meurtre ?

Ni les journaux ni la télévision n'avaient rapporté la découverte du cadavre d'une femme dans un fourré au fin fond de Central Park. Mais tôt ou tard, le corps de Delia serait mis à jour.

Un morceau de choix, pour le prochain épisode de « Plein Cadre ». *« La bonne de Gwyneth Gilpatric retrouvée assassinée » !*

Tuer Kitzi serait certainement moins facile. Mais pas impossible.

81

Avant de quitter le bureau pour rentrer à son appartement, Laura composa le numéro de son père.

— Salut papa, c'est moi. Juste pour prendre des nouvelles. Comment ça va ?

— Je vais bien, gamine. Et toi ?

— Je suis OK, répondit Laura.

Elle coinça le téléphone entre son épaule et son oreille, le temps d'enfiler des baskets à la place de ses chaussures de ville.

— Je bosse dur sur l'histoire de Palisades Park.

Son père ne fit aucun commentaire.

— Sais-tu qui j'ai interviewé, hier? reprit Laura. Ricky Potenza. Il était le meilleur ami de Tommy.

— Est-ce qu'il t'a appris quelque chose?

Laura crut reconnaître cette mauvaise élocution. Elle se contracta.

— Non. Pas réellement. Mais il nous reste du temps pour travailler sur d'autres sources. J'espère sincèrement que nous découvrirons ce qui est arrivé à Tommy Cruz avant de diffuser ce sujet.

Silence à l'autre bout du fil.

— Papa?

— Oui, ma grande?

— Que se passe-t-il? Pourquoi te montres-tu si négatif vis à vis de mon travail sur Palisades Park?

Un profond soupir lui parvint.

— Je te l'ai dit à Noël, Laura : je crois que tu ferais mieux de ne pas remuer cette affaire. Quel intérêt y a-t-il à tout déterrer?

— Essayer d'aider les Cruz à comprendre ce qui s'est produit, par exemple, dit Laura, irritée.

— Tu prétends vraiment que toi, tu vas les aider à faire une croix définitivement sur leur passé? Arrête ça, Laura! Ce n'est pas ton principal objectif, tu ferais mieux de le reconnaître.

Elle sentit percer la colère dans sa voix.

— Ne prends pas tes grands airs, ajouta-t-il. Tu cherches le sensationnel, c'est tout! Tu veux impressionner tes nouveaux petits copains de KEY News. « La jeune productrice de génie résout l'énigme d'un meurtre trente ans après », c'est ça, hein?

Laura resta interloquée, blessée par les paroles venimeuses de son père.

82

Emmett avait l'impression que la corde se resserrait autour de son cou.

Alerté par la police de New York, un inspecteur de la brigade de Cliffside Park s'était présenté cet après-midi à son domicile pour lui poser un tas de questions sur ces chèques que Gwyneth lui avait envoyés pendant des années. Il était tout à fait inutile de nier. Ils l'auraient prouvé facilement, puisque les banques en conservaient la trace.

— Gwyneth et moi étions de très vieux amis, avait-il déclaré à l'inspecteur. Après la mort de ma femme, je me suis d'une certaine façon effondré, et Gwyneth a pris sur elle de me soutenir. C'était quelqu'un de très fidèle.

— Et de très généreux, avait ajouté l'inspecteur

Mais il avait paru se contenter de son explication.

Elle sonnait vrai. Aucun de ceux qui vivaient à Cliffside Park depuis un bout de temps n'ignorait qu'il avait un problème d'alcoolisme. Au fil des ans, il avait vivoté d'un job à l'autre. Les gens s'étaient toujours demandé comment il faisait pour conserver une maison à peu près bien tenue et envoyer sa fille dans une école assez chère.

Après le départ de l'inspecteur, Emmett s'était ouvert une bière, en espérant que l'affaire retomberait toute seule. Mais deux heures et six bières plus tard, Laura l'appelait et lui racontait cette histoire d'interview de Ricky Potenza.

Il vivait depuis des années dans la terreur de le voir réapparaître. Jamais il n'aurait imaginé que sa propre fille harcèlerait un jour Ricky pour qu'il lui dise ce qu'il savait.

Emmett aplatit la boîte de bière et la balança vers le baquet où s'accumulaient les récipients vides. « Raté. »

Le passé se refermait sur lui de toutes parts.

83

Vendredi 14 janvier

Le vendredi matin, Laura fit un saut à la bibliothèque de KEY News, quelques étages au-dessus de la rédaction de « Plein Cadre ». Les coupures de presse qui s'y alignaient sur des centaines de mètres d'étagères constituaient une véritable mine d'informations.

Bien des années avant l'ordinateur, qui permettait d'accéder facilement à de multiples sources d'information localisées partout sur la planète, les archivistes de KEY News s'asseyaient à leur bureau pour parcourir tranquillement les journaux à la recherche d'informations intéressantes. Ils découpaient des articles et les regroupaient dans de grands classeurs, accumulant une documentation complète sur toute sorte de matières ou de personnes. L'âge de l'électronique avait rendu l'usage des ciseaux moins nécessaire, mais les classeurs continuaient d'être mis à jour.

Après une patiente exploration des rayonnages, elle finit par tomber sur une étiquette portant les mots « PARCS D'ATTRACTIONS – Palisades Park ». Elle saisit le dossier de presse et s'installa à une table près d'une fenêtre pour le consulter.

Les clairs rayons du soleil matinal tombaient sur le papier jauni par le temps. Avec précaution, Laura feuilleta un à un les articles de journaux, jusqu'à ce qu'elle ait trouvé ce qu'elle cherchait.

Un officier de police de Cliffside Park du nom d'Edward Alford se trouvait cité dans un article consacré à l'enquête ayant suivi la disparition de Tommy Cruz.

Laura photocopia la coupure de presse, la replaça au milieu des autres et rangea le dossier sur son étagère, à la lettre P.

Elle allait quitter la bibliothèque lorsqu'une impulsion la fit s'arrêter brusquement en face d'un rayonnage.

GATES, BILL.

GIFFORD, FRANK.

GIGANTE, VINCENT.

GILBERT AND SULLIVAN.

Laura passait le doigt sur les étiquettes. *GILPATRIC, GWYNETH.*

Debout dans l'allée, elle feuilleta rapidement les articles et les photos contenus dans le dossier. Il avait déjà été complété par des comptes rendus sur la mort de la présentatrice.

Laura parcourut la dernière liasse. L'ultime document se trouvait être une photo de fin d'année, en noir et blanc, montrant une Gwyneth aux cheveux longs : l'image qu'elle avait utilisée pour la nécrologie de la présentatrice.

84

Samedi 15 janvier

Laura vit arriver le week-end avec plaisir. La semaine ayant été intense, elle se réjouit de cette coupure. Passer son samedi matin avec Jade comme à l'accoutumée, c'était exactement ce qu'il lui fallait.

Alors qu'elle travaillait sur un problème de mathématiques, Laura observa sa brillante petite élève.

« Quelle tête bien faite ! » Laura espérait poursuivre leurs relations au fil des ans et voir l'enfant développer pleinement ses qualités.

Désormais, avec plus d'argent qu'elle n'en avait jamais rêvé, Laura pourrait accorder à Jade autre chose que son temps. Son mental et son physique constitueraient sans doute d'excellentes ressources, mais Jade aurait également besoin d'argent si elle souhaitait faire des études. Il serait merveilleux de le lui permettre !

En la voyant penchée sur son cahier d'arithmétique, Laura se souvint de l'époque où elle préparait son entrée au collège. Elle s'était inquiétée de ne bénéficier que d'une scolarité dans un médiocre établissement, son père manquant de moyens. Néanmoins, il fallait reconnaître qu'ensuite, il lui avait offert de préparer l'université de son choix. Ils trouveraient l'argent nécessaire, disait-il.

Quand la lettre d'admission à Holy Cross lui était parvenue, elle l'avait montrée à son père en retenant son souffle. Elle n'ignorait pas que les frais de scolarité, ajoutés à son entretien, représentaient à eux seuls plus que ce que gagnait Emmett en une année. Et lorsqu'il avait accepté qu'elle entre à Holy Cross, elle s'était tellement concentrée sur ses rêves de jeunesse qu'elle avait négligé de se demander comment il se débrouillerait pour payer.

Les questions de l'inspecteur Ortiz l'obligeaient aujourd'hui à regarder le problème en face. Malgré les dénégations de son père, Laura sentait au fond d'elle-même qu'il avait très certainement perçu ces chèques signés par Gwyneth.

Ils expliquaient pourquoi la table restait bien garnie et la maison chauffée, bien qu'Emmett ne se soit pas rendu tous les jours au travail. Et qu'il ait pu l'envoyer en colonie de vacances plusieurs étés de suite. Idem pour le manteau neuf qu'adolescente elle recevait chaque hiver, dans ces années qui suivirent la mort de sa mère. Et la montre précieuse en cadeau de fin d'études.

« Mais pourquoi ? Pourquoi la célèbre Gwyneth Gilpatric envoyait-elle de l'argent à son père alcoolique ? Quel lien y avait-il entre eux ? »

Jade présenta fièrement son exercice à la jeune femme pour qu'elle le corrige.

— Bon à cent pour cent ! s'exclama Laura. Joli travail !

Jade rayonna sous le compliment de sa tutrice, qui l'attira à elle, lui passant le bras autour des épaules.

Laura aimait l'enfant de plus en plus. Jade progressait intellectuellement, et Laura se dit qu'elle recevait, elle, sur le plan affectif. Elle se sentait heureuse d'aider quelqu'un, d'enrichir une jeune vie.

Tandis qu'elles commençaient à jouer à *Jeopardy!*, les pensées de Laura se reportèrent sur sa conversation avec Joel Malcolm. Sans que Laura soit le moins du monde au courant, Gwyneth lui avait spécialement ménagé ce stage professionnel. Et elle l'avait soutenue financièrement durant des années. Enfin, en dernier lieu, Gwyneth Gilpatric s'était assurée de mettre Laura à l'abri du besoin pour le reste de ses jours.

« Pourquoi ? »

85

Maxine Bronner étudiait une sonate de Mozart au piano quand le téléphone l'interrompit. Elle se résigna à aller répondre, s'attendant à l'un de ces désagréables appels commerciaux pour lui vendre un nouveau type de fenêtres, un système d'alarme ou l'abonnement à un quelconque magazine.

Elle eut une bonne surprise.

— Chère Laura ! Comme il est agréable de t'entendre !

— Vous ne direz plus la même chose quand vous saurez que je viens encore vous demander un service

Laura laissa échapper un rire gêné.

— Je recherche la trace d'un policier qui avait participé à l'enquête sur la disparition du petit Tommy Cruz, continua-t-elle. J'ai essayé les renseignements sans aboutir. La police de Cliffside Park ne me donnera certainement pas d'informations sur ses anciens membres. Mais vous, peut-être le connaîtriez-vous ? Il s'appelle Edward Alford.

Maxine identifia immédiatement ce nom.

— Oui, je connais Eddie Alford. J'avais l'habitude de jouer au bridge avec sa femme, Dorothy.

« Toujours le bon filon ! » se dit Laura.

— Auriez-vous conservé son numéro ? interrogea la jeune femme avec excitation.

— Ils ont déménagé en Floride il y a quelques années, réfléchit Maxine, qui étira le cordon du téléphone pour se rapprocher de son carnet d'adresses.

Elle saisit dans un tiroir son vieil agenda tout usé à couverture de cuir et l'ouvrit à la première page.

— Oui, il y est. « ALFORD », lut Maxine avant de réciter le numéro. Je ne pense pas qu'Eddie puisse être incommodé par votre appel. C'est un homme formidable.

Laura se sentit gênée d'utiliser ainsi leur amitié, mais elle posa tout de même son autre question :

— Auriez-vous le numéro des Cruz, également ?

86

Dimanche 16 janvier

— Oh là ! J'ai du mal à réaliser que tout ceci t'appartient.

Francesca, impressionnée, secoua la tête. Laura lui ouvrait les différentes pièces de l'ex-appartement de Gwyneth.

— Moi aussi ! précisa-t-elle.

Elles entrèrent dans la chambre de Gwyneth. Les murs étaient tendus de soie peinte ; un tapis d'Aubusson du dix-huitième siècle couvrait le sol. Le lit à baldaquin dominait la pièce, avec ses motifs floraux et animaliers sculptés dans l'acajou. Les moelleux oreillers brodés qui s'alignaient à la tête du lit ainsi que la finesse des draps invitaient au repos.

— As-tu vraiment l'intention de dormir dans cette chose ? s'enquit Francesca.

— Plutôt intimidant, n'est-ce pas ?

— Tu peux le dire, dit Francesca en se laissant tomber avec un bruit mat sur le dessus de lit. Ce serait plutôt cool de s'amuser un peu là-dessus. Crois-tu que ça plairait à Matthew ? demanda-t-elle, une lueur taquine dans le regard.

Laura se saisit d'un oreiller et le lança sur son amie.

— Tu sais, Francesca, commença-t-elle en prenant place dans le grand fauteuil rembourré, près d'une fenêtre qui donnait encore sur Central Park, cet endroit est immense. Ce n'est pas la seule chambre, il y en a trois autres. Tu pourrais t'installer dans celle de ton choix.

Francesca la dévisagea.

— Maintenant que tu as donné congé au docteur, poursuivit Laura, pourquoi ne pas revenir habiter un peu avec moi, comme autrefois ? Tu me rendrais service. Je n'ai aucune envie de me retrouver seule dans cet appartement.

— Je ne sais pas, Laura, reconnut son amie, incertaine. Ce qui s'est passé ici me donne des frissons, conclut-elle en agrippant des deux mains le traversin où reposait sa tête.

— Écoute, reprit Laura, j'ignore si je vais garder cet appartement. Ce n'est pas vraiment mon style. Enfin, je finirais peut-être par m'y habituer.

Elle ponctua ces mots d'un large sourire.

— Dans l'intervalle, tu as besoin d'un endroit pour vivre, et moi, de compagnie. L'immeuble est sécurisé. Nous serons deux. Il n'y aura pas à s'inquiéter.

— Gwyneth se disait la même chose.

Laura voulut persévérer.

— Promets-moi au moins d'y réfléchir, d'accord ? implora-t-elle.

— Entendu. Merci en tout cas pour ta proposition. Tu es une véritable amie.

Un peu plus tard, alors qu'elles empruntaient l'ascenseur pour sortir et chercher un endroit où prendre leur *brunch*, Francesca se tourna vers Laura.

— Au fait, tu vas avoir besoin d'aide pour tenir l'appartement. Comment feras-tu ? As-tu l'intention de garder la bonne ?

— Je le pense, oui. Mais je n'ai pas réussi à joindre Delia de toute la semaine.

87

Lundi 17 janvier

Dans les locaux de la rédaction de « Plein Cadre », l'atmosphère était encore plus tendue qu'à l'ordinaire. Pour la diffusion de la nouvelle édition du magazine, le lendemain soir, Joel cherchait désespérément du nouveau sur l'assassinat de Gwyneth Gilpatric. Laura se terrait dans son bureau afin d'éviter de tomber sous les yeux du producteur exécutif.

Seule à sa table de travail, elle s'efforçait de clarifier son esprit avant le coup de fil important qu'elle devait passer. Les paroles cruelles de son père la hantaient ; elle savait qu'elles contenaient une part de vérité. Elle voulait découvrir ce qui était arrivé à Tommy Cruz au moins autant pour des motifs d'ambition professionnelle que pour aider les parents de ce pauvre gosse à retrouver la paix de l'âme. Elle ne s'en vantait pas, mais c'était un fait.

Quel sentiment complexe que l'ambition ! Elle vous propulsait en avant, vous stimulait, vous forçait à vous accomplir. Cependant, ses répercussions ne se révélaient pas toutes positives. Parfois, vous ne pouviez prévoir ce qu'elle risquait de générer autour de vous, en bien ou en mal.

Laura ne voulait blesser personne. Toutefois, même si elle avait voulu faire demi-tour maintenant, ce n'était plus possible.

Un coup frappé à la porte lui signala l'arrivée de Matthew. Son sourire s'évanouit dès qu'il perçut l'expression de Laura.

— Pourquoi faites-vous cette tête ? demanda-t-il.

— Je m'apprêtais à téléphoner aux Cruz pour tenter d'arranger un rendez-vous. Ça me dégoûte.

Laura soupira et, les coudes posés sur le bureau, plongea le visage dans ses mains ouvertes.

— Je peux m'en charger, si vous voulez.

Elle releva les yeux, fortement tentée de saisir sa proposition. « Non, ce serait lâche. »

— Merci, Matthew, mais je dois le faire moi-même.

88

Marta Cruz replaça le combiné sur son support mural et se laissa tomber sur une chaise de cuisine.

« Ce cauchemar allait-il finir un jour ? »

Elle avait remarqué que Laura Walsh s'était sentie mal à l'aise durant leur conversation. Pas assez néanmoins pour renoncer à son projet d'interview.

Laura avait déclaré qu'elle comprenait combien ce serait douloureux pour eux. Qu'en savait-elle vraiment ? Seuls des parents qui auraient vécu le même drame pourraient avoir une idée de leur chagrin. Il était possible d'apprendre à vivre avec la douleur. Toutefois, elle ne disparaissait jamais.

Se forçant à se ressaisir, Marta se leva et ouvrit le réfrigérateur pour préparer le déjeuner de Felipe. Ayant sorti les poivrons, elle en ôta le cœur et les grains, en se demandant ce qu'elle gagnerait à parler à Laura Walsh.

Felipe et elle s'étaient promis, maintenant qu'on avait retrouvé Tommy, d'essayer réellement d'oublier cette histoire. Ils devaient profiter du restant de leurs jours du mieux qu'ils pouvaient. Pourquoi donc tout remettre sur la table, retourner une nouvelle fois le couteau dans la plaie ? Ils avaient besoin de s'en guérir.

Et si, cependant, comme Laura l'avait suggéré, leurs souvenirs pouvaient finalement permettre de résoudre l'énigme du meurtre de leur fils ? Y avait-il quelque part un monstre en liberté, capable de faire à un autre petit garçon ce qu'avait subi le leur ? N'avait-elle pas, avec son mari, l'obligation morale de tout mettre en œuvre pour préserver la vie d'autres enfants ?

Marta éplucha un oignon blanc. En le coupant en lamelles, elle se mit à pleurer. Bonne excuse pour verser des larmes.

89

Après les résultats du basket qui clôturaient le journal du soir, Kitzi ne put attendre. Pendant qu'elle prenait son manteau de fourrure dans le placard, Missy, impatiente de sortir, gratta contre la porte. Kitzi accrocha la laisse au collier du caniche.

Dans l'ascenseur, elle se demanda à quelle heure tardive rentrerait Joel.

Claire, sa secrétaire, avait appelé pour signaler que l'émission du lendemain soir était loin d'être prête et que Joel ne savait à quelle heure il serait de retour.

Kitzi doutait que l'idée de la faire prévenir ait pu germer dans l'esprit de Joel. La secrétaire était au courant de la façon dont il traitait son épouse. Apitoyée par ce manque d'égards envers une autre femme, Claire avait sans doute pris l'initiative d'appeler Kitzi pour l'avertir du retard de son mari.

Missy trottait de ses petites pattes sur le marbre du hall. Le concierge les salua au passage.

— Il fait très froid, madame Malcolm, et il y a du verglas. Soyez prudente !

Kitzi approuva de la tête et sortit dans la nuit glaciale.

90

« Ça devrait aller sans problème. »

Dieu merci, la plupart des êtres humains avaient leurs petites habitudes. Cependant, Kitzi avait menti à la télévision en déclarant qu'elle promenait son caniche tous les jours. Les trois derniers soirs, elle ne l'avait pas fait. Son assassin avait cette toux sèche et opiniâtre pour le prouver.

Bien entendu, la cigarette n'arrangeait rien.

Il fallut attendre dans l'obscurité, en plein frimas, que Kitzi sorte avec Missy, la petite compagne frisée qu'elle avait tenue sur ses genoux pendant l'interview.

Et observer la forme féminine enveloppée dans son vison qui avançait prudemment sur l'asphalte gelé du trottoir de la Cinquième Avenue, évitant les plaques de glace, puis tournait dans une rue transversale plus tranquille, le caniche tirant sur sa laisse.

Traverser ensuite la large chaussée et suivre sa cible, les doigts serrés sur le manche du cutter, lisse et chaud au toucher, au fond de la poche du caban en poil de chameau.

Marcher à grands pas pour rattraper sa proie.

Lire, enfin, la panique dans ses yeux, au moment où Kitzi réalisait ce qui lui arrivait.

Maintenant, c'était réglé. Le témoin oculaire ne parlerait plus.

Il n'y avait aucun raison de tuer le petit animal frisé.

91

Mardi 18 janvier

La sonnerie stridente du téléphone perça les ténèbres, tirant Joel d'un mauvais sommeil. Il tâtonna à la recherche de l'interrupteur de la lampe de chevet.

Trois heures du matin. Et il n'était couché que depuis une heure.

Il ne sentit pas la présence de Kitzi à ses côtés. Il ne s'en alarma pas le moins du monde. Sa femme avait pris depuis des mois l'habitude de dormir dans l'autre chambre. Cette nuit, lorsqu'il était rentré des studios, il n'avait pas jugé utile d'entrouvrir la porte de la chambre d'ami. Il n'avait aucune envie de coucher avec elle non plus.

La sonnerie insistante se poursuivit. Il décrocha.

— Oui ?

— Monsieur Malcolm, je... C'est Martin, le concierge. Je suis désolé de vous déranger à une heure aussi tardive.

— J'espère que vous ne m'appelez pas pour rien, grommela Joel.

— Monsieur Malcolm, je crois qu'il faut que vous descendiez tout de suite. Il y a eu un...

La voix du concierge se fit inaudible, et Joel perçut l'aboiement du petit chien près de lui.

— Parlez plus fort, bon sang ! De quoi s'agit-il ?

— Un accident, monsieur Malcolm. Il y a eu un accident. Venez immédiatement, je vous en prie.

92

A KEY Television, on ne parlait que de cela.

Le corps de Kitzi Malcolm avait été retrouvé dans une petite rue transversale, non loin de son domicile de la Cinquième Avenue, grâce à un passant attiré par les jappements répétés de Missy.

Le personnel des *news* était plus abasourdi encore par la rumeur qui se répandait dans ses locaux : Joel Malcolm s'était retranché dans son bureau pour préparer la prochaine édition de « Plein Cadre », qui allait être diffusée dans la soirée. Même le plus blasé des journalistes était stupéfait qu'il soit au travail, quelques heures seulement après la découverte du cadavre de sa femme.

D'une manière ou d'une autre, Joel avait eu la présence d'esprit d'appeler l'équipe de permanence au service des Informations de KEY News pour faire partir sur-le-champ une équipe vidéo.

Dans les salles de montage, on visionnait plan par plan les cassettes tournées sur le lieu du crime. Matthew et Laura se trouvaient réquisitionnés pour collaborer à cette tâche.

La bande qui défilait sur le moniteur fascina Laura. Il faisait encore nuit au moment où les caméras étaient arrivées sur place. Laura reconnut la clarté des puissants projecteurs alimentés par des batteries. Un cordon de plastique jaune et noir interdisait l'accès au périmètre immédiat du cadavre.

Sur la bande-son, Laura reconnut aussitôt la voix qui aboyait aux policiers : « Comment cela, les caméras ne sont pas autorisées à pénétrer à l'intérieur de ce périmètre ? Il s'agit de ma femme, bordel de Dieu ! J'ai le droit d'enregistrer la scène. Je l'exige ! »

De toute évidence, les policiers ne cédaient pas, puisqu'elle entendit ensuite Joel indiquer au cadreur de zoomer le plus possible vers le fond de la rue. Laura vit alors la scène se rapprocher.

Des agents de police et des enquêteurs étaient rassemblés autour d'un lourd camion-benne vert garé tout au fond. La caméra fit un plan d'ensemble centré sur le véhicule. A l'arrière du camion, un peu en dessous de lui, s'étendait la bâche de plastique jaune recouvrant le corps de Kitzi Malcolm.

Laura perçut de nouveau la voix de Joel.

« Ils ne peuvent pas m'empêcher d'y aller. Je suis son mari. »

L'objectif changea de focale, le cadre s'élargissant pour capter l'image de Joel, qui avait franchi le cordon jaune et avançait d'un air important vers le bout de la rue. Il fonça tout droit vers la bâche de plastique et, avant que les policiers aient pu faire quoi que ce soit, il la rabattit pour découvrir le visage de sa femme.

Laura entendit le cameraman jurer en zoomant avec fébrilité sur la tête de Kitzi Malcolm.

Elle eut envie de vomir.

— Arrête la bande, dit-elle à la monteuse.

Le visage ensanglanté de Kitzi s'étalait sur l'écran du moniteur.

— Ce type n'est qu'une brute, siffla Matthew entre ses dents, et il palpa le tissu de sa veste, pour vérifier la présence de ce dont il avait besoin.

93

Laura referma la porte de son bureau derrière elle, se dirigea vers le téléphone et fit machinalement défiler les messages du répondeur vocal.

« Laura ? C'est moi, Francesca. J'ai repensé à l'offre que tu m'as faite de venir vivre m'installer chez toi. Si elle tient toujours, j'accepte ta proposition. Je veux avoir quitté l'appartement à la fin du mois. D'ici là, je n'aurai pas le temps de trouver un nouveau logement. Merci beaucoup, ma chérie. Appelle-moi quand tu peux. *Adiós, amiga.* »

La jeune femme tapota les touches de son téléphone. Enfin une bonne nouvelle.

Francesca décrocha à la deuxième sonnerie.

— *Mi casa es su casa, mi amiga.*

— *Gracias, gracias, gracias !* répondit son amie dans un rire. Je vois que les moments que tu passes à East Harlem profitent à ton espagnol !

— Ne te moque pas. Après ce qui s'est passé aujourd'hui, je ferais aussi bien quitter ce business malsain pour me chercher un job de professeur dans le quartier.

— Ma chérie, tu as tant d'argent, désormais, que tu peux te permettre de suivre toutes les envies de ton petit cœur !

— Exact, admit Laura. Tu ne vas pas croire la dernière folie qui nous est arrivée, ici.

En soupirant, elle décrivit à Francesca les images qu'elle venait de voir, avec la prestation de Joel.

— Ce mec est complètement dérangé. Mais je crois que je vais quand même regarder l'émission de ce soir.

— C'est cela, le problème, Francesca. Tu vas être devant ton poste, comme des millions d'Américains. Le taux d'audience va crever le plafond. Et tout va continuer sur ce rythme.

94

— Vous ne devriez pas rester seule, ce soir, insista Matthew. Pourquoi ne pas venir chez moi, nous regarderons l'émission ensemble. Je vais commander une pizza, mettre deux ou trois bières au frais, et nous pourrons nous lamenter sur nos sordides petites vies.

Après quelques secondes d'hésitation, Laura accepta.

Elle passa ensuite à son appartement pour prendre une douche et se changer. Elle se sentait sale, fatiguée et effrayée.

« Le meurtre de Gwyneth. Et maintenant, celui de Kitzi Malcolm, son témoin oculaire. » Elle frissonna en entrant dans la douche, sous le jet brûlant. Heureusement, Francesca avait accepté de venir vivre avec elle dans l'ex-appartement de Gwyneth. Après ce qui s'était passé, elle doutait d'avoir le cran de s'y installer seule. Son minuscule logement de la tour Cromwell lui parut tout à coup un havre de paix, et la présence de ses voisins, les Pilsner, lui sembla rassurante, même si elle ne les connaissait pas.

Elle s'essuya, passa un pull à col roulé, enfila son jean préféré et une paire d'épaisses socquettes de coton blanc. Elle était trop fatiguée pour se remaquiller. Matthew devrait l'accepter telle qu'elle se présenterait devant lui, *au naturel*.

Hélant un taxi devant son immeuble, elle indiqua au chauffeur hispanique l'adresse de Matthew, dans l'East Side. Alors qu'ils traversaient Central Park, elle lut le nom du conducteur sur la plaque de sa licence, apposée au dos de son siège.

José Rios. Joe Rivers, s'amusa-t-elle à traduire en elle-même, songeant aux leçons d'espagnol de son petit professeur. La pensée qu'il y avait Jade dans sa vie la réconforta. Elle s'évadait grâce à l'enfant d'un travail qui la mobilisait trop. Il lui fallait une vie plus équilibrée.

Matthew pourrait être celui qui l'aiderait. Si du moins elle lui en laissait la possibilité.

La pizza était prête lorsque Laura fit son apparition. Ils mangèrent, burent leur bière de bon cœur, se lançant des plaisanteries macabres sur Joel et KEY News pour détendre l'atmosphère avant le début de l'émission.

Laura consulta sa montre.

— Où est la télécommande ? « Plein Cadre » va commencer !

Matthew afficha tout à coup une expression de défi.

— Qu'est-ce qu'il y a ? demanda Laura.

— Et si on jouait les vilains rebelles ? proposa-t-il.

Laura s'immobilisa.

— Ne regardons pas ce foutu show, Laura.

Ses yeux brillaient d'une joie espiègle.

Laura ne put retenir son rire.

— C'est une plaisanterie, non ?

Matthew marqua un temps d'arrêt, comme s'il réfléchissait.

— Non, pas du tout. Nous avons déjà tout vu. Pourquoi nous l'infliger une nouvelle fois ? De plus, la tentation de se soustraire au chef-d'œuvre journalistique de Joel séduit l'hérétique qui dort en moi !

Matthew se leva et vint s'asseoir sur le canapé au côté de Laura.

— Je pensais à une autre façon de passer la soirée, bien plus intéressante pour nous deux.

Il se pencha vers elle et embrassa doucement ses lèvres. Puis, il fixa son visage et caressa ses brillants cheveux blonds.

— Tu es encore plus belle sans maquillage, murmura-t-il.

Il écarta sa frange et déposa un baiser sur la fine cicatrice qui barrait son front.

— Alors ? On la regarde ou non ?

Dès cet instant, ils n'accordèrent plus aucune attention à la télécommande.

Quand, au petit matin, Laura se réveilla entre les bras de Matthew, elle lui avait raconté pendant la nuit la plus grande partie de son enfance et de sa jeunesse auprès d'Emmett.

95

Mercredi 19 janvier

Une simple poussée du haut d'un toit, une paire de ciseaux plantée dans le cou, un coup de cutter à la gorge. Comme il était facile de tuer ! Il suffisait d'ouvrir les yeux et de faire attention. Les médias offraient plein d'idées.

Ce matin, par exemple, les journaux avaient raconté l'histoire d'une étudiante morte après avoir absorbé à son insu une dose de GHB, la « drogue des violeurs ». Il s'agissait d'un poison violent qui paralysait le système nerveux central. Comme le GHB rendait souvent inconscient pendant les premières minutes de son absorption, il était utilisé par des « prédateurs sexuels » qui versaient la drogue dans le verre de leur victime.

L'article expliquait que le GHB, ou gamma-hydroxybutyrate, était incolore, sans odeur et sans goût. Si le produit, en toute petite quantité, provoquait euphorie et hallucinations, un dosage légèrement supérieur rendait inconscient ou causait des troubles respiratoires, voire entraînait la mort en quelques minutes. Après avoir ingéré une dose létale de GHB, la jeune fille de seize ans dont il était question était tombée dans le coma, puis décédée.

La drogue se diffusait très vite dans le sang et sa présence se révélait extrêmement difficile à détecter à l'autopsie.

« Parfait. »

Pour couronner le tout, le toxicologue cité par le journal indiquait ensuite que l'on pouvait facilement se procurer une recette pour synthétiser le GHB en cherchant sur Internet.

« Et c'est parti pour un petit tour sur le Web ! Juste au cas où. »

96

Il avait longtemps évité cette corvée, mais il s'apprêta à feuilleter l'album de souvenirs que leur avait confié Emmett Walsh. Après leur nuit, il se dit qu'il devait s'y mettre. Quoiqu'il ne se fût pas ouvert à elle de ses inquiétudes, il craignait pour leur sujet sur Palisades Park. Ils n'avaient tout simplement pas assez de matière. Il souhaita trouver des éléments intéressants dans l'album, mais il n'y comptait pas trop.

Matthew étudia soigneusement les photographies contrecollées sur l'épais papier noir. Il y avait des images du Cyclone, pris sous tous les angles. Le père de Laura devait être réellement tombé amoureux des vieilles montagnes russes.

C'était drôle, le peu qu'ils avaient en commun, pour autant qu'il ait pu les observer. Et, physiquement, elle ne lui ressemblait pas non plus. Elle devait tenir davantage de sa mère.

Matthew continua à feuilleter l'album de souvenirs. Emmett était visiblement un collectionneur acharné : il avait gardé des couvercles de boîtes d'allumettes à l'emblème du parc, des coupons de réduction, des tickets de manèges ou d'attractions, de vieux autocollants. Les graphistes pourraient peut-être en tirer quelque chose. Il marqua plusieurs pages à l'aide de Post-It jaunes.

A la fin de l'album, il trouva encore d'autres photographies, dont plusieurs images prises lors de spectacles offerts gratuitement aux visiteurs du parc. Il reconnut sans peine Diana Ross et les Supremes, et les Jackson Five.

Sur la dernière page était fixée une ultime photo des montagnes russes, devant lesquelles posaient un jeune homme et une jeune fille, bras dessus bras dessous. Matthew cligna des yeux, certain que le garçon aux cheveux sombres n'était autre qu'Emmett plus jeune. La jeune fille avait de longs cheveux sombres, séparés par une raie au milieu. Si c'était la mère de Laura, d'où cette dernière tenait-elle donc sa chevelure blonde ?

Il se promit d'interroger Laura. Il avait tant de choses à lui demander.

97

Jeudi 20 janvier

Avant d'aller au travail, Laura fit halte à la laverie, où elle punaisa une petite annonce pour mettre en vente l'essentiel de ce que contenait son ancien appartement. Elle ne prévoyait de transférer dans son nouveau logement que ses vêtements, ses livres, son micro-ordinateur et quelques posters encadrés.

Elle aurait voulu contacter Delia, pour lui annoncer que Francesca et elle viendraient dimanche apporter quelques affaires, mais la bonne était apparemment déjà partie vers d'autres cieux. Laura ne pouvait pas lui en vouloir. Après avoir pris connaissance du legs de Gwyneth, Delia s'était sûrement sentie dégoûtée.

Elle avança à pas rapides sur le trottoir de Broadway, ne s'arrêtant que pour acheter une douzaine de roses jaunes chez un épicier coréen. Elle ne les paya pas moins de six dollars. Laura pouvait désormais se permettre de faire des folies. Mais elle n'arrivait toujours pas à réaliser qu'elle n'aurait jamais plus aucun souci d'argent.

Elle n'était pas pour autant délivrée de toutes ses inquiétudes. « La vie est comme ça », songea-t-elle. La date de bouclage de leur sujet sur Palisades Park approchait dangereusement et ils étaient encore loin du compte.

Les parents de Tommy Cruz n'avaient pas encore répondu à sa demande d'interview. Elle ne souhaitait pas les harceler ; cependant, elle allait devoir les appeler dans la journée, pour connaître leur décision.

Il fallait encore dénicher en Floride ce flic à la retraite pour l'interroger à propos de ses souvenirs d'enquête.

Et la crainte que son père ait pu se trouver mêlé à ce qui s'était passé trente ans plus tôt ne cessait de la tarauder.

Dieu merci, Matthew travaillait sur l'affaire, à ses côtés.

98

— Viens, je t'emmène déjeuner. Nous devons fêter quelque chose !

Laura se tenait sur le seuil du bureau de Matthew, un grand sourire aux lèvres.

Il leva les yeux vers elle, ravi et surpris.

— Laisse-moi deviner... Notre soirée ensemble ?

— Chut ! fit-elle en pénétrant dans la pièce. Pas besoin de mêler toute la rédaction à nos affaires !

— Je me fiche qu'ils le sachent.

Il lui sourit.

— Et même, précisa-t-il, j'en serais plutôt fier. De toute façon, ici, tout finit par se savoir.

— Gardons-le au moins pour nous aussi longtemps que possible, d'accord ?

Laura lui mit la main sur l'épaule ; elle sentit sa force sous la chemise.

— Entendu, si tu le vois ainsi ! approuva-t-il en faisant un effort pour se retenir de la prendre dans ses bras. Mais que veux-tu donc célébrer ?

— J'ai des nouvelles des Cruz : ils acceptent l'interview ! J'ai tout mis en place, pour lundi matin.

99

Au grill de la cafétéria, Mike Schultz commanda un cheeseburger et une portion de frites géante. « Que les docteurs aillent se faire foutre ! »

Il paya son repas, se fraya un chemin dans la salle bondée à la recherche d'une place libre, et en dénicha bientôt une dans un angle. Habituellement, il emportait son repas et l'engloutissait dans son bureau, au prix d'une demi-douzaine d'interruptions. Aujourd'hui, il avait besoin de s'asseoir vingt minutes, de se relaxer.

A la maison, ça allait plutôt mal. Il s'inquiétait au sujet de Nancy. Elle se montrait si négative, si déprimée en permanence.

Ils avaient effectivement des soucis financiers. Toutefois, rien de dramatique. Leurs trois gosses étaient adorables. Ils étaient tous les cinq en bonne santé. N'était-ce pas ce qui importait ?

Il perdait patience vis-à-vis de sa femme. En rentrant chez lui, après une journée stressante à KEY News, il espérait trouver le calme et la tranquillité. Au lieu de quoi Nancy gémissait devant lui, à propos de tout ce qu'elle aurait voulu faire dans la journée, mais n'avait pas su accomplir. Dans ces moments-là, il aurait voulu la secouer un bon coup.

Pourquoi était-elle si malheureuse ?

Il lui restait quelques jours de congé à prendre. Il pourrait peut-être réserver deux billets d'avion pour la Floride et ils partiraient une semaine au soleil. Rien qu'eux deux.

Bien entendu, Nancy déclarerait qu'il n'était pas question d'abandonner les gosses. De ça aussi, Mike allait devoir s'occuper. Il appellerait les parents des meilleurs copains des trois enfants et leur demanderait de les prendre chacun deux jours. Les Schultz auraient sans doute l'occasion de leur rendre la pareille.

Oui, quelques jours à se dorer la pilule pourraient faire le plus grand bien à leur couple.

Mike mâchonna son cheeseburger en mettant au point son plan, sans remarquer Matthew et Laura qui venaient dans sa direction, plateaux repas en mains.

— Hello, Mike ! Peut-on s'asseoir à côté de toi ?

D'un geste de sa large main, Mike les invita à prendre place.

— Je vous en prie !

Tandis qu'ils déposaient leurs plateaux sur la table, Mike émit un petit rire.

— Vous devez vous sentir fous furieux, après ce qui s'est passé !

Ses deux compagnons gémirent à l'unisson.

— Comment Joel fait-il pour tenir le coup ? s'interrogea Mike, plongeant une poignée de frites dans le ketchup avant de les avaler goulûment.

— Pas trop mal, pour un type qui vient de perdre sa femme.

Matthew secouait la tête d'un air de dégoût.

— Tu connais sa devise : « Que le spectacle continue ! »

— Hélas ! Sinon, rien de nouveau, du côté de l'enquête sur le meurtre de Kitzi ?

— Non, pas que je sache, déclara Laura en ouvrant un sachet de moutarde forte. Enfin, connaissant Joel, il va sans doute trouver du neuf pour l'émission de la semaine prochaine.

Mike poussa un long soupir.

— Bon sang, j'avoue que malgré la façon écœurante dont m'a traité Joel, ce fut une bénédiction que de me faire virer de « Plein Cadre ». Sans le vouloir, Gwyneth et Joel m'ont accordé une faveur !

— Tu ne m'as jamais vraiment raconté ce qui s'était passé, Mike, glissa Laura. Et je n'ai pas osé te le demander, jusqu'ici.

Mike hocha la tête en se tournant vers Matthew.

— Il pourrait te le dire. N'est-ce pas, Matthew ?

Mike n'attendit pas la réponse.

— J'en ai été malade, dit-il en se levant de table. Bon, il faut que je remonte.

100

Vendredi 21 janvier

L'officier de police à la retraite Ed Alford vidait une valise de vêtements lorsque retentit la sonnerie du téléphone dans sa résidence d'Ocean Ridge, Floride.

— Monsieur Alford ?

— Je vous écoute.

— Monsieur Alford, mon nom est Laura Walsh. Je suis productrice à KEY News. Je travaille actuellement sur un documentaire d'enquête, et vous pourriez peut-être m'aider

A travers la fenêtre de sa chambre, Alford fixa la vue imprenable sur la côte.

— De quoi s'agit-il ? demanda-t-il d'un ton brusque.

Il n'avait aucune intention d'accepter quoi que ce soit avant de savoir au juste ce qu'elle voulait.

— La disparition de Tommy Cruz. Ses restes ont récemment été mis à jour, trente ans après.

— Ah oui ! J'en ai entendu parler.

— D'après ce que j'ai compris, vous aviez participé à l'enquête ? commença-t-elle.

— C'est exact.

— Eh bien, j'aimerais vous interviewer à propos de cette affaire, pour l'émission « Plein Cadre ». Vos impressions, vos souvenirs, etc.

Alford triturait le cordon du téléphone.

— Je ne sais pas.

Sa voix était fuyante. Il reprit :

— Que dit la police de Cliffside Park ?

— Pas grand-chose, avoua Laura avec franchise. Ils déclarent éviter tout commentaire au sujet des enquêtes qu'ils mènent.

— Ça paraît sensé, vous ne trouvez pas, mademoiselle Walsh ?

Laura ignora la remarque.

— Nous voudrions vous interroger sur ce qui s'est produit *autrefois*. Sur ce que pensait alors la police.

— Je ne pourrais parler qu'en mon nom. Et ne rapporter que mes convictions d'il y a trente ans.

— Ce serait parfait, assura Laura, pleine d'espoir. Quel fut votre sentiment, après les faits ?

— Évidemment, nous n'avons pas pu le prouver, à l'époque. Mais après de nombreux entretiens avec ses parents, ses voisins, ses professeurs, je savais que le garçon n'était pas un fugueur. Mon instinct me disait que Tommy Cruz était mort à Palisades Park. J'en étais convaincu.

— Seriez-vous disposé à le répéter devant une caméra ?

Alford réfléchit quelques secondes. « Pourquoi pas ? » Il ne gênerait pas l'enquête actuelle, de toute façon.

— Il faudra que l'entretien se passe ici. Ma femme et moi redescendons à peine de l'État de New York. Nous sommes allés rendre visite à mon fils, ma belle-fille et nos petits-enfants ; ils vivent à Long Island.

« Voilà pourquoi on ne pouvait pas le joindre », songea Laura. Dommage qu'elle n'ait pas su qu'il se trouvait si près d'elle.

— Très bien, monsieur Alford. Nous viendrons à vous.

101

Nancy Schultz remua dans la casserole la soupe de nouilles au poulet achetée en conserve. Elle avait l'impression de devenir folle.

Brian était rentré de l'école avec un refroidissement. La semaine précédente, c'était Aaron. La semaine prochaine ce serait le tour de Lauren, si la logique était respectée.

Elle aimait ses enfants. Évidemment. Mais devoir rester cloîtrée chez elle à cause d'eux, cela lui tapait sur les nerfs.

Nancy contempla le paysage grisâtre à travers la vitre. Sans doute devait-elle accepter la suggestion de Mike et aller faire un tour avec lui en Floride. Il avait raison. Il fallait qu'il fasse une pause, pour couper le stress du bureau. Elle aussi avait besoin d'une pause, en tant que mère au foyer surchargée.

A titre d'illustration, Brian l'appela d'une voix plaintive depuis le salon où il regardait la télévision, enroulé dans un édredon.

— J'arrive dans une seconde, mon chéri, soupira-t-elle.

Elle versa la soupe dans un bol, le posa, à côté d'une cuillère, sur le plateau où elle avait arrangé un napperon, et l'apporta à son fils de six ans.

— Je m'ennuie, maman, gémit Brian d'une voix enrouée.

— Mange ta soupe, mon lapin. Tu te sentiras mieux.

— Mais je n'ai rien à faire. Je voudrais m'amuser à un jeu ! supplia-t-il.

Génial. Il allait falloir le distraire par l'un de ces jeux à n'en plus finir. Son cerveau allait se racornir encore davantage.

— Tu sais quoi, lui répondit Nancy, résignée, en se dirigeant vers le coffre à jouets. Dès que tu auras fini ta soupe, on va faire une partie de « Casper le Gentil Petit Fantôme ».

Le jeu préféré de Brian.

102

Samedi 22 janvier

La mère de Jade avait appelé Laura pour lui demander si l'on pouvait décaler la séance de tutorat dans l'après-midi. Laura avait accepté, profitant de la matinée pour aller chercher à la supérette des cartons vides, dans lesquels elle avait rangé ses livres et ses sous-verre, en prévision de leur transport dans son nouvel appartement des beaux quartiers.

Jade revenait d'un anniversaire où elle s'était gavée de sucreries. Elle était tellement surexcitée que Laura passa rapidement des leçons à sa version spéciale de *Jeopardy !*

— « Quand il était petit, on se moquait de lui parce que sa mère n'était pas mariée au moment de sa naissance. En 1971, il a fondé une organisation nommée Opération PUSH, qui se battait pour l'égalité de tous. Il a tenté une fois d'être le candidat démocrate à la Maison-Blanche, et il a dirigé la Rainbow Coalition. »

— Jesse Jackson ! hurla Jade.

— Chut, Jade ! Inutile de crier. Mais la réponse est bonne.

— Encore une, Laura. S'il te plaît, encore une ! demanda Jade, qui y prenait visiblement plaisir.

— OK, concéda Laura en cherchant dans ses cartes de questions-réponses. En voilà une. « Il a commencé sa carrière de base-ball dans la Negro League, au temps où les Noirs n'étaient pas autorisés à jouer avec les Blancs. Cependant, il a terminé sa carrière à New York, chez les Giants, puis chez les Mets ».

Jade fronça les sourcils. Elle ne connaissait pas la réponse.

— Willie Mays, fit Laura à sa place.

Jade prit un air affligé, contrairement à son habitude.

Laura jeta un regard à sa montre et se rendit compte qu'il restait encore plus d'une heure avant que Myra vienne reprendre sa fille. Elle n'espéra pas tirer davantage de son élève, visiblement fatiguée.

— Et si on allait faire une balade ? proposa-t-elle.

— Quel genre de balade ? interrogea la petite fille en se ranimant.

Laura réfléchit vite.

— Si l'on allait marcher un peu dans ton quartier ? Tu me ferais visiter.

— Tu veux dire que je serais ton guide ? demanda Jade, dont l'entrain revenait.

— Oui. D'ac' ?

Elles revêtirent leur parka, nouèrent leur écharpe et enfilèrent leurs gants de laine. En sortant du bâtiment du centre d'entraide sociale, Jade ouvrit la voie vers les blocs d'immeubles crasseux d'East Harlem. Les plaques de vieille neige sur le trottoir se teintaient de suie. Des ordures s'étalaient devant les entrées communes. Une voiture de police passa dans la rue à vive allure, toutes sirènes hurlantes.

Une balade comme une autre.

Elles suivirent la 106e rue vers l'ouest, Jade récitant les noms de quelques-uns des habitants des immeubles fatigués aux murs écaillés. Un chien pelé, de race incertaine, divaguait sur la chaussée. Laura entraîna Jade plus loin.

Lorsqu'elles atteignirent Lexington Avenue, Laura songea à faire demi-tour pour rentrer.

— Si on allait à Central Park ? pressa Jade. De là, on pourrait revenir au point de départ.

Elles obliquèrent et marchèrent le long d'un nouveau bloc d'immeubles, en meilleure condition celui-ci, au soulagement de Laura. Avant de déboucher sur Park Avenue, elles passèrent devant une grande église de brique, surmontée de trois arcades géantes. « Paroisse Sainte-Cécile » lut Laura sur le fronton. Il y avait la même inscription à côté, en espagnol : *« Parroquia Santa Cecilia »*. La jeune femme déchiffra une phrase inscrite plus bas, dans les deux langues : « Comme Dieu fut bon ! » et *« Que bueno ha sido Dios ! »*

— Tu veux entrer ? proposa Jade. Moi et maman, on y va souvent.

— Il faut dire : maman et moi y allons souvent, corrigea machinalement Laura, tandis que l'enfant poussait le battant de l'une des lourdes portes d'entrée, qu'un mendiant l'aida à ouvrir.

Il n'y avait qu'une douzaine de personnes à l'intérieur, éparpillées sur les bancs. Bien que Laura, à sa honte, ne soit pas allée à la messe depuis une éternité, elle reconnut les gestes de l'eucharistie célébrée par le prêtre. Se dirigeant en silence vers l'une des nefs latérales, Jade et Laura se glissèrent dans une rangée vide et s'agenouillèrent suivant l'exemple des autres.

Laura se sentit apaisée par l'enchaînement des répons, entre le prêtre et le chœur des fidèles. Puis l'ecclésiastique rompit l'hostie en fragments au-dessus d'un calice.

— *« Cordero de Dios, que quitas el pecado del mundo, ten piedad de nosotros. »*

« Cordero de Dios, que quitas el pecado del mundo, ten piedad de nosotros. »

« Cordero de Dios, que quitas el pecado del mundo, danos la paz. »

Laura se sentit rassérénée lorsqu'elle traduisit mentalement :

— « Agneau de Dieu, qui enlève les péchés du monde, donne-nous la paix »

— *« Cordero de Dios... »*

103

Un film et un bon restau italien. Pour Laura, cela faisait une excellente sortie à deux pour un samedi soir. Si du moins Matthew était bien la bonne personne.

— Laisse-moi te donner un coup de main pour déménager tes affaires demain, insista-t-il alors qu'ils s'attardaient devant un expresso.

Laura accepta volontiers, plus pour l'occasion d'être avec lui que par besoin d'aide.

— Nous devons faire attention, tout de même. Nous risquons de nous lasser d'être toujours ensemble.

— Je ne serai pas le premier à m'en plaindre. Tu es si bonne pour moi, Laura.

Matthew contempla l'adorable visage encadré de cheveux blonds qu'illuminait la bougie à leur table. Il était parfaitement conscient de n'avoir pas pris un seul Valium depuis le début de la journée. D'un air dégagé, il tendit sa carte American Express au serveur.

— On y va ?

— Hmm hmm.

La température était étonnamment douce pour un soir de janvier. Ils entamèrent une promenade tranquille, main dans la main, passant près du Lincoln Center scintillant de lumière, longeant les murs du Metropolitan Opera et ses fresques de Marc Chagall. Quelle chance d'avoir tout ceci autour de soi !

Mue par une impulsion, Laura se tourna vers Matthew.

— Veux-tu voir mon nouvel appartement ?

Un large sourire se dessina sur son visage.

— J'en meurs d'envie.

Ils avancèrent en flânant jusqu'à la nouvelle adresse de Laura, sur l'élégante avenue de Central Park West.

Matthew sifflotait lorsqu'ils sortirent de l'ascenseur pour pénétrer dans le grand vestibule. Le lustre aux cent cristaux éclaira leur chemin jusqu'au living-room. Rehaussées par la brillante lumière qui se déversait des appliques en forme de coquillages et des lampes de porcelaine, les riches nuances rouge et bleu du tapis persan couvraient presque entièrement le parquet. Un somptueux panneau oriental ajouré décorait un mur, faisant face à un grand papier découpé de Matisse. Le luxueux mobilier avait été disposé dans la pièce par un décorateur expert.

— Seigneur ! s'exclama Matthew. Le soir de la réception, il y avait tellement de monde que je n'avais pas pu saisir toutes ces splendeurs !

— Incroyable, non ? demanda Laura. Et si peu dans mon style.

— Tu t'y habitueras peut-être, non ?

— Je l'ignore.

Elle haussa les épaules, incertaine.

— Mais il y a quelque chose au moins que je souhaiterais garder.

Elle le prit par la main, le conduisit jusqu'à la baie vitrée, et ils admirèrent, se tenant par la main, le ciel piqueté d'étoiles.

Ce fut la première nuit que Laura passa chez elle, et elle n'éprouva aucune crainte.

104

Dimanche 23 janvier

Au moment où arriva Francesca, en début d'après-midi, Laura et Matthew avaient déjà fait deux allers-retours à l'ancien appartement. Ils sortaient des livres des cartons pour les ranger sur les étagères de la bibliothèque lorsque le concierge annonça Mlle Lamb.

Tandis que Laura lui présentait sa meilleure amie, Matthew étudia son visage. Il parut troublé.

— Il me semble vous reconnaître, dit-il en détachant ses mots. Nous serions-nous déjà rencontrés ?

— Je ne le pense pas, répondit Francesca en souriant. Je me serais souvenue de vous. Je suis très heureuse de faire votre connaissance, Matthew. Laura m'a beaucoup parlé de vous.

Matthew réalisa soudain que Francesca ployait sous un lourd paquet ; il lui prit des mains le moniteur qu'elle portait.

— Oh, excusez-moi, laissez-moi vous aider ! Où doit-on le mettre ?

— Tout ce qui est ordinateur va dans la bibliothèque, indiqua Laura.

— Il est mignon, glissa Francesca à l'oreille de son amie lorsque Matthew se fut éloigné. Tout marche bien, entre vous ?

— A merveille. Je n'arrive pas à y croire.

Elles entendirent se rapprocher son pas.

— Bon, je crois qu'il vaut mieux que j'y aille, déclara Francesca en se dirigeant vers la porte. Je vous laisse tous les deux ensemble, ajouta-t-elle avec un clin d'œil à Laura.

— Attends, c'est ridicule, Francesca. Reste donc ! insista Laura.

Matthew joignit sa voix à la sienne, d'un ton sincère.

— Non, vraiment, j'ai à faire. Très heureuse de vous avoir rencontré, Matthew. Laura, je te rappelle plus tard !

Et elle disparut.

Ils retournèrent alors dans la bibliothèque, pour finir leur rangement.

— Je connais ce visage. Francesca Lamb

Matthew réfléchit. En vain, il chercha dans sa mémoire.

— Elle a été mannequin, tu sais, observa Laura. Tu l'auras certainement vue dans une pub.

— Oui, tu as sans doute raison.

105

Profitant de ce bel après-midi de janvier, d'une grande douceur pour la saison, Roger Chiocchi décida d'emmener sa fille de six ans, Catherine, faire une petite promenade dans Central Park. Au moment de quitter l'appartement, il prit le frisbee dans la caisse à jouets.

Catherine était d'une nature si sérieuse, songea-t-il en serrant la petite main dans la sienne. Elle devait sortir un peu plus, courir, s'amuser et rire dehors, comme il le faisait étant enfant. Même s'il n'avait pas grandi dans cette ville, lui.

Ils traversèrent la chaussée de Central Park West et pénétrèrent dans le parc par la porte située à hauteur de la 72e rue. De nombreux parents avaient eu la même idée. Le parc était rempli de familles, avec leurs poussettes et leurs chiens en laisse.

— Voyons si nous pouvons trouver un endroit dégagé pour lancer notre frisbee, proposa jovialement Roger.

La petite fille le suivit avec bonne volonté. Ils abordèrent pour finir un coin de pelouse vide, où l'herbe ne paraissait pas trop humide.

Roger fit pour sa fille la démonstration du geste du poignet permettant au frisbee de voler correctement. Mais Catherine se montra plus à l'aise pour courir chercher le disque de plastique que pour le lancer. Sans se démonter, il recommença son explication, jusqu'à ce que Catherine, graduellement, réussisse à attraper le coup.

— Très bien, ma chérie, prévint Roger en se reculant de plusieurs mètres. Je le lance, et toi, tu essaies de l'attraper !

Il envoya voguer le frisbee avec ce mouvement trop ample qu'il regretterait toujours, et le disque de plastique jaune passa au-dessus de la tête de l'enfant, pour atterrir dans le fourré.

— Je vais le chercher, papa ! cria Catherine, avide de retrouver le frisbee à demi dissimulé dans les broussailles.

— Attends, mon ange ! Laisse-moi faire ! Il y a des épines dans ces buissons.

L'enfant ignora l'avertissement de son père. Elle atteignit le fourré bien avant lui et s'agenouilla pour attraper son jouet.

Roger ne put jamais oublier le cri de sa petite fille lorsqu'elle toucha la botte du cadavre.

106

Son appartement était silencieux et tranquille. Mais en rentrant, Francesca remarqua avec inquiétude que la porte du placard du couloir était entrebâillée. Elle aurait juré l'avoir refermée après y avoir pris son manteau pour aller chez Laura.

Elle alluma l'électricité dans le living. Tout semblait comme elle l'avait laissé.

Elle gagna le réfrigérateur et se versa un verre de jus d'orange, puis ouvrit le bar et ajouta un doigt de vodka dans son verre, avant de se diriger vers sa chambre.

Les placards étaient ouverts, ici aussi.

Leonard était passé par là.

Son cœur battit à toute vitesse. Elle n'avait plus eu de nouvelles de lui depuis qu'elle lui avait annoncé qu'elle le quittait. Il n'avait pas appelé. Elle ne souhaitait pas le voir, n'ayant pas l'intention de revenir sur sa résolution.

Elle se demanda s'il s'était aperçu qu'il manquait certains de ses vêtements. Si oui, il avait dû être surpris car il ne la croyait sans doute pas capable de le quitter comme elle l'avait annoncé. Mais c'était bien ce qu'elle allait faire, se dit-elle avec satisfaction. Finalement, elle se montrait capable d'aller jusqu'au bout et elle s'en sentait fière.

La sonnerie de la porte d'entrée se fit entendre. Elle ne répondit pas, revint s'asseoir dans le salon et attendit, face à la porte.

Elle perçut le bruit des clés dans la serrure, regarda tourner la poignée ronde. Elle n'ouvrit la bouche que lorsqu'il poussa la porte.

— Hello, Leo.

Cueilli par surprise, il afficha une expression de stupeur.

— Où étais-tu passée ? Je te cherchais.

Francesca se pencha pour extraire une cigarette du paquet qu'elle avait laissé sur la table basse, l'alluma et souffla lentement la fumée.

— Je n'ai plus à te dire ce que je fais ni où je vais, Leonard.

— Allons, ma chérie, éteins cette cigarette. Tu sais que ce n'est pas bon pour ta santé, et tu risques de gâter ton allure. Arrêtons tout ce cirque, maintenant. Je crois qu'on est allés assez loin comme ça.

Lorsqu'il approcha, elle nota avec satisfaction que ses mains tremblaient. Il était hors de lui. Parfait. Elle se réjouit de l'avoir à son tour blessé.

Elle tira une nouvelle bouffée.

— Si tu veux vraiment savoir, j'ai commencé aujourd'hui à déménager mes affaires dans mon nouvel appartement.

Il ouvrit de grands yeux, se ressaisit et eut un méchant sourire à son adresse.

— Bien sûr. Et d'où vas-tu sortir l'argent pour payer ton loyer ?

— Je vais m'installer chez Laura. Dans l'appartement de Gwyneth Gilpatric. Celui-ci par comparaison me paraît désormais un taudis minable, tu dois t'en douter.

Le visage anguleux de Leonard s'assombrit sous l'effet de la colère. Il s'avança vers elle, lui cracha sa réponse :

— Personne ne peut me traiter de cette façon et s'en tirer sans mal, Francesca. Pas même toi. Tu m'appartiens. Tu vas bientôt le regretter. Je t'en fais la promesse.

Francesca remarqua la veine qui courait sur sa tempe, gonflée par la rage qui le saisissait ; elle l'écouta vider tout son fiel d'une voix courroucée.

— Vas-y, lance-toi, Francesca ! Essaie donc d'aller voir ailleurs. Tu reviendras te jeter à mes pieds, j'en suis absolument certain. Tu ne seras toujours que la maîtresse d'un autre. Tu n'es pas le type de femme que les hommes épousent. Et devine quoi, ma chérie ? Tu ne resteras pas éternellement belle. Je sais exactement à quoi tu ressembleras dans dix ou douze ans. Je peux le deviner d'après la structure de tes os. Ton visage va se défaire. J'ai vu des dizaines de fois se produire ce genre de choses. En fait, siffla-t-il pour conclure, j'ai déjà observé que ton cou commençait à s'épaissir.

Leonard tourna les talons et quitta l'appartement, claquant sans pitié la porte derrière lui, laissant Francesca effondrée se répandre en larmes sur le sofa.

107

Lundi 24 janvier

Matthew ayant d'autres tâches à effectuer pour « Plein Cadre », Laura dut interviewer les Cruz sans lui, ce qu'elle préférait. Elle voulait s'en occuper seule, cesser de se sentir chaperonnée en permanence.

Ce n'était pas que l'attention qu'il lui portait lui déplaisait, non. Mais, s'ils devaient avoir une relation sur un pied d'égalité, il fallait qu'elle gagne son estime en lui prouvant qu'elle pouvait se comporter en professionnelle compétente.

D'autre part, elle se félicitait aussi qu'il ne l'accompagne pas parce qu'elle voulait faire un détour, après l'interview des Cruz, pour aller parler à son père. Elle se ferait déposer chez lui par l'équipe technique et regagnerait Manhattan grâce aux transports en commun.

Felipe Cruz l'accueillit poliment à l'entrée de sa modeste maison et l'invita à le suivre à l'intérieur. Marta Cruz attendait, figée dans une attitude solennelle, au milieu du petit salon impeccable.

« Comme cela doit être dur pour eux », se dit Laura alors que les techniciens déballaient leur matériel et installaient la caméra. Les Cruz attendaient patiemment que débute l'entretien. Elle admira leur courage tranquille.

— Merci infiniment d'accepter de nous parler, monsieur et madame Cruz.

— Nous espérons que ce que nous faisons servira à quelque chose, Laura, déclara Felipe avec douceur.

— Je dois vous préciser avant tout que j'ai pu discuter avec un policier qui a participé à l'enquête ayant suivi la disparition de Tommy. Edward Alford. Vous souvenez-vous de lui ?

Le couple acquiesça aussitôt.

— Bien sûr que nous nous rappelons du lieutenant Alford, répondit Marta. Il s'est montré très gentil envers nous. Je sais qu'il a travaillé dur pendant longtemps pour retrouver la trace de Tommy. Et au cours des années même, alors que l'on ne parlait plus du tout de notre Tommy et que nous le croyions complètement oublié, le lieutenant Alford nous appelait de temps en temps. Il voulait nous demander de nos nouvelles, savoir où nous en étions.

« Ils ont réellement dû traverser de terribles périodes. » Laura s'efforça de dissimuler son émotion en continuant à les interroger.

— Le lieutenant Alford m'a assuré qu'il n'avait jamais cru que votre fils puisse être un fugueur. Il m'a dit que vous étiez des parents si dévoués, que vous formiez une famille si unie, qu'il ne pouvait souscrire à l'hypothèse selon laquelle Tommy se serait enfui de son foyer.

Felipe approuva gravement.

— Entendre dire que notre fils nous avait volontairement abandonnés nous faisait mal. Nous connaissions notre Tommy. C'était un bon garçon. Il ne se serait jamais enfui comme cela.

Felipe regarda sa femme dans les yeux et, lorsqu'il vit perler ses larmes, il lui prit la main.

— Le lieutenant Alford s'était forgé une théorie selon laquelle il était arrivé quelque chose à Tommy à l'intérieur même du parc, affirma Laura.

— Oui, nous le savions, murmura Marta. Il nous faisait part de son opinion.

— Qu'en pensez vous ?

— Nous ne savons plus quoi penser, déclara Felipe d'une voix angoissée. Quelle différence ? Notre fils est mort. Ça, nous en sommes sûrs.

Laura fixa son bloc-notes en tentant de se ressaisir. Elle avait envie de boucler rapidement l'interview afin d'éviter de les faire souffrir davantage. Cependant, elle était consciente que pour que la séquence soit valable, elle devait encore leur poser deux ou trois questions.

— Savez-vous où en est l'enquête aujourd'hui ? La police a-t-elle mentionné de nouvelles pistes ?

Felipe et Marta se regardèrent.

— La police nous a priés de ne rien déclarer tant qu'ils n'auraient pas mené à bien leur investigation, précisa Felipe Cruz.

Marta relâcha la main de son mari.

— Felipe, en trente ans, la police s'est montrée incapable de résoudre l'affaire. Comment croire qu'ils vont tout à coup y arriver ?

Elle se leva et se dirigea vers le vaisselier patiné adossé au mur. Elle ouvrit un petit tiroir, y prit un quelque chose.

— Marta ! avertit son mari.

— Je suis désolée, Felipe. Je ne t'ai jamais désobéi en quarante ans de mariage, déclara-t-elle d'un ton résolu, mais si je peux me rendre utile pour faire arrêter celui qui a porté la main sur Tommy, je dois agir. C'est un devoir envers tous les parents.

Elle tendit à Laura le rectangle de papier brillant.

— Voici la photographie d'un collier qu'ils ont retrouvé près des restes de Tommy. La police pense qu'il a pu se détacher du cou de l'une des personnes qui auraient enterré son corps. J'ai supplié les policiers de me fournir cette reproduction. Je tenais à conserver tout ce qui a à voir avec la disparition de Tommy.

Laura étudia le cliché, où figurait une chaîne au bout d'une croix. Ce pendentif ne ressemblait à aucun autre. Sa poitrine se serra lorsqu'elle réalisa qu'elle l'avait déjà vu auparavant.

108

Bien que le meurtre de Kitzi Malcolm près de la Cinquième Avenue relève du ressort d'un autre commissariat que le sien, Alberto Ortiz avait reçu communication des informations que détenait la police de l'East Side, et il leur avait fait part en retour de ce qu'il savait.

Un troisième commissariat, celui de Central Park, s'occupait du meurtre de Delia Beehan.

Un reçu de carte de crédit froissé, portant la signature de Delia, avait été retrouvé dans la poche de son manteau, ainsi qu'un trousseau de clefs dont Ortiz fut certain qu'il ouvrait l'appartement de Gwyneth Gilpatric.

L'inspecteur Ortiz avait formellement reconnu le cadavre de Delia, mais la police de Central Park se devait de rechercher les proches de la victime pour confirmer l'identification ; pour l'instant, ils n'avaient abouti à rien.

Ortiz feuilleta son bloc-notes pour retrouver l'information qu'il cherchait. Il décrocha le téléphone et composa le numéro de KEY News.

109

L'interview terminée, l'équipe vidéo rangea le matériel dans le coffre de la voiture garée devant la maison des Cruz, tandis que Laura sortait son téléphone portable.

Pas de réponse chez Emmett.

Elle consulta ensuite ses messages.

« Mademoiselle Walsh ? Inspecteur Alberto Ortiz. Pourriez-vous m'appeler, je vous prie ? C'est urgent. »

Il laissait le numéro auquel on pouvait le joindre.

Debout en plein vent sur le trottoir, effrayée par ce qu'il pourrait lui dire, Laura se força à le rappeler. Il s'en tint aux faits, et Laura s'assombrit en écoutant ce qu'il avait à lui dire.

— Je serai sur place dans une heure, conclut-elle avant d'éteindre son mobile et de le ranger dans sa veste.

— Où va-t-on, maintenant, Laura ? lui demanda le cadreur, une fois dans la voiture.

— On rentre aux studios. Mais je voudrais que vous me déposiez quelque part en chemin.

110

Laura ne regagna les locaux de la chaîne qu'au milieu de l'après-midi. Elle était pâle et paraissait épuisée. Elle alla directement dans le bureau de Matthew.

— Salut, belle inconnue ! lui lança-t-il avec un sourire accueillant. Où étais-tu passée ?

Son expression devint préoccupée lorsqu'il s'aperçut qu'elle n'allait pas bien.

— Quel est le problème ? Qu'est-il arrivé ?

Elle s'écroula sur la chaise et entreprit de déboutonner son manteau.

— Je reviens de la morgue.

— Quoi ?

— Je suis allée identifier la bonne de Gwyneth, Delia Beehan. On l'a retrouvée morte hier, dans Central Park.

— Bon Dieu, Laura, cela a dû te faire un choc terrible

Matthew saisit ses mains glacées et les frotta doucement entre les siennes, avant de les porter à ses lèvres.

— Je suis désolé, ma chérie.

Elle avait retenu ses larmes durant tout le trajet en taxi depuis la morgue, mais à cet instant, vaincue par la tendresse de Matthew, elle les laissa couler.

Il la prit dans ses bras, la serra contre lui alors qu'elle sanglotait, lui murmura que tout irait bien.

— D'une certaine façon, lui glissa-t-il en plaisantant dans l'espoir de la détourner de son chagrin, on peut maintenant dire que Joel tient un premier rôle pour son show, demain soir.

111

Mardi 25 janvier

— Pourquoi ne laisses-tu pas tomber ce satané job ? demanda Francesca. Il te stresse trop. Tu n'as pas besoin de cela, après tout ce qui s'est passé. Mon Dieu ! Laura, tu n'attends pas leur chèque pour boucler tes fins de mois !

Francesca était arrivée tôt le matin, traînant derrière elle une grande valise sur roulettes qui contenait l'essentiel de ses affaires. Elle avait trouvé Laura dans la cuisine, assise devant son café, le visage morne.

— Écoute, Francesca, ce n'est pas le fait de démissionner qui va arranger les choses. Cela ne résoudrait rien. Trois femmes, toutes les trois assassinées, et j'étais en relation avec chacune d'elles, d'une manière ou d'une autre.

— Tu veux dire qu'elles étaient liées à Gwyneth Gilpatric, plutôt ! corrigea Francesca. Je t'assure, Laura, qu'il faut que tu quittes ces cinglés et leur petit monde. Ils sont malsains.

— J'ai besoin de travailler, déclara Laura avec fermeté pour mettre fin à la discussion.

Elle se leva, la tasse à la main, et vida son fond de café tiède dans l'évier.

— Et toi, que vas-tu faire, aujourd'hui ? demanda-t-elle, soudain sarcastique.

« Une insinuation cruelle. » Laura regretta aussitôt ses paroles et le ton qu'elle avait employé. Francesca se battait pour quitter Leonard. Il n'y avait rien de bon à lui rappeler qu'elle était sans travail.

Pourtant, si Francesca était blessée, elle ne le montra pas.

— Je vais transporter d'autres affaires. Je devrai venir dormir ici à partir de la semaine prochaine, dès que j'aurai été rendre visite à mes parents.

— Tant mieux, dit Laura, qui serra son amie contre elle. J'ai hâte que tu sois là. Ça va être super de se retrouver toutes les deux comme avant.

En quittant la cuisine, Laura se retourna pour ajouter :

— N'oublie pas. Tu as promis de m'accompagner demain soir à la soirée de gala organisée pour réunir des fonds en faveur du musée de Palisades Park.

Francesca émit un soupir exagéré.

— Il faut vraiment que j'y aille ? Mon vol pour San Juan part le lendemain matin !

Pour la première fois depuis la veille, Laura sourit.

— Oui. Tu n'y échapperas pas. J'ai annoncé à Emmett que tu venais. Il est si fier que son mini-parc fasse la vedette de la soirée ! Tu ne peux quand même pas le décevoir !

112

Quand Ricky Potenza avait montré à sa mère l'encart du journal local annonçant la soirée de gala en mémoire du parc et qu'il lui avait déclaré qu'il avait l'intention d'y assister, elle avait été sidérée.

Il s'était tenu très tranquille depuis leur déplacement à KEY News pour cette interview, ce qui ne le changeait pas beaucoup. Rose avait osé croire à une amélioration mais, cette fois encore, son espoir restait vain.

Elle ne s'attendait pas le moins du monde à son insistance à se rendre à cette soirée. Fallait-il le prendre comme un signe positif ? Ricky était-il en train, à sa manière, de s'arranger avec le passé, de faire la paix avec son enfance, tellement liée à Palisades Park ?

Cela valait sans doute d'être tenté. Elle pouvait se débrouiller pour payer leurs réservations, grâce aux économies qu'elle accumulait patiemment mois après mois. Pour le bien de son fils, lui qui montrait si rarement de l'enthousiasme, elle sacrifierait avec plaisir le pèlerinage en bus qu'elle devait faire en compagnie d'autres fidèles de la paroisse. Tout, pourvu que Ricky soit heureux.

« Je vous en prie, mon Dieu, faites qu'il aille mieux ! »

En prononçant sa prière, Rose se préparait déjà à n'être pas exaucée.

113

La mort de Delia Beehan allait faire la une de la nouvelle édition de « Plein Cadre », mais Laura ne voulait participer en rien à l'émission. La date de diffusion de son sujet sur Palisades Park approchant, elle lui fournit une excuse.

Elle se rendit à la bibliothèque, dans les étages supérieurs du bâtiment de KEY News, et gagna la salle où s'alignaient les dossiers de presse.

Elle sortit la chemise contenant les articles sur Gwyneth Gilpatric et feuilleta rapidement les liasses à la recherche du document auquel elle pensait.

La photo de fin d'année tirée de l'album de Gwyneth.

Plissant les yeux, elle étudia le pendentif que portait la jeune fille. De toute évidence, il s'agissait de la même croix de marcassite que sur la photo détenue par Marta.

« Qu'est-ce que cela signifie ? » se demanda Laura. Gwyneth Gilpatric n'aurait pas pu enterrer Tommy Cruz. Trop invraisemblable. Refusant d'y croire, elle tenta d'écarter cette idée de son esprit.

Mais elle n'y parvint pas.

Impossible à croire, excepté pour Emmett, peut-être. La relation entre Gwyneth et son père, prouvée par les chèques qu'elle lui signait chaque mois, créait un lien entre Gwyneth, le père de Laura et son cher Palisades Park. Et si Gwyneth était liée à la disparition de Tommy Cruz, cela voulait dire que son père, lui aussi, l'était.

Gwyneth envoyait-elle de l'argent à son père pour que celui-ci ne parle pas ?

Laura tourna les articles découpés, sans trop savoir ce qu'elle cherchait. Elle examina une photo sur laquelle Gwyneth recevait un Emmy Award : la journaliste avait l'allure d'une professionnelle accomplie, au somment de la carrière qu'elle s'était forgée.

Elle ne paraissait pas être le genre de femme impliquée dans un meurtre.

Laura allait refermer le dossier, lorsqu'elle tomba sur un article rapportant la présence de Gwyneth aux obsèques d'un informateur qui lui avait permis de réaliser l'un de ses sujets d'investigation. Parce qu'elle l'avait jugé accessoire, Laura l'avait laissé de côté lors de la préparation de la nécrologie de la présentatrice. Elle réalisa qu'il s'agissait de l'épisode qui avait coûté son poste à Mike Schultz.

Captivée, Laura lut le compte rendu des funérailles de Jaime Cordero, le jeune Hispanique qui avait courageusement témoigné pour dénoncer le trafic de drogue dans le quartier d'East Harlem, puis avait été atrocement assassiné, lorsque les dealers l'avaient identifié.

L'image montrait Gwyneth tendant les bras vers la mère de Jaime Cordero en pleurs. Une femme plus jeune tenait la mère de Jaime par son bras droit ; elle avait la tête baissée et portait à son visage une main gantée de noir. Quoique partiellement dissimulés, ses traits avaient été fixés sur la pellicule.

Laura porta les yeux sur la légende de la photo. Elle déchiffra les quelques lignes, les lut et les relut encore :

> « Gwyneth Gilpatric, la journaliste de KEY News, réconforte Juanita Cordero, mère de Jaime Cordero, le jeune héros de East Harlem sauvagement assassiné. Mme Cordero est soutenue par sa fille, Francita Cordero, qui apparaît à gauche. »

Francita Cordero.
Cordero de Dios. L'« Agneau de Dieu ».
En anglais, *Lamb of God*.
Francesca Lamb !

114

— Je savais que je l'avais déjà vue quelque part ! s'exclama Matthew lorsque Laura lui montra l'article, qu'elle avait retiré discrètement du dossier de presse à la bibliothèque. A l'enterrement de ce Cordero !

Laura, qui restait sur sa surprise, examina encore le visage de Francesca, légèrement flou sur la photo.

— Je ne comprends pas. Pourquoi ne m'en a-t-elle jamais parlé ? J'avais l'impression que nous étions si proches l'une de l'autre.

Sa voix s'éteignit en un murmure de déception.

Matthew resta silencieux. Il revenait à Laura et à son amie de mettre les choses au point entre elles.

— Au fait, j'ai confirmé mon rendez-vous avec le lieutenant Alford. Je m'envole vendredi pour la Floride.

Ils étaient tombés d'accord sur le fait qu'il irait seul, tandis que Laura resterait à New York pour travailler sur leur sujet, le bouclage approchant à grands pas.

— Excellent, dit-elle d'un ton mélancolique, tandis qu'elle se remémorait son autre découverte dans le dossier de Gwyneth.

Elle lui parla du collier trouvé avec les restes de Tommy, qu'elle avait vu en photo, et lui mit sous les yeux le cliché de Gwyneth étudiante chipé à la bibliothèque.

— Ils correspondent, précisa-t-elle en désignant le pendentif.

Matthew siffla lentement entre ses dents.

— Plus fort que l'émission de Joel !

Il scruta intensément la photographie de Gwyneth Gilpatric. Puis il préleva sur son étagère encombrée l'album de souvenirs à la couverture rouge. L'ouvrant à la dernière page, il jeta un coup d'œil à l'image d'Emmett debout devant le Cyclone en compagnie de son amie. La fille aux cheveux longs séparés par une raie médiane.

Cela aussi correspondait.

115

« Plutôt facile. »

La petite pochette cartonnée était arrivée par le courrier, glissée dans une enveloppe de papier kraft pour que personne ne puisse deviner son contenu. Il s'agissait d'un envoi prioritaire, sans reçu à signer.

Il contenait une boîte de plastique scellée, un doseur et une notice d'emploi. Il y avait aussi une carte d'avertissement :

Le GHB peut être dangereux s'il n'est pas utilisé conformément aux prescriptions, ou s'il est associé à d'autres calmants. Une dose normale de GHB prise avec de l'alcool peut provoquer une surdose entraînant un coma irréversible. Aux États-Unis, plusieurs décès ont été attribués au GHB par les autorités sanitaires.

Mais mélanger le GHB et l'alcool n'était pas nécessaire pour que le produit soit mortel. La jeune fille de l'article victime du GHB l'avait absorbé dans une boisson gazeuse.

Toutes les informations pour doser le produit se trouvaient imprimées sur la notice. Avec la quantité exacte de poudre à mesurer. Comme dans un livre de cuisine ou dans la recette d'un gâteau.

Une recette pour tuer.

116

En ouvrant la porte, Francesca eut la surprise de découvrir Laura.

— Salut, ma belle ! fit-elle en lui souriant. Viens, entre donc !

Avec une expression grave, Laura pénétra dans l'entrée de l'appartement. Elle alla directement au fait, sans même enlever son manteau.

— Pourquoi ne me l'as-tu pas dit, *Francita* ? demanda-t-elle d'une voix implorante. Pourquoi ne m'as-tu rien dit au sujet de ton frère ?

Francesca blêmit. Elle se détourna et se dirigea vers la cuisine, Laura sur ses talons.

— Tu veux boire quelque chose ? proposa-t-elle en laissant tomber deux glaçons dans un verre.

— Non ! Ce n'est pas cela que je veux. Je veux savoir pourquoi tu ne me l'as pas raconté. Je croyais que nous nous nous disions tout. Et c'est si…

Elle cherchait l'adjectif juste.

— C'est tellement *énorme* ! Tu as perdu ton frère dans des circonstances atroces, d'une violence inouïe. Je ne peux pas comprendre que tu ne t'en sois jamais ouverte à moi.

— Certaines choses sont trop douloureuses pour que l'on puisse en parler, Laura, déclara Francesca presque à voix basse.

— Même à moi ?

— A n'importe qui.

— Mais je ne suis pas n'importe qui ! Je suis ta meilleure amie.

— Je suis désolée, Laura. Je voulais laisser derrière moi la mort de Jaime. Parfois, Leonard se réveillait et me surprenait en train de pleurer en pleine nuit. Il me demandait ce qui n'allait pas. Il m'était simplement impossible de me confier. Essaie de comprendre ce que j'ai ressenti.

Laura resta silencieuse devant son amie. Oui, elle pouvait la comprendre. Quoiqu'elle ne sache pas ce que représentait la mort d'un frère, elle se souvenait trop bien de ce que c'était que de perdre sa mère. Aujourd'hui encore, il lui était pénible d'en parler. Pourtant, elle en avait plusieurs fois discuté avec Francesca. Il lui semblait dur de se dire que Francesca, elle, n'avait pas su partager sa douleur avec elle.

— Et ce changement de nom ? Ceci au moins, tu peux me l'expliquer ?

Francesca haussa les épaules.

— Mes parents sont retournés à Porto Rico pour tenter oublier toute cette histoire. Dieu seul aurait pu dire si ces fous de dealers n'allaient pas vouloir s'en prendre aux proches de Jaime. D'autre part, je me lançais dans une carrière de mannequin. « Francesca Lamb » sonnait à mon avis mieux que « Francita Cordero ». Je voulais prendre un nouveau départ, sous une nouvelle identité. Ce n'est pas un crime. Beaucoup de gens font ça un jour ou l'autre.

117

Mercredi 26 janvier

En arrivant à « Plein Cadre », Laura tomba directement sur Joel Malcolm.

— Vous avez vu les taux d'audience de la dernière émission ? On crève le plafond !

— Félicitations, répondit-elle avec un faible sourire.

— Mettez-vous la pression, mon petit ! Il faut que votre truc soit béton, pour que l'on passe à fond la vague de sondages, la semaine prochaine. Je compte beaucoup sur vous. Ne me décevez pas.

Elle le regarda s'éloigner dans le couloir. Que ressentirait-il si l'on devait conclure que Gwyneth était responsable de la mort de Tommy Cruz ?

Il n'irait pas trop mal, estima-t-elle. Puisqu'une fois mise en image, après tout, cette histoire pourrait battre des records d'audience.

118

Laura, vêtue de la robe de velours bleu qu'elle portait lors de la réception du nouvel an chez Gwyneth Gilpatric, se tenait dans l'entrée du Palisadium, le restaurant choisi pour accueillir la soirée de gala destinée à collecter des fonds pour le futur musée.

A travers les baies vitrées de l'établissement, situé sur l'une des falaises dominant l'Hudson, s'offrait une vue splendide vers Manhattan qui scintillait sur l'autre rive de l'estuaire.

Il sembla à Laura que la réunion était déjà un grand succès. Le restaurant était bondé, mais un flot continu de participants continuait d'arriver. Elle identifia quelques visages dans la foule. Joel Malcolm avait consenti à venir. Maxine Bronner et son mari, Allan, se trouvaient présents. Même Ricky Potenza et sa mère étaient là.

Le parc miniature de son père avait été disposé bien en vue, au centre de la salle. Emmett était debout à côté de son œuvre, dont il paraissait très fier. Il rayonnait sous les compliments des visiteurs qui désignaient avec plaisir la reconstitution de telle ou telle attraction encore très présente dans leur mémoire.

Comme son père se délectait de ces instants ! Mais comme il allait être amer, bientôt, lorsqu'elle le confronterait aux faits plus que suspects qu'elle avait découverts.

Laura sentit une tape sur son épaule. Elle fit volte-face, saluée par Mike Schultz.

— Mike ! Que fais-tu ici ?

— J'ai voulu sortir ma Nancy. Elle ne voulait pas venir, il a fallu que je l'entraîne de force ! Nous avons besoin de bouger, de nous amuser un peu. Et puis, enfants, il nous arrivait l'un comme l'autre d'aller à Palisades Park, alors pourquoi pas ?

— Où est Nancy ?

— Elle est allée se rafraîchir.

— Bon, je l'attraperai plus tard. Je dois m'occuper de notre reportage. Matthew est déjà à l'œuvre, il est parti glaner des interviews et je devrais déjà être en train de l'aider.

Matthew et Laura prospectèrent l'assistance, incitant les joyeux participants à exprimer devant la petite équipe vidéo leurs souvenirs de Palisades Park.

— On est en train d'accumuler un tas de trucs super ! hurla Matthew par-dessus le vacarme des bons vieux rocks et des chansons dédiées à Palisades Park que déversait la puissante sono.

— Dieu merci ! lui répondit Laura.

Alors qu'ils continuaient à travers la foule, Laura remarqua Francesca en conversation avec un homme, au bar. Reconnaissant son interlocuteur, elle gémit intérieurement.

« Que fait donc ici Leonard Costello ? »

119

Ça ne marchait pas.

Quand il l'avait appelée, dans l'après-midi, elle avait parue heureuse de lui apprendre qu'elle sortait ce soir. Fière de lui dire qu'elle allait à un gala organisé pour collecter des fonds, en compagnie de Laura et d'une équipe télé. Elle reprenait le cours de sa vie, avait-elle expliqué. Une vie intéressante, une vie meilleure, sans lui.

Il avait acheté une entrée à la dernière minute, avec l'espoir, en venant à cette soirée, de montrer à Francesca combien elle comptait pour lui, d'essayer de la convaincre de rester avec lui. Mais elle n'en avait cure. Elle se sentait excitée à la perspective de vivre dans un cadre luxueux en compagnie de sa meilleure amie, se disant heureuse de prendre un nouveau départ.

Par-dessus l'épaule de Francesca, il aperçut Laura qui, micro en main, écoutait avec beaucoup d'attention un gros type chauve se répandre en anecdotes sur ce stupide parc d'attractions.

Leonard maudit en silence la jeune productrice. Si Laura n'existait pas, Francesca resterait avec lui, dans son appartement. Là où était sa place.

120

Quelqu'un commanda un Coca au bar et, fendant l'assistance, alla se réfugia dans un angle de la salle. Alors que les danseurs se déchaînaient sur les rythmes entraînants des années soixante, personne ne remarqua son geste pour diluer la poudre blanche, légèrement grumeleuse, dans le liquide sombre.

Le serveur, réclamé de toutes parts, accepta enfin de porter la boisson gazeuse rafraîchissante à la jeune femme blonde en robe bleue. Celle qui travaillait si dur, avec son équipe vidéo.

121

Laura sentit quelqu'un lui tirer la manche.

— Je dois rentrer, lui souffla Francesca. Mon vol décolle de bonne heure et je n'ai pas encore fait mes valises.

— Je ne peux pas partir maintenant. Nous n'avons pas fini de tourner.

— Ne t'en fais pas, ça ira. J'ai un chauffeur.

Laura adressa à son amie une moue dégoûtée.

— Tu ne vas quand pas me dire que tu rentres avec le docteur Costello ? Je vous ai vus au bar, les yeux dans les yeux.

— Non, ne te fais pas de souci, ma belle ! assura Francesca d'un air de triomphe. J'ai envoyé promener Leonard. Par contre, j'ai fait la connaissance de ton patron. Joel me reconduit en ville.

Laura lâcha un soupir.

— Méfie-toi, alors ! C'est une vraie sangsue, lui aussi. Tu me le promets ?

— Sois sans crainte. Je suis une grande fille. Je prends soin de moi toute seule.

122

Le Coca avait un petit goût salé mais Laura, assoiffée, le but d'un trait. Un quart d'heure plus tard, elle commença à ressentir une très légère nausée.

Ils avaient presque fini. Encore une interview ou deux et ils auraient suffisamment de matière pour disposer d'un large choix au montage.

Au moment où elle faisait épeler son nom à un nouvel interviewé, la pièce se mit à tourner de façon vertigineuse devant ses yeux. Elle tendit la main vers le bras de Matthew et s'effondra au sol.

123

Jeudi 27 janvier

Emmett, assis dans la salle d'attente des urgences du Palisades Medical Center, priait.

« Mon Dieu, je Vous en prie. Ne me prenez pas aussi Laura, s'il Vous plaît. »

Mais il doutait que le Seigneur écoute maintenant ses prières. Il n'avait pas vraiment été un fidèle serviteur.

L'ami de Laura, Matthew, s'approcha avec une expression grave et lui tendit un gobelet.

— Tenez, monsieur Walsh.

Emmett le remercia et prit le café.

— Merci de toute votre attention pour la petite, dit-il simplement.

— Elle va aller mieux, murmura Matthew en prenant le bras du père de Laura. J'en suis certain.

Alors qu'ils attendaient ensemble qu'on les rassure sur l'état de la jeune femme, le temps parut s'éterniser. Emmett se décida à former un vœu.

« Si Laura s'en sort, je jure de raconter ce qui s'est passé ce soir-là à Palisades Park. Mon Dieu, je Vous le promets. »

124

Étendue sur un brancard, plongée dans une profonde torpeur, Laura était totalement inconsciente de l'agitation qui régnait autour d'elle.

Elle ne sentit pas le tube froid qu'on lui enfonçait dans la gorge. Elle n'allait pas se rappeler, plus tard, la sensation pénible que lui causait le lavage d'estomac. Elle ne se rendit pas compte qu'on lui injectait ensuite au fond des entrailles une mixture épaisse, contenant des charbons de bois actifs, pour qu'elle absorbe les toxines.

Elle allait seulement se souvenir d'une façon vague de sa toux déchirante lorsque le tube fut douloureusement retiré de son œsophage.

Respirer lui faisait mal. Sa poitrine était meurtrie. Comme elle l'apprendrait par la suite, Matthew avait pratiqué sur elle une réanimation cardio-pulmonaire.

Elle se sentait fatiguée. Si fatiguée, tellement fatiguée. Tout ce qu'elle voulait, c'était dormir.

125

Francesca attacha sa ceinture lorsque l'avion commença son lent démarrage sur la piste de l'aéroport La Guardia de New York. Elle ne se réjouissait pas vraiment de ce voyage.

Pour l'anniversaire de l'assassinat de Jaime, elle ne voulait pas laisser ses parents seuls. Elle savait que sa présence les réconforterait.

Ses parents étaient des gens si bons, si simples, qui n'avaient jamais montré de rancœur, malgré l'horrible meurtre commis sur leur enfant. Ils acceptaient sa mort, considérant leur fils comme un héros.

Elle regretta de ne pas avoir leurs convictions religieuses, de ne pas partager leur croyance en un Dieu agissant par des voies mystérieuses, impénétrables au commun des mortels.

C'eût été tellement plus facile.

126

Il était tard dans l'après-midi quand Matthew reconduisit à son grand appartement une Laura très affaiblie. Emmett et lui avaient été furieux que l'hôpital refuse de la garder plus longtemps mais les nouvelles méthodes de management de l'assistance publique exigeaient une rentabilité maximale. « Soignez-les, et réexpédiez-les chez eux en vitesse. »

Le médecin des urgences suspecta que du GHB, la fameuse « drogue des violeurs », avait été versé dans le verre de Laura. Le composant chimique, qui se dissolvait rapidement dans l'organisme, était très difficile à détecter. Seuls un petit nombre d'hôpitaux de la mégalopole newyorkaise disposaient des instruments adéquats, et le laboratoire du Palisades Medical Center ne comptait pas parmi eux. Mais, dans tous le pays, les praticiens étaient informés de l'utilisation croissante de la drogue, qui se traduisait par une multiplication des signalements de ce genre de pathologie aux urgences.

Matthew et Emmett, en entendant le médecin leur faire part de ses soupçons, furent choqués et effrayés qu'un des participants au gala ait pu vouloir assassiner Laura.

L'hôpital avait alerté la police de Cliffside Park. Celle-ci devait examiner la liste de ceux qui avaient réservé pour la soirée et interroger le personnel du restaurant. Or les policiers avaient dû tout de suite admettre que de nombreuses personnes avaient payé leur entrée directement à la porte, et qu'il serait donc impossible de les retrouver.

Quand l'officier de police demanda à Laura de lui donner la liste des personnes qu'elle connaissait parmi les participants, la jeune femme commença réellement à se sentir terrifiée.

— Vous pensez que c'était quelqu'un qui me connaissait?

— Dans un cas de ce genre, c'est la règle, mademoiselle. On n'imagine pas un type qui se baladerait là par accident, sortirait de sa poche un poison et le verserait au hasard dans *votre* boisson.

Emmett avait essayé de convaincre sa fille de venir chez lui, à la maison. Sans résultat, car Laura voulait retourner à son appartement et retrouver son lit.

Laura était chez elle, maintenant. Elle se déshabilla avec précaution, pour ne pas brusquer son corps endolori. Elle avait la gorge sèche. Le docteur lui avait expliqué qu'elle se sentirait déshydratée pendant deux ou trois jours.

— Pourrais-tu avoir le gentillesse de me faire du thé avant de partir, demanda-t-elle à Matthew en se glissant avec contentement entre les draps frais.

— Je veux bien te préparer du thé, mais je n'ai pas l'intention de m'en aller, répondit Matthew en lui caressant les cheveux. Je veux rester avec toi.

— Matthew! S'il te plaît, ne m'embête pas. Et ne fais pas l'enfant. Je n'ai pas assez d'énergie pour lutter. Tu dois t'en aller, tu as cette interview d'Edward Alford à aller faire demain en Floride.

— Je me contrefous de cette interview. Je reste, insista-t-il.

— Écoute. Tout ce que je vais faire, c'est dormir. Je n'ai envie de rien d'autre. Je veux juste que l'on me laisse me reposer. Je t'assure que je vais m'en sortir toute seule. Personne ne va venir me chercher ici. L'immeuble est totalement sécurisé.

Son assurance la surprit elle-même. Elle se tourna sur le côté et ajouta pour conclure :

— Matthew, je veux que tu y ailles, pour nous rapporter cette interview. On en a besoin pour notre sujet.

127

— Écoutez, je ne crois pas que mon nom vous soit utile, murmura la voix étouffée. Mais vous devriez aller jetez un coup d'œil sur quelque chose, inspecteur Ortiz. Envoyez les fédéraux avec un mandat vers le serveur Internet PDQ.com, et procurez-vous les noms de ceux qui cotisent à un jeu baptisé « Le Pays de Casper et ses Fantômes ». Ça risque d'être un peu long, toutefois je pense que votre enquête pour retrouver l'assassin de Gwyneth Gilpatric en sera grandement facilitée.

Après que la voix eut raccroché, Ortiz vérifia le numéro. L'appel avait été passé depuis le central de KEY News.

128

Vendredi 28 janvier

La neige tombait à gros flocons, mais Emmett restait immobile à quelques mètres de la porte du poste de police de Cliffside Park. Il n'avait pas envie d'entrer.

Pourtant, il le devait. Au moins une fois dans sa vie, il allait tenir une promesse.

Ce qui lui arriverait ensuite, il l'ignorait. Il ne s'en souciait plus vraiment.

Laura était sauve. C'était tout ce qui comptait pour lui.

Il détacha la neige de ses bottes en tapant du pied sur le sol devant l'entrée et poussa le lourd battant de métal, pour se diriger tout droit vers le bureau du policier de permanence.

129

Laura fut réveillée par la sonnerie du téléphone.

— Allô ! fit-elle d'une voix pâteuse.

— Laura ? C'est Joel. Joel Malcolm. Comment vous sentez-vous ?

— Mieux, merci. Mais je suis tellement fatiguée.

— C'est vraiment moche, ce qui vous est arrivé, mon petit. Je suis content d'apprendre que vous allez mieux. Enfin, même si je déteste avoir à vous poser la question, je dois vous demander si vous serez en mesure de boucler votre sujet à temps ?

Laura comprit qu'il n'avait aucun scrupule à la relancer. Les sondages de février étaient tout ce qui lui importait. « L'ordure ! »

— Ne vous en faites pas, Joel, déclara-t-elle en bâillant. Le reportage sera fini à la date prévue. Je serai là demain, et le reste du week-end s'il le faut, pour tout mener à bien.

Dès qu'elle eut reposé le combiné, Laura se leva et marcha lentement vers la salle de bains. Elle contempla le reflet de son visage, dont la pâleur se trouvait accentuée par les puissants spots de maquillage qu'avait fait installer Gwyneth.

Quelqu'un avait tenté de l'assassiner. Elle ne voulait pas mourir.

Laura regagna sa chambre et essaya à plusieurs reprises de joindre son père. Sans succès. Elle se sentait en colère contre lui. Il ne s'était pas donné la peine de l'appeler, ni ne s'était soucié de prendre de ses nouvelles.

Elle resta calmement étendue sur son lit, sans parvenir à se replonger dans le sommeil. Il lui fallait confronter son père à ce qu'elle avait appris. Elle voulait savoir ce que lui et Gwyneth avaient été exactement l'un pour l'autre, et s'ils avaient ou non quelque chose à se reprocher au sujet de la disparition de Tommy Cruz.

Il y avait encore tant à faire. Le script de leur reportage n'était même pas écrit et ils étaient loin du montage final.

Avant qu'elle puisse rédiger quoi que ce soit, elle devait avoir cette discussion avec son père. Ce qu'Emmett pourrait lui apprendre résoudrait peut-être le mystère de la disparition de Tommy.

Si Matthew et elle parvenaient à ce résultat, leur sujet serait une vraie bombe. Une énigme vieille de trente ans résolue grâce à « Plein Cadre » Joel en frémirait de plaisir. Le taux d'audience serait au plus haut.

Mais, dans cette hypothèse, son père serait un assassin.

130

Il y avait du nouveau dans l'affaire concernant leur fils.

Felipe et Marta Cruz entrèrent au poste de police, main dans la main, une demi-heure après avoir reçu l'appel les invitant à passer. Un jeune agent escorta le couple jusqu'au bureau de l'officier responsable.

— Vous avez quelque chose à nous apprendre ? s'enquit timidement Felipe.

Mal à l'aise, l'officier de police s'éclaircit la gorge.

— Oui, monsieur et madame Cruz. Quelqu'un s'est présenté à nous pour faire des révélations sur la mort de Tommy.

Le couple attendit qu'il poursuive.

— Selon cette source, ce qui s'est passé ce soir-là fut un accident. Un terrible, un tragique accident.

Marta ferma les yeux et garda les mains jointes sur ses genoux, en écoutant les explications du policier.

— Il semblerait que, cette nuit-là, Tommy et son ami Ricky Potenza se soient faufilés dans le parc, pour aller y chercher une récompense.

— Une récompense ? interrompit Felipe. Je ne comprends pas. Quelle sorte de récompense ?

Le policier était patient. Il avait lui-même deux enfants.

— Ils avaient effectué tout l'été de petites commissions pour le compte du jeune homme qui s'occupait des montagnes russes. En échange, celui-ci leur avait promis des tours gratuits après la fermeture.

Il marqua une pause. Les Cruz gardèrent le silence.

— Tommy et Ricky vinrent donc chercher leurs tours gratuits. Il semblerait qu'ils se soient défiés l'un l'autre de se tenir debout sur la banquette lorsque les voitures ont atteint le sommet des montagnes russes. Au moment de la brusque redescente, Tommy a perdu l'équilibre et est tombé.

— Mais et ensuite ? s'écria Marta. Dites-nous ce qui lui est arrivé ! Comment se fait-il que l'on ait retrouvé ses restes enfouis dans le sol ?

— Le gars qui s'occupait des montagnes russes et sa petite amie ont sorti le corps de l'enceinte du parc pour l'enterrer. La croix que nous avons retrouvée parmi les ossements appartenait à la jeune fille.

Ainsi, en définitive, c'était aussi simple que cela, songea Marta, qui se sentit envahie d'un étrange sentiment de paix. Un accident. La frayeur qu'a dû connaître Tommy n'aura pas duré longtemps, Dieu merci. Personne ne l'avait torturé ni ne lui avait fait subir de sévices sexuels. Aucun des scénarios terrifiants qu'elle avait échafaudés n'avait été infligé à son petit.

Grâce à Dieu.

131

Samedi 29 janvier

Elle n'aimait pas annuler ainsi sa séance avec Jade, mais elle ne pouvait pas faire autrement. Il fallait qu'elle aille au bureau. Elle avait rendez-vous avec Matthew.

Tandis qu'elle rassemblait quelques effets dans son sac de toile, la sonnerie de l'interphone retentit. Le concierge annonça un visiteur. Surprise, Laura indiqua de le laisser monter.

Elle attendit dans le vestibule que son père sorte de l'ascenseur.

— Je n'ai pas cessé d'essayer de te joindre, papa.

— Désolé, ma grande. J'ai été très occupé.

Elle lui fit signe de la suivre.

— Viens, entre ! Nous devons parler.

Emmett balaya la pièce du regard, sans aucun commentaire sur le cadre luxueux de l'appartement. Il s'installa dans le fauteuil que lui désignait Laura.

— Tu te sens mieux, ma chérie ?

— Assez pour aller travailler. Je n'en ai pas fini avec mon reportage.

— C'est de ça dont je viens te parler.

Elle écouta en silence Emmett se décharger du lourd fardeau qu'il portait depuis des année. Il lui raconta ce qui s'était produit sur les montagnes russes, lors de cette nuit d'été à Palisades Park.

— Et Gwyneth ? s'enquit Laura lorsqu'il eut fini.

— Crois-le ou non, ma chérie, mais Gwyneth trouvait ton vieux père plutôt attirant, à l'époque. Peut-être qu'elle était excitée de sortir avec un garçon hors de son milieu, ce que ses parents n'auraient jamais approuvé.

Il ponctua ses propos d'un haussement d'épaules.

— Une fois à l'université, elle aurait déjà tout oublié de moi, si nous n'avions pas eu ce secret en commun. Plus tard, enfin, lorsqu'elle est devenue riche et connue, elle commença à m'envoyer l'argent. Elle prétendait vouloir me donner un coup de main, puisque tu étais là et qu'il fallait que je t'élève seul. Tu vois, c'était comme qui dirait une police d'assurance, pour elle. De cette façon, elle se disait que je ne parlerais pas.

— Et maman savait ? demanda Laura, en se souvenant des conversations étouffées surprises en écoutant à la porte de leur chambre, à l'époque où sa mère se mourait dans son lit.

— Elle n'a jamais su, pour l'argent. C'est venu plus tard, répondit Emmett d'une voix triste. Par contre, elle n'ignorait rien de ce qui s'était produit dans le parc. Elle voulait que je le dise à la police, mais je ne l'ai pas fait.

— Tu aurais dû murmura Laura, le cœur lourd.

132

En ce samedi matin, au moment où Laura fit son apparition, l'atmosphère était calme dans les bureaux de « Plein Cadre ». Matthew et le monteur qu'il avait fait venir étaient déjà en train de visionner des bandes.

Un bel homme d'âge mûr s'exprimait à l'image, tandis que Matthew prenait quelques notes sur son ordinateur portable.

— Ed Alford ? demanda Laura en entrant.

— Mmm.

Les doigts de Matthew continuaient à courir sur son clavier.

Laura fixa l'écran ; le policier en retraite confiait à la caméra ses souvenirs sur l'affaire. Elle identifia immédiatement le passage qu'il faudrait conserver au montage. Alford déclarait :

« Tommy Cruz n'avait visiblement rien d'un fugueur. Il était très certainement arrivé quelque chose à ce garçon. Un événement qu'il ne maîtrisait pas. Et j'avais la conviction intime, même si je ne disposais pas de preuves, que ce qui lui était arrivé se trouvait en rapport direct avec Palisades Park. »

— Il avait raison, souffla Laura.

Matthew jeta à Laura un regard pénétrant. Elle lui fit signe de la suivre hors de la salle de montage, pour lui parler en privé. Tandis qu'ils arpentaient ensemble le couloir, elle lui rapporta d'une voix calme la confession d'Emmett.

— Je devrais me réjouir. Notre sujet va casser la baraque, conclut-elle sur un ton ironique, d'une voix teintée d'amertume. Nous tenons notre taux d'audience garanti, au bout du compte Nous avons résolu le mystère.

133

Il était près de vingt heures lorsqu'ils décidèrent qu'ils avaient assez travaillé, avec la satisfaction d'avoir accompli beaucoup en une seule journée. Ils avaient rédigé une ébauche de script, avaient glané dans les diverses séquences enregistrées depuis un mois, réfléchi à la meilleure façon d'intégrer les vieilles photos et les actualités en noir et blanc et même déterminé à quels endroits ils incluraient des extraits de chansons évoquant le parc.

Le lundi suivant, ils montreraient le script à Joel, tout en sachant très bien que le producteur exécutif éreinterait leur projet, le critiquerait et leur demanderait des modifications. Le système fonctionnait ainsi ; il allait falloir essayer de ne pas prendre ombrage de ses critiques.

Ils avancèrent des hypothèses sur la réaction qu'il aurait en apprenant que Gwyneth Gilpatric avait aidé à enterrer le cadavre de Tommy Cruz, pour finir par s'accorder sur une quasi-certitude : Joel ne s'intéresserait qu'à l'aspect sensationnel de l'affaire. « L'audience, l'audience, l'audience ! »

— Tu as l'air crevé, ma chérie, fit Matthew tandis qu'ils attendaient l'ascenseur pour quitter les locaux de KEY News. Si on allait dans un restaurant chinois se détendre un peu ?

Laura secoua la tête.

— Merci, Matthew. Tu es un amour mais, comme tu l'as remarqué, je suis morte de fatigue. J'ai juste envie de rentrer et de dormir. Je suis désolée. Tu comprends, n'est-ce pas ?

Il lui baisa tendrement le front.

— Bien sûr que je comprends.

A vingt et une heures, Laura dormait déjà à poings fermés dans le grand lit de Gwyneth.

134

Après une attente insupportable, le jet entama enfin sa trajectoire de décollage sur la piste de l'aéroport de San Juan.

Francesca se réjouissait d'avoir pu déplacer sa réservation afin de rentrer plus vite. Elle n'aimait pas se trouver loin de New York.

Elle détestait décevoir ses parents en les quittant plus tôt. Cependant, elle se sentait incapable de supporter plus longtemps les radotages de son père à propos de Jaime et elle en avait assez d'accompagner sa mère à l'église où elles priaient pour le repos de son frère.

Au moment où l'avion s'élança dans les airs, Francesca se pencha pour regarder à travers le hublot. Elle songea qu'il était absurde de regarder en arrière.

Elle voulait rentrer chez elle, à New York. Sa vie était là-bas.

135

Dimanche 30 janvier

Laura ouvrit les yeux et cligna des paupières en essayant de déchiffrer l'heure sur les aiguilles phosphorescentes du réveil.

Deux heures un quart.

Allongée dans l'obscurité de la chambre, elle laissa galoper son esprit. Qu'allait-il arriver à son père ? Quelles seraient les conséquences de ses actes ? Bien qu'elle se sente mortifiée par ce qu'il avait commis, elle ne souhaitait pas que son père aille en prison. Comment pourrait-il survivre, là-bas ?

Elle se tourna et se retourna dans l'espoir de retrouver la paix du sommeil, mais elle fut bientôt complètement éveillée.

Elle alluma l'interrupteur, se rendit à la cuisine, mit une bouilloire sur le feu. Puis préleva un sachet de décaféiné dans la boîte métallique posée sur l'étagère.

Sa tasse à la main, elle alla musarder dans la bibliothèque. Peut-être un bon bouquin lui permettrait-il de s'évader.

Elle passa devant les longues rangées de livres. Son regard tomba alors sur les affaires déposées dans un coin par Francesca. Le micro-ordinateur et une imprimante attendaient d'être remis en service.

Pourquoi pas ? Francesca serait aux anges, lorsqu'elle découvrirait que cette corvée n'était plus à faire. Laura avait conscience que le voyage de son amie allait la laisser très éprouvée. Francesca serait agréablement surprise en trouvant son ordinateur prêt à fonctionner, surtout si, comme elle le disait, elle avait l'intention de reprendre des cours afin de décrocher un vrai job.

Laura souleva l'unité centrale, puis le moniteur, avec précaution car elle sentait encore des douleurs dans sa poitrine. Elle les disposa sur un bureau avant de brancher et de raccorder les différents périphériques : moniteur, clavier, souris, une paire de petites enceintes et l'imprimante-photocopieur-fax.

Maintenant, le test. Elle appuya sur le bouton d'allumage.

« Magnifique », se dit Laura en reconnaissant le logo de Windows, suivi du bureau avec ses icônes. Elle allait éteindre l'appareil, lorsqu'elle songea tout à coup qu'il serait amusant d'imprimer un petit message, qu'elle fixerait sur l'écran.

Laura ouvrit le traitement de texte Word et créa un nouveau document. Elle choisit une police de caractères et tapa : « BIENVENUE À LA MAISON, FRANCESCA ! TU ES CONNECTÉE ! » Elle déplaça ensuite la souris pour cliquer sur « Imprimer ». Lorsqu'elle ouvrit le menu déroulant, la liste des derniers fichiers consultés par l'utilisatrice apparut elle aussi.

« Grille des Fantômes »

« Fordham »

« Recette »

« Mama Y papa »

Avec un sentiment de culpabilité, Laura fit glisser le pointeur jusqu'au premier nom de fichier et cliqua dessus pour l'ouvrir.

136

Irritée, se sentant sale et mal à l'aise dans ses vêtements froissés, Francesca patientait comme les autres passagers de ce vol. Ils avaient atterris avec beaucoup retard à l'aéroport La Guardia et devaient faire la queue pour le taxi.

Quand son tour vint enfin, elle aboya son adresse de Central Park West au conducteur. Bientôt, elle dormirait dans le lit de Gwyneth Gilpatrick.

137

Laura, incrédule, fixait l'écran de l'ordinateur.

En ouvrant le fichier « Grille des Fantômes », elle n'avait pas découvert un quelconque tableur financier. Cent noms défilaient devant ses yeux, classés par ordre alphabétique dans la colonne de gauche, avec, associée à chacun d'eux, une adresse e-mail différente pour chaque mois de l'année.

En se déplaçant dans la liste, elle reconnut les noms de presque toutes les personnalités en vue de la presse d'information et des chaînes d'actualité. Elle s'émerveilla du pouvoir et de l'argent qu'ils concentraient.

A la trentième ligne environ, l'attention de Laura fut attirée par un nom en particulier, celui de GWYNETH GILPATRIC. Elle remarqua qu'au lieu d'une adresse e-mail, un simple nom lui était associé : « CASPER » !

Laura s'efforça de comprendre ce qui s'offrait à sa vue. Elle repensa aux soirées passées chez son père en compagnie de Francesca, quand elles étaient colocataires, et avec quelle insistance son amie demandait à voir la maquette de parc, s'extasiant chaque fois sur la même attraction : celle de Casper et son Pays des Fantômes, avec les personnages du dessin animé, Casper, Wendy et Spooky.

Que signifiait tout cela ?

Elle décida de revenir à la liste des quatre derniers fichiers consultés qu'elle avait vu s'afficher dans le menu déroulant. Ignorant celui qui avait pour titre Fordham sans aucun doute une demande de renseignement sur l'inscription aux cours, elle cliqua sur le troisième fichier.

Laura sentit battre son pouls à ses tempes et une brusque chaleur lui monta au visage lorsqu'elle lut le contenu du fichier « Recette ». Il ne laissait aucun doute sur le fait que Francesca Lamb, son amie sincère, n'était pas celle que Laura croyait.

Francesca avait commandé de la poudre de gamma-hydroxybutyrate. Elle avait de toute évidence téléchargé et enregistré des instructions pour doser les ingrédients d'une substance nommée GHB.

Francesca avait tenté de la tuer !

Les idées de Laura se bousculèrent dans sa tête tandis qu'elle s'efforçait de se remémorer la suite d'événements ayant conduit à sa perte de connaissance, lors de la soirée de gala. Francesca était partie avant que Laura ne se sente mal, ce qui signifiait qu'elle ignorait encore que le poison ne l'avait pas tuée. L'estomac noué, Laura se rendit compte que son « amie » s'était envolée pour Porto Rico persuadée qu'elle serait morte au moment de son retour.

Tout s'enchaînait à la perfection, maintenant, comme une macabre rangée de dominos. Francesca avait un mobile pour tuer Gwyneth, si elle tenait la présentatrice pour responsable de la mort de son frère. Francesca avait également une raison de tuer Kitzi Malcolm, témoin du crime. Et Francesca avait pu assassiner Delia elle aussi, si elle pensait que la bonne l'avait aperçue juste avant la mort de Gwyneth.

Fascinée par l'horreur de cette trahison, Laura se rua sur le téléphone pour appeler Matthew, sans prêter attention au bruit des portes de l'ascenseur qui s'ouvraient sur le vestibule.

138

— Va plus doucement, Laura. Attends, je n'arrive pas à te comprendre, ma chérie, insista Matthew en se frottant les yeux.

— C'est Francesca ! Je crois que c'est elle qui a versé du poison dans mon verre et elle a tué Gwyneth et les autres ! débita Laura à toute allure.

— Laura, il faut que tu te calmes, mon cœur. Tu ne te sens pas bien. Tout a été très dur pour toi et…

— Ne me parle pas comme si j'étais folle ! Je sais de quoi je parle ! J'ai des preuves !

Matthew frissonna en entendant le clic, suivi de la déconnexion.

139

Le doigt orné d'une bague d'émeraude s'était abattu sur le support du téléphone, coupant la conversation.

— Quel genre de preuves, Laura ?

Levant les yeux, Laura vit Francesca qui la dominait. Un grand couteau de cuisine brillait dans son autre main.

— Francesca, comment peux-tu... murmura-t-elle dans un souffle.

— Ce monde est sans pitié, Laura. Chacun doit accomplir ce qui lui revient. Tu allais tôt ou tard faire le rapprochement. Ce n'était qu'une question de temps. Tu aurais réalisé que j'avais une raison de souhaiter la mort de Gwyneth. Tu te serais demandé comment je me procurais de l'argent, si je ne travaillais pas et je ne tiens pas à travailler, Laura.

Elle pointa le menton d'un air provocateur.

— Je te connais trop bien, continua-t-elle. Quand tu tiens un os, tu n'es pas prête à le lâcher. Une vraie chienne. Tu n'aurais pas accepté de laisser les choses telles qu'elles sont. Moi, je ne pouvais pas te laisser recoller les morceaux du puzzle.

— Tu as assassiné ? répéta Laura sans y croire.

— C'est une chose que l'on fait, parfois ! Tu ne te souviens pas ? Ton amie Gwyneth m'a aidée à m'en rendre compte.

Laura resta silencieuse. De quelle manière s'en sortir ?

— Lève-toi ! commanda Francesca en poussant Laura du genou. Ton Matthew chéri est probablement déjà en route. Allons donc faire un petit tour au salon.

Laura se leva de son siège, tandis que Francesca se plaçait derrière elle. Sous la menace du couteau, dont elle sentit la froide lame frôler sa nuque, Laura avança en silence dans le couloir.

« Réfléchis ! Réfléchis ! »

Elle ne pariait pas sur ses chances, en cas de lutte avec une adversaire armée d'un couteau.

— Francesca, implora-t-elle, il doit y avoir un moyen de tout arranger.

Son ex-amie laissa échapper un rire sans chaleur.

— Oui, c'est ça ! Pour quelqu'un d'intelligent, tu viens de faire une réflexion bien stupide. *Imbecil !* Ta petite Jade ne t'a pas appris ce mot, lors de vos leçons d'espagnol ? Il n'y a aucun moyen d'arranger les choses. Je n'ai pas la moindre envie de passer le restant de mes jours en prison ni de finir sur la chaise électrique. Je dispose désormais de tout l'argent dont j'ai besoin et je vais en profiter, tu peux me croire.

Elles se trouvaient dans le living, maintenant ; derrière la baie vitrée les lumières de Manhattan illuminaient le ciel.

— Mais tu l'as dit toi-même, Francesca, Matthew va surgir d'un moment à l'autre. S'il te plaît, pose ce couteau, et nous allons discuter de ce qu'il faut faire.

— J'en ai déjà décidé, Laura. Seule. Quand Matthew arrivera, tu ne seras plus là. Éperdue, affolée par les événements, tu te seras suicidée en sautant toute seule du haut de la terrasse. Moi, j'aurai quitté l'appartement.

— Et l'ordinateur ?

La voix de Laura s'éteignit. Francesca eut un haussement d'épaule.

— Matthew ne pensera pas à y aller voir. Pas ce soir, en tout cas. Demain, je m'assurerai d'effacer les fichiers que j'ai si étourdiment sauvegardés.

140

« Où sont ces fichus taxis, bon sang ! »

Hors de lui, Matthew se tenait à l'angle de la Troisième Avenue. Il attendait depuis ce qui lui paraissait une éternité.

Laura semblait prise de démence. Il se demanda s'il devait appeler la police.

Non, décida-t-il en courant vers Park Avenue, espérant avoir plus de chances de dénicher un taxi de ce côté-là. Les prévenir n'était pas indispensable.

Il arriverait bien à calmer Laura tout seul.

141

Laura se tenait debout sur la terrasse en chemise de nuit. Elle ne sentait pas le froid.

D'une chose au moins, elle était sûre. Elle n'allait pas tomber sans se battre.

« Comment faire pour se tirer de là ? »

— Allez, saute donc, Laura ! murmura d'une voix pressante Francesca, lui appliquant la lame du couteau sur la veine jugulaire. Facilite-moi les choses.

Laura tourna la tête pour fixer son agresseur.

— Que crois-tu que tes parents ressentiront, Francesca, lorsqu'ils apprendront ce que tu as fait, ou ce que tu as l'intention de faire ? Eux qui ont déjà enterré leur fils, je suis certaine qu'ils préféreraient voir se répéter cent fois cela plutôt que d'apprendre que leur fille est une meurtrière !

Pour une fraction de seconde seulement, Francesca baissa le regard, offrant sa chance à Laura.

Elle se rua derrière le grand télescope à côté d'elle et, mue par une poussée d'adrénaline, trouva la force de faire pivoter le lourd cylindre de métal pour frapper violemment le beau visage de Francesca déformé par la rage.

Troisième partie

LES VAGUES DE FÉVRIER

142

Mardi 1er février

L'édition spéciale de « Plein Cadre » apprit au public que la police venait d'appréhender une femme suspectée d'être l'assassin de Gwyneth Gilpatric. Francesca Lamb gisait dans un lit au Mount Olympia Hospital. Deux policiers gardait la porte de sa chambre. Mlle Lamb était considérée, en outre, comme responsable du meurtre de Kitzi Malcolm et de celui de l'employée de maison de Gwyneth Gilpatric. La police attendait de pouvoir l'interroger plus complètement, dès qu'elle se serait remise d'une blessure à la tête récoltée en luttant avec Laura Walsh, la jeune productrice de « Plein Cadre » qui avait découvert son implication dans les trois meurtres.

Le dernier sujet de l'émission révélait le rôle qu'avait tenu Gwyneth Gilpatric dans la disparition du petit Tommy Cruz, sur l'ancien site de Palisades Park.

Lorsque Eliza Blake eut annoncé la fin de l'émission, Laura regarda attentivement le générique pour voir défiler son nom parmi les crédits des journalistes et des producteurs. Elle avait attendu ce moment, mais les circonstances lui parurent bien différentes de ce qu'elle avait imaginé.

Sa satisfaction d'atteindre son but en tant que productrice et d'avoir révélé ce qui était arrivé au petit Tommy Cruz se trouvait occultée par la découverte du rôle de son père dans la disparition de l'enfant. Avoir appris que sa meilleure amie était une meurtrière et qu'elle voulait l'assassiner l'avait en outre profondément déstabilisée, la laissant dans le doute sur sa capacité à juger les gens qui l'entouraient.

Mais les taux d'audience, eux, allaient être excellents.

143

Rose Potenza éteignit le poste de télévision et alla vers le canapé pour embrasser son fils.

— Ça va aller, Ricky ? demanda-t-elle d'une voix douce, sur un ton qui reflétait toute l'attention qu'elle lui portait.

— Je n'ai pas envie d'en parler, maman. Fiche-moi la paix !

Ricky venait de regarder l'heure d'émission la plus impressionnante qu'il ait jamais vue. Il n'était pas sûr de ce qu'il ressentait. Un mois plus tôt seulement, il se réjouissait de la mort de Gwyneth Gilpatric. Il était même déçu de ne pas avoir été sur le toit pour la pousser. Ni d'avoir pu la prendre à parti, comme il avait prévu de le faire en s'introduisant chez elle lors de cette réception.

Cependant, après le « Plein Cadre » de ce soir, il ne voyait plus tout à fait les choses du même œil.

Tout avait été entièrement accidentel. Gwyneth n'avait que cinq ans de plus que lui, ce jour où Tommy fut victime d'une chute mortelle. Elle avait paniqué, elle aussi. La différence, c'était que Gwyneth s'en était remise, qu'elle avait réussi sa vie et rencontré le succès, alors qu'il devait se contenter, semaine après semaine, de la voir lui sourire sur un écran de télévision. Une situation qui lui était restée en travers de la gorge et l'avait rendu à moitié fou.

Gwyneth aurait dû se confier à la police. Mais lui aussi, il aurait pu.

Ni l'un ni l'autre ne l'avaient fait.

Pouvait-il vraiment se croire meilleur qu'elle ne l'avait été ?

Peut-être, en définitive, lui serait-il possible d'en parler à ce docteur du centre psychiatrique de Rockland ?

144

Mercredi 2 février

Le matin suivant l'édition de « Plein Cadre » soumise à la vague spéciale de sondages, Laura reçut les félicitations de ses collègues. Ils eurent cependant du mal à trouver un compliment approprié aux circonstances.

« Vraiment impressionnant, mais je pense que cela a dû être dur, pour toi. »

« Beau travail, Laura ! Enfin, tu dois regretter d'avoir coincé ton père, non ? »

« Bon sang, si ça m'arrivait à moi, j'en ferais une dépression nerveuse. Ça doit t'aider, quand même, de voir tomber tous ces millions et de vivre dans un appartement si luxueux ! »

« En matière d'audience, on doit reconnaître que t'es une tueuse. Tu sais vraiment comment faire pour fabriquer un super sujet. »

« Hé Laura ! Tu le tiens, ton Emmy Award ! Découvrir qui a tué Gwyneth Gilpatric *et* résoudre le mystère de Palisades Park... Quand tu renégocieras ton contrat, tu vas pouvoir demander un max de fric ! »

La crème du tact, ces gens de télé.

Laura se réfugia dans son bureau. Elle envisagea la possibilité de donner sa démission.

— Rude matinée, hein ?

Matthew se tenait dans l'encadrement de la porte.

— C'est bien le moins qu'on puisse dire, répondit-elle d'un ton mélancolique.

Il s'approcha et prit un siège.

— J'espère que tu ne m'en voudras pas, mais j'ai appelé un bon avocat du New Jersey pour qu'il s'occupe de ton père.

— T'en vouloir ? Je serais plutôt épatée. J'avais pensé faire la même chose, mais...

— N'en dis pas plus. Tout a été si dur. Je ne me pardonnerai jamais de ne pas avoir appelé plus tôt l'inspecteur Ortiz pour lui parler de mes soupçons au sujet de Casper et ses Fantômes. Laisse-moi au moins t'aider de cette façon, Laura. J'y tiens.

Laura lui adressa un regard plein de reconnaissance. Elle sentit des larmes lui monter aux yeux.

— Qu'a dit l'avocat ? demanda-t-elle d'un ton grave, en retenant son souffle.

— Eh bien, ce n'est pas aussi sérieux que nous le pensions. Il a déclaré qu'il n'imaginait pas qu'un procureur aille se fourvoyer dans cette affaire. A la vérité, si Emmett n'aurait en aucun cas dû faire faire des tours gratuits aux gosses, surtout après la fermeture du parc, il n'a pas provoqué directement la mort de Tommy. C'est triste à admettre, mais le gosse s'est tué tout seul. Et il semble que l'action pénale soit prescrite. Elle aurait dû être ouverte moins de cinq ans après que Tommy fut enterré. Emmett n'ira donc probablement pas en prison.

Dieu merci ! Ce qu'avait fait son père était une terrible, une gravissime erreur, et il devait certainement y avoir un prix à payer. Pourtant, elle n'aurait pu supporter l'idée de le savoir en prison jusqu'à la fin de ses jours.

— Même si une action civile est engagée contre lui, continua Matthew, par exemple dans le cas où les Cruz lui demanderaient des dommages-intérêts, Emmett n'est pas solvable. Il n'a pratiquement rien à offrir comme compensation.

Laura songea aux biens de Gwyneth Gilpatric, désormais à elle.

— De l'argent, moi j'en ai !

— Oui, mais c'est le tien. Pas celui d'Emmett. Les Cruz n'ont pas le droit d'en profiter.

Elle songea aux malheureux parents. Leur vie avait été fracassée et on les laissait en rassembler les débris sans leur accorder la moindre contrepartie. Ce n'était pas juste.

— Sauf si je leur offre, corrigea Laura.

145

Laura déambulait de pièce en pièce dans l'appartement, en évitant de regarder la terrasse.

« Cet endroit restera toujours la demeure de Gwyneth. Je ne pourrai jamais réellement me l'approprier. »

Elle était sûre de prendre la bonne décision en appelant Roberta Golubock chez Sotheby's, afin de fixer un rendez-vous pour une estimation de l'appartement et de tout ce qu'il contenait.

Elle ignorait quel montant il rapporterait, mais cela devait se chiffrer en millions de dollars. Avec une telle somme, plus ce que Gwyneth lui avait légué sur ses comptes bancaires, Laura devenait une femme riche qui pouvait faire ce dont elle avait envie.

Elle pourrait tout donner aux Cruz. Ou garder une partie de l'argent afin de l'investir et consacrer ces fonds à de bonnes causes ; aider d'autres personnes, par exemple. L'image de sa joyeuse petite Jade lui vint à l'esprit. Laura fut certaine de pouvoir mettre suffisamment de côté pour subvenir aux frais de scolarité de la future jeune étudiante.

Et Ricky Potenza ? Il n'était qu'un enfant, à l'époque. Il n'avait pris aucune part active aux événements, n'avait pas maîtrisé sa vie, n'était pas responsable du malheur de ses parents. Peut-être fallait-il faire quelque chose pour lui et sa mère, maintenant ?

Laura se saisit d'un grand bloc-notes. Elle commença à écrire, dressant la liste de ce qu'elle réaliserait avec cet argent. Elle voulait contribuer, à sa façon, à réduire les injustices autour d'elle. Tandis qu'elle faisait courir la pointe de son stylo sur le papier ivoire, son esprit s'envola.

Il y avait largement de quoi faire le bien autour d'elle.

Elle alla décrocher son téléphone et composa le numéro de Jade.

CHEZ LE MÊME ÉDITEUR

Vous promettez de ne rien dire ?

par Mary Jane Clark

Dans la salle des ventes de Churchill's, la tension est à son comble. L'un des plus célèbres bijoux de la collection Fabergé, l'Œuf de lune, que l'on croyait disparu avec la famille impériale, est mis aux enchères.

Un million… deux millions… trois millions de dollars…

Au fond de la salle, Faye Slater, la journaliste vedette de KEY News, retient son souffle : cette vente est l'occasion inespérée de sortir sa carrière de l'impasse où elle se trouve.

Mais le monde des médias et le monde de l'art ont un point commun : les apparences y sont souvent trompeuses. Au moment où le marteau du commissaire-priseur s'abat, un artisan joaillier de Little Odessa, le quartier russe de Brooklyn, est assassiné…

Chapitres courts, tension croissant au fil des pages… Dès son premier roman, Puis-je vous dire un secret ? *(L'Archipel, 1999), Mary Jane Clark s'est imposée comme la véritable héritière de Mary Higgins Clark.*

« L'histoire prenante, terrifiante, d'un complot réglé à la perfection. »

Mary Higgins Clark

Traduit de l'américain par François Thibaux

ISBN 2-84187-257-2/H 50-2468-2/242 p/15,95 € prix France TTC/104, 63 F

Puis-je vous dire un secret ?

Mary Jane Clark

Un présentateur-vedette de JT qui se suicide sans raison apparente…

Une future First Lady impliquée dans une relation inavouable…

Une jeune journaliste qui ne se console pas de la mort de son mari…

Et un tueur insaisissable.

Le talent est-il héréditaire ? On serait tenté de le croire à la lecture de ce thriller.

« Un thriller implacable sur l'univers des médias américains… »

Dan Rather

Traduit de l'américain par François Thibaux

ISBN 2-84187-204-1/H 50-2383-3/306 p.
15,95 € prix France TTC/104, 63 F

Le Fantôme de Manhattan

par Frederick Forsyth

Erik Muhlheim : un être dont nul n'a vu le visage. Ses traits sont, paraît-il, monstrueux. Du reste, ne porte-t-il pas en permanence un masque, qui les dissimule à la lumière ?

Quel est le secret de cet homme richissime qui ne sort jamais, n'a pas d'amis, aucune liaison connue ? D'où tient-il son pouvoir et ses ressources considérables ?

Devenu un homme d'affaires implacable, il tisse sa toile... En ce New York du début du siècle, Erik Mulheim a décidé de mettre sa fortune au service d'un rêve : édifier un opéra qui rivalise avec le célèbre Metropolitan.

Coup de folie ? Désir de revanche ? La seule femme qu'Erik ait jamais aimée, Christine, une cantatrice qu'il a rencontrée à Paris douze ans auparavant, détient peut-être la réponse. Mais il y a des secrets qu'il est dangereux de révéler...

Auteur, notamment, de Chacal *(Mercure de France, 1971),* Le Négociateur *et* Icône *(Albin Michel, 1989 et 1998), Frederick Forsyth est l'un des maîtres anglais du suspense.*

Traduit de l'anglais par Nathalie Mège

ISBN 2-84187-279-3/H 50-2507-7/240 p.
15,95 € prix France TTC/104, 63 F

La Dame de l'ombre

par Richard North Patterson

Stella Marz, adjointe du procureur et candidate à sa succession, se serait bien passée d'une telle publicité. Si le FBI met à jour sa relation avec l'une des victimes, c'en est fini de ses espoirs. Et celle que ses adversaires ont surnommé la « Dame de l'ombre » pourrait y laisser davantage que sa réputation : sa vie.

Une héroïne confrontée à ses démons, une ville tout entière gangrenée par la corruption, les luttes de pouvoir et le crime : le rêve américain décrit par Richard North Patterson a plutôt des allures de cauchemar.

Richard North Patterson est l'auteur de dix thrillers, tous salués par la critique. En 1979, son premier roman a reçu le Prix Edgar Allan Poe. Depuis, il dispute à John Grisham et Scott Turow la tête des listes de best-sellers. Ont notamment paru en France Degré de culpabilité *(Albin Michel, 1996)*, Un témoin silencieux *(L'Archipel, 1998) et* Nulle part au monde *(L'Archipel, 2000). Richard North Patterson partage son temps entre San Francisco et Martha's Vineyard*

Traduit de l'américain par Valérie Bourgeois

ISBN 2-84187-294-7/H 50- 2525-9/20,95 € prix France TTC/137,42 F

Pestilence

par Ken McClure

Une nuit de repos une nuit complète... Après dix-huit heures de garde au service des urgences de l'hôpital de Skelmore, James Saracen n'a plus que cette idée en tête.

Mais lorsque, au petit matin, il se retrouve ligoté sur une table de dissection, il comprend que la position allongée n'est pas toujours synonyme de sommeil réparateur...

Dans son esprit, les images se bousculent : l'accident de la route qui l'a tiré de son lit en pleine nuit, le curieux manège d'une camionnette devant la morgue, des hommes masqués – puis plus rien.

Hallucinations ? Surmenage ? Ou peut-être avertissement à l'intention d'un interne trop curieux ? La direction de l'établissement, il est vrai, n'apprécie guère les employés trop zélés...

Sous la plume de Ken McClure, l'univers rassurant de l'hôpital devient un théâtre d'ombres où les blouses blanches ne le restent pas très longtemps.

Spécialiste de biologie moléculaire et de bactériologie, Ken McClure est, avec Michael Crichton et Robin Cook, l'un des maîtres du thriller médical. Ses romans, dont Examen clinique *(l'Archipel, 2000), ont été traduits en dix-huit langues. Il réside à Édimbourg.*

Traduit de l'anglais par Joseph Antoine

ISBN 2-84187-298-X/H 50-2529-1/15,95 € prix France TTC/104, 63 F

Cet ouvrage a été composé
par Atlant' Communication
à Sainte-Cécile (Vendée)

Impression réalisée sur CAMERON par

BRODARD & TAUPIN
GROUPE CPI

La Flèche
en septembre 2001
pour le compte des Éditions de l'Archipel
département éditorial
de la S.A.R.L. Écriture-Communication

Imprimé en France
N° d'édition : 423 – N° d'impression : 9198
Dépôt légal : octobre 2001